AF578741

I.L.R.

INFUNDIO

Una ciudad en llamas

Romanelli, Ivanna Lucía
Infundio III: Una ciudad en llamas / Ivanna Lucía Romanelli. - 1a ed - Merlo : Petricor Ediciones, 2024.
314 p. ; 23 x 15 cm.

ISBN 978-631-90397-8-8

1. Narrativa Argentina. 2. Novelas. I. Título.
CDD A863

© 2024, Ivanna Lucía Romanelli
© Maquetación: LoEs Servicios editoriales
© Ilustraciones de personajes: Berenice Riccetti (Nis Nika) @nis_nikaa
© Portada, diseño interior y separadores de partes ilustrados con base en imágenes de Pixabay.com y Pexels.com
Contenido y corrección a cargo de la autora.

Quedan prohibidos, dentro de los límites establecidos en la ley y bajo los apercibimientos legalmente previstos, la reproducción total o parcial de esta obra por cualquier medio o procedimiento, ya sea electrónico o mecánico, el tratamiento informático, el alquiler o cualquier otra forma de cesión de la obra sin la autorización previa y por escrito de los titulares del Copyright.

I.L.R.

INFUNDIO

Una ciudad en llamas

Para todas aquellas personas que
tuvieron a alguien especial en sus vidas
a quien el destino alejó.

Para Lucas y Ramona.

La historia que estás a punto de leer posee contenido
delicado que puede herir la sensibilidad del lector,
como lo es la violencia explícita, abuso sexual y temas
relacionados con problemáticas de salud mental.

ARGUMENTO

La última vez que Theo vio a Hayley, unos soldados se la llevaban fuera de su alcance y, aunque luchó hasta su último aliento para impedirlo, no pudo detener las órdenes que Adrien había exclamado. Un disparo en su hombro lo dejó inconsciente en el acto, revelándole al despertar que su mundo había cambiado para siempre.

A pesar de la ausencia de su símbolo, la rebelión se encuentra más activa que nunca, y no parará hasta detener a los soldados de rojo y evitar el asesinato en masa de su gente. Ese es el objetivo para casi todos los habitantes de Tyrdem, pero, para Theo, este tiene un agregado más importante: reencontrarse con Hayley, donde sea que ella se encuentre.

En su camino descubrirá que la amistad, el amor y la lealtad son lo más importante, y comprenderá el gran poder que tiene la distancia, que a veces puede ser un motor para avanzar o un obstáculo capaz de hacernos abandonarlo todo.

Primera PARTE

"Destruiría todo si eso me garantizara volver a verla."

CAPÍTULO UNO

Un dolor potente en el hombro y las manos de un extraño sobre mi cuerpo me alertan haciendo que me levante violentamente. Con gran velocidad, mis puños se dirigen al atacante casi un segundo después y cumplen con mi cometido, derribarlo.

La voz del hombre, que maldice mi persona, llama mi atención y despierta mi ira, y es que reconocería al culpable de todas mis desgracias aun con los ojos vendados.

Adrien.

Me acerco a su figura, que aún yace en el suelo, y lo alzo en el aire con agresividad. Luego lo empujo contra una pared y lo sujeto del cuello. Un poco de sangre recorre mi brazo y noto que me he sacado una vía.

—¿Qué rayos? —digo observando a mi alrededor sin soltarlo ni un segundo.

Me encuentro en una habitación de hospital con paredes blancas, amplios ventanales y una vista a la ciudad de Tyrdem a lo lejos que me hiela la sangre. A la distancia, una llamarada naranja me enseña que lo hemos perdido todo y que los asesinos vestidos de rojo se están encargando de aniquilar a los nuestros.

—Mátame, hazlo —me dice el hombre al que una vez admiré—. Llévame con mi mujer de una buena vez.

Mi pulso se acelera, mi mano alrededor de su tráquea presiona con más fuerza y mi mente me dice que lo haga, que acabe con él, pero la imagen de una joven de ojos verdes se aparece en mis pensamientos y me obliga a detenerme.

Adrien cae al suelo respirando con dificultad mientras que yo me hecho hacia atrás y me siento sobre una cama manchada de sangre. Miro mi atuendo y veo que solo llevo puesta una bata de hospital y ropa interior.

—¿Por qué estoy vivo? —pregunto colocándome la mano sobre la herida que acabo de infringirme al levantarme y arrancar la aguja que, al parecer, me administraba medicación.

—¿Acaso eso importa? —responde Adrien poniéndose a duras penas de pie y sentándose en una silla delante de mí.

La razón de que aún respire estando frente al hombre que me disparó no me parece algo tonto, pero, al parecer, para él sí.

—¿Dónde está ella?

—Hayley está preparada para lo que le espera y sé que logrará sobrevivir —responde Adrien haciendo que lo fulmine con la mirada.

—¿Adónde la enviaste? —insisto con odio en mi voz.

— A Infundio.

Mi mente intenta procesar sus palabras, darles un significado que me ayude a entender el cómo podré volver a tener a Hayley junto a mí.

Admiro nuevamente la habitación en la que me encuentro y siento la bilis subir por mi garganta. El mobiliario, las paredes y los dibujos en ella, todo me resulta extrañamente familiar. Tengo muchas preguntas, muchas dudas, pero no puedo pensar bien aquí.

—Theo —Adrien dice mi nombre y consigue despertar otra vez al salvaje que llevo dentro de mí.

Me aproximo a su cuerpo y lo tomo de la camisa.

—¡No me llames por mi nombre, maldito! —le grito.

Él me sujeta del brazo y lo dobla hacia atrás, provocando que un dolor insoportable me quiebre los nervios. Chillo, exclamo improperios e intento liberarme, pero nunca había sentido algo así, tan potente.

Adrien me suelta, dejándome en el suelo inmóvil de la misma forma que lo dejé yo a él hace tan solo unos minutos. He soportado muchos encuentros cuerpo a cuerpo y recibido golpes sin sentir absolutamente nada, ¿cómo es posible que un solo movimiento de su parte me quiebre así?

Me siento y apoyo la espalda contra la fría pared, la cual me brinda algo de calma.

—Todavía no estás al cien por ciento —dice Adrien mirándome desde arriba —La bala no tocó nada importante, pero el impacto sobre tu hombro fue bastante intenso, por lo que vas a tener que convivir con esa molestia quizás para toda la vida. De todas formas, lo importante es que aún respiras.

Escucho sus palabras y no puedo evitar reírme de lo ridículas que suenan.

—No entiendo. ¿Fallaste al disparar y te alegras de ello? —respondo burlonamente.

Adrien ladea la cabeza y emite una risa diminuta y petrificante.

—¿Realmente crees que podría haberme equivocado? Estabas a medio metro de mí. Si te quisiera muerto ya lo estarías. Podría tranquilamente haberte enviado a matar cuando entraste a mi oficina, pero no. No me sirves en ese estado.

Su forma de expresarse me repugna y no comprendo cómo es que Anna y Hayley, las dos mujeres más importantes de mi vida junto con mi hermana, comparten la misma sangre que él.

—Aquí tienes unos calmantes. Uno por día, no más que eso. No quiero que te vuelvas un adicto —agrega acercándome un frasco con una inscripción en él.

—Eso te dificultaría usarme ¿no es así? —le digo leyendo la etiqueta.

—Exactamente. Te necesito alerta para lo que se viene.

Veo que las pastillas están recetadas para otra persona y alzo mi mirada hacia Adrien.

—¿Roan Miller? Creo que te confundiste de persona —le digo devolviéndole el frasco.

—¿Me crees idiota? —responde él no aceptando las pastillas.

—¿Debo responder? —le digo con ánimos de ofenderlo.

Adrien me acerca la mano y dudo antes de tomarla para que me ayude a incorporarme. Tengo suerte de que me haya disparado en el brazo izquierdo ya que soy diestro, sino debería pensar constantemente cada acción a dar para evitar el dolor.

—De ahora en más, y hasta que sepamos con lo que lidiamos, vas a llamarte como dice la etiqueta —me dice él mientras abre un armario.

—¿Quién es?

—Quien era —dice y tira sobre la cama un uniforme rojo—. Está muerto. Y tú ocuparás su lugar en el ejército de la Alianza.

Sonrío al escucharlo, está loco si piensa que voy a hacer eso.

—¿Fingir? Me cansé de hacerlo. Soy un rebelde, la escoria de la sociedad, como tú nos dices —me defino con honra.

Adrien suspira y me observa de manera seria.

—No entiendo todavía cómo sobreviviste tanto tiempo teniendo esa cabeza tan hueca —responde—. Acaban de llegar soldados de

Infundio e Ignis, miembros de un ejército que tienen instrucciones directas de imponer el orden matando si es necesario y a ti te importa tu identidad. No puedo creerlo.

—No voy a morir siendo uno de ellos.

—Morir no es la idea. ¿Crees que me arriesgue salvándote para dejar que te asesinen?

Trago saliva. Nuevamente la sensación de ahogo surge en mí y me siento incompetente al no poder lidiar con ella.

—No sé qué me sucede. ¿Será algún efecto secundario del disparo? —pregunto preocupado y consigo que él se ría de mí.

—Estuviste sedado por varias horas, así que la estupidez puede justificarse con eso, pero esto no. Lo que tienes son ataques de pánico —responde Adrien firmemente—. Los tuviste durante gran parte de tu infancia al venir aquí. Esta habitación era tuya, al menos mientras hacían los estudios iniciales.

—¿Disculpa?

—Los experimentos de tus padres… —aclara—. Algunos requerían un seguimiento que solo podía darse si el sujeto de prueba se quedaba en el lugar.

Ladeo la cabeza.

—Recuerdo venir a la montaña en mi adolescencia, y todas las cosas que me hacían que se asemejaban al cuarto de AGONIA, pero nunca me quedé aquí.

—Ellos quisieron que no tuvieras en tu mente las imágenes de los inicios de su éxito contigo, pero los experimentos que hacían iban más allá de las técnicas que usamos en el ejército. Tus padres replicaron los modelos conductistas de científicos de varios siglos pasados en ti, Theo, pero que tuvieras todo aquello en la memoria no era algo bueno y lo mejor era anular toda posibilidad de que lo recuerdes.

—Es decir que hay muchas cosas más que no sé acerca de ellos.

—¿Por qué crees que no vinculaste jamás sus experimentos con el ejercito? Digo, ellos eran parte de este y, aun así, decidiste enlistarte.

—No, no estaba seguro al principio, tú me hiciste hacerlo —le digo enfadado y con un creciente dolor de cabeza.

—Lo sé, yo di el empujón final. Estaba seguro de tu potencial y es que, tu particular crianza, al final de cuentas, te convirtió en el hombre letal e ingenioso que eres hoy.

—Hasta hace dos minutos me decías que era un cabezota.

—Así es, porque no contamos con la variable emocional en ti. Tu mamá era tu talón de Aquiles, y sé que nunca pudiste odiarla del todo a pesar de lo que te hizo. Luego Hayley pasó a ocupar un lugar importante en tu vida y te llevó hasta el límite. Supongo que el amor nos hace eso a todos. Nos fortifica, nos alimenta, nos da la sensación de que somos invencibles, y luego nos destruye abruptamente, dejándonos sin nada.

—Eso no lo hizo ella, sino tu.

Adrien sonríe.

—Harás maravillas para encontrarla nuevamente, estoy seguro de eso.

—Por eso estoy vivo, ¿verdad? Para romper todo a mi paso para llegar a Hayley.

—A esto me refiero cuando digo que realmente lo que hicieron contigo es alucinante —dice y consigue asquearme—. Ahora que lo veo, Hayley y tu tienen mucho en común… ambos son el soldado perfecto.

—Le hicieron lo mismo a ella… —afirmo.

—Algo así, en Hayley todo fue más específico, en ti… digamos que fuiste en Tyrdem la prueba piloto en niños.

No puedo evitar sentir un nudo en la garganta que me asfixia.

—Vístete, Roan. Te espero afuera para empezar con nuestras tareas —dice Adrien sosteniendo la idea de que finja ser otro, una vez más —Prometo que esto no será por mucho tiempo —agrega.

—¿Por qué debería creerte?

—No tienes muchas alternativas —finaliza—. Y basta de tonterías, debemos cumplir nuestro papel si no queremos que este sea el fin de todos a los que queremos —sentencia y se va, dejándome solo con la sensación de que he vuelto al inicio como una tabula rasa y que no podré escapar.

Me miro en el diminuto espejo del baño y a mi mente acuden imágenes que creía olvidadas, pero que, de a poco, comienzan a manifestarse. La rata en la jaula, el choque eléctrico y la mordida, se repiten sin cesar en mi cabeza justo cuando escucho a alguien entrar. Respiro antes de verificar quien es y noto como las gotas de transpiración corren por mi frente de manera frenética.

Debo calmarme, yo no soy así —me digo una y otra vez.

Me asomo lentamente y la figura de un joven con el cabello rapado y unos ojos altones cargados de tristeza me recuerdan por qué comencé con esta lucha.

—Elliot —le digo sintiendo pena y al mismo tiempo rabia.

Él era su amigo, la hacía reír y la metía constantemente en problemas, pero ahora parece un fantasma de todo aquello, un muerto en vida.

—Debes raparte el cabello —me dice acercándome una tijera y una afeitadora—. Y luego tengo que tomarte una foto para cambiar el registro de Roan por el tuyo.

—¿Cómo harás eso?

—Jim, él se encargará de todo. Logró burlar las defensas de Joan Bap, así que estamos encaminados.

—¿Quién?

Elliot ladea la cabeza frenéticamente y luego se detiene.

—¿Quién es Jim? ¿Y Bap?

—No te importa, solo haz tu papel y ahorrame los problemas.

Vaya, su actitud sí que asusta. Al verlo en las celdas con Hayley me extrañó lo distinto que estaba, pero, ahora que lo observo bien, sus cambios de humor son preocupantes.

—¿Tú estás de acuerdo con esto? Pensé que adorabas al ejército... Adrien y tú.

—Amo a Tyrdem, y haría lo que sea por salvar mi tierra.

—Lo siento, Elliot, pero no termino de entender. Ustedes estaban a favor de esta gente.

—¡No! —responde él gritando—. Hicimos todo lo posible para evitar que ellos vinieran a tomar el control, pero ustedes lo arruinaron. ¡Nos quitaron todo!

—Elliot yo...—intento decirle, pero él me interrumpe.

—Theo, Theo, Theo —repite—. Tan fornido como bruto. Tú, tu más que nadie nos llevaste a esto. Hiciste que ella se meta con los rebeldes y la arruinaste.

Observo el estado del joven cabo que ingresó al ejército con una sonrisa de oreja a oreja y no puedo evitar angustiarme al verlo así.

—Se enteraron de que íbamos a tomar la montaña y quisieron evitarlo, ¿no es así? Los de rojo. —pregunto con delicadeza.

Elliot asiente de manera rítmica.

—La Alianza —me aclara—. El ejército de la Alianza.

—¿Por qué? ¿Qué hay en este lugar que no quieren que sepamos?

—No vas a conseguirlo, no vas a usarme como hiciste con ella —responde él volviendo a mostrarse a la defensiva.

—¿Hablas de Hayley?

—Si, ¿de quién más seria?

—Elliot, yo la amo y, si bien al principio me acerqué a ella con otros motivos, lo que siento es sincero.

—No te creo ni una palabra.

—Vamos, tú sabes bien que daría la vida por Hayley, lo viste.

—Sin embargo, aquí estás. A ella se la llevaron, pero yo tuve que quedarme en este lugar de muerte y, para colmo, contigo.

Ahí está... su corazón —me digo al escucharlo.

—La extrañas —afirmo.

—No, la envidio.

CAPÍTULO DOS

Los ojos del joven, que por fuera parece un adulto, pero por dentro es un niño, tiemblan. No sé en qué estará pensando o a qué le teme, pero si veo su pesar. Hayley no querría que él esté así y, para mí, ello es motivo suficiente para intentar ayudarlo.

—¿Qué es lo que envidias?

—Adrien la sacó de aquí a tiempo para protegerla. La hija del Teniente General que se hizo rebelde iba a ser la lección perfecta para mostrarle al pueblo que no hay que meterse con la Alianza, y él lo sabía. Tarde o temprano la iban a matar para mostrar quien tiene el poder, por eso, la exilió sin que nadie lo sepa. Lejos de Tyrdem tiene más posibilidades de vivir.

¿Realmente cree eso? ¿Debería tener esperanzas en tanto al destino de Hayley?

—¿A qué le temen tanto? Podemos contra este ejército.

Elliot se ríe al escucharme y estoy empezando a cansarme de que todos me tomen como un chiste.

—No sabes de lo que son capaces.

—¿Y tú sí?

—Estuve ayudando a enviar rebeldes a Infundio. Allí esclavizan a todos los que no son ciudadanos y los obligan a trabajar arduamente.

—¿No acabas de decir que ese lugar era mejor para Hayley?

—Es mejor que este sin duda. Ya están tomando el poder y tienen planes terribles para quienes no deseen doblegarse. Adrien está haciendo lo imposible para que no lo corran del cargo ya que, de ser así, no tenemos un intermediario que evite que nos liquiden a todos.

—¿Qué viste cuando ayudaste a que se lleven a los nuestros? —pregunto sintiendo el rencor hacia él en mis palabras.

—Que quienes no acataban ordenes eran fusilados en el acto o dormidos con inyecciones para que, antes de acabar con sus vidas, sus cuerpos fueran útiles.

Noto mi piel blancuzca al escucharlo y no sé si realmente acaba de decir lo que creo o si es producto de mi macabra imaginación.

—¿A qué te refieres? Y por favor, no le des lugar a mi mente para completar tu relato.

—Nuestros órganos, sangre, todo lo que sirva de nosotros… lo usan. Lo cual no sería algo terrible ya que no seríamos simplemente polvo al morir, exceptuando el hecho de que nos matan antes de tiempo.

Listo, escucharlo decir eso fue suficiente para que, finalmente, lo largue todo.

—Seguramente estés así por algunos días, los calmantes que te dieron son bastante fuertes. Es lo necesario para que no sientas dolor luego de un balazo directo en el acromion —me dice Elliot apoyado en la puerta del baño mientras sigo expulsando mi malestar.

—¿Acro qué? —pregunto.

—¿Anatomía? —me dice arqueando una ceja—. Uff, no sé qué vio Hayley en ti. No tienes gracia, ni cultura general.

Sonrío al escucharlo dado que veo en su comentario un atisbo del Elliot que me desagradaba por hablar en los momentos indebidos, al igual que la joven de ojos verdes de la que me enamoré.

—El acromion es la parte externa de la clavícula, en el hombro. Ahí es donde te disparó Adrien —me explica—. Fue un tiro bastante preciso ya que, si bien ibas a sufrir como nadie por el impacto, de ninguna manera correría riesgo tu vida.

—Supongo que debería agradecerle el gesto —digo irónicamente.

Elliot sonríe, pero, al notarlo, vuelve a realizar un gesto enfadado.

—Bueno, debes raparte para que pueda tomar la fotografía. Si realmente amas a Hayley y quieres volver a verla tienes que ser Roan Miller —me dice.

—Exacto —nos interrumpe Adrien entrando—. Espero que seas el soldado implacable que yo entrené y que te comportes de manera sabía. No solo ella te necesita, sino todo Tyrdem.

—Sin presión —agrega Elliot.

Los miro a ambos y no puedo creer lo que estoy por hacer, una alianza con las dos personas que menos me agradan en todo el mundo.

Pero supongo que ya estoy acostumbrado a esto.

Luego de cambiarme sigo a Elliot por unos pasillos que parecen interminables y que solo están iluminados por lámparas redondas y pequeñas de color blanco. Los recuerdos siguen apareciendo en mi mente por momentos, pero intento evitarlos para concentrarme en el ahora. Comprendo que, en este instante, solo queda una cosa por hacer… seguir, y, para ello, no puedo pensar en el pasado.

La figura de un hombre alto, delgado, con cabello de un color café intenso y una cicatriz que va desde el centro de su frente hasta la oreja, se aproxima hacia mí con timidez. Es posible que ahora sepa que ha estado del lado contrario de la batalla, o quizás todavía no se ha dado cuenta.

—Luc —digo al tenerlo cerca.

—Roan —me responde y veo como sus ojos se llenan de lágrimas.

Alzo mi brazo sano hacia su hombro y lo sostengo.

—Lo siento tanto —dice él y se hecha a llorar.

Miro a nuestro alrededor y, al notar que estamos solos, lo abrazo.

—Yo lo siento. Debería haberte dicho todo, pero no creía que pudieras entenderme —respondo lamentando el quiebre que ha recibido nuestra amistad.

—Hice algo terrible —me dice aún en mis brazos.

Me separo de él y lo miro fijamente.

—Yo los delaté, yo los mandé al matadero —expresa y no logro entender.

—¿A quiénes? —pregunto, pero Luc continúa envuelto en un mar de lágrimas—. ¡¿A quiénes?!

—Su refugio —suelta y comprendo qué está diciéndome.

Anna, Ian, Vincent, Kate, todos ellos…

—¿Cómo pudiste? —le digo alejándome varios pasos de él—. ¿Cómo fuiste capaz?

—Yo no sabía lo que iba a suceder —me dice aún compungido.

—¡¿Qué creías que iba a pasar?! —le grito con furia y lanzo un puño a su rostro haciendo que Luc caiga al suelo.

Él se levanta asustado y reintenta justificar su accionar.

—Th... Roan, amigo —dice titubeando—. Me equivoqué, realmente no pensé que esto pasaría —se dirige nuevamente hacia mí.

Adrien se acerca a nosotros y toma a su hijo del brazo con violencia.

—¿Qué éstas haciendo? ¿Qué son estas escenitas? No tienes permitido llorar aquí y mucho menos armar un escándalo. Debes mostrarte seguro de tu lealtad hacia el ejército de la Alianza. ¿Acaso quieres que maten a tu hermana también?

Luc deja inmediatamente de llorar y mira a su padre con desprecio. Luego se suelta de él y camina rápidamente por el pasillo, dejándonos atrás.

—Él los delató —le digo a Adrien.

—Lo sé. Eso hizo que se gane su lugar aquí —me explica—. Todos los soldados que estaban en las celdas fueron liberados y traídos para hacer un juramento de unión a la Alianza.

—¿Lilith?

—Está bien. No pudo ser capturada al momento de la redada, por lo que debe estar con Ian y los demás sobrevivientes. Sé que es lo mejor, que aquí solo causaría problemas. Hayley influyó mucho en su carácter.

—Tiene un buen corazón —le digo.

—Sí, pero es muy ingenua y con eso solo va a lograr que la maten —me dice con notoria indignación—. De todas formas, prefiero que sea así y no un tonto como Luc que culpa a todos de tener los ojos vendados.

—¿Disculpa?

—Fuiste su amigo toda la vida y jamás se cuestionó nada. Él iba a las fronteras y se llevaba a los rebeldes, a los cuales nunca volvía a ver, y nada de eso le pareció extraño.

—No le enseñaste a cuestionar las cosas, ¿Por qué esperabas que lo haga?

—Hayley lo hizo —me responde.

—Supongo… Entonces, los delató… ¿Dónde están mis amigos?

—La mayoría deben estar muertos —dice sin titubear—. Pero no te preocupes, tu líder logró escapar. Justamente ahora la Alianza lo está buscando sin cesar. ¿Cómo dice ese refrán conocido? ¿Muerto el perro, adiós a la rabia?

—¿Piensan que matando a Ian van a calmar al pueblo? Al contario, van a enardecer a las masas —respondo por lo bajo.

—Depende de cómo suceda ello. De igual manera, no les importa mucho que todo arda. No intentan contener el fuego, sino dejar que se propague y ser quienes sobrevivan en las cenizas.

—¿Y cuál es el plan?

—Por el momento debes tener un perfil bajo dado que, como te comenté recién, muchos de los soldados que estaban encerrados a manos de tus amigos rebeldes están aquí y pueden reconocerte. La idea es que, cuando estén listos para sacarme del camino, tengamos toda la información y herramientas posibles para escaparnos y unirnos a la resistencia.

Me detengo al escucharlo.

—¿Qué? ¿Tu unirte a los rebeldes? —pregunto impactado.

—Así es.

—Solo estás buscando salvarte, pero te equivocas si crees que no van a matarte al verte.

—Por eso, tu prepararás el terreno para eso.

—Ah ¿sí? ¿Y por qué lo haría?

—Porque van a necesitarme si quieren derrocar el mandato de Infundio.

—¿Y cómo planeas hacer eso?

—Es una explicación algo larga, pero, lo primero que deberíamos hacer, es eliminar la barrera de comunicación.

—¿Perdona? ¿La qué?

—Como dije, van a necesitarme.

CAPÍTULO TRES

Fuera de la montaña aún caen, de forma esporádica, residuos de polvo que dan cuenta de la tragedia que se ha vivido. Adrien no me ha explicado demasiado del panorama que me espera por las calles, pero sé que no es nada bueno. Como Roan Miller mi labor es patrullar junto con un compañero que, para mi fortuna, o no, es Elliot. La idea es que pasemos desapercibidos, que evitemos que alguien nos reconozca, aunque a mi parecer salir donde puede haber rebeldes no es la mejor manera de hacerlo. Como si fuera poco, he tenido que vestirme con el uniforme de la Alianza, una vestimenta que no está hecha para no ser reconocido sino para que se sepa quién eres. Siento, por un lado, que soy un traidor por estar del lado contrario y, por el otro, una sensación de repetición y molestia que me agobia. Es como si volviera a empezar, a mentir, a fingir, y comprendo que estoy acostumbrado a esto, pero que ya no me gusta. El engaño ha dejado de ser mi zona de confort y se ha convertido en mi calvario. Quiero ser yo mismo, Theo Black, el joven que sufrió una infancia terrible en manos de sus padres, que se hizo amigo del hijo del líder más importante del ejército y se enlistó en este por consecuencia, que luego descubrió que todo era una farsa y se volvió un rebelde, y que se enamoró de la hija, o más bien sobrina, de su peor enemigo.

—¿En qué estás pensando? —me interrumpe Elliot mientras caminamos por los valles que se han reducido, en su mayoría, a escombros.

—En este momento, en Anna —respondo honestamente.

—¿Quién es Anna?

—Si no tienes ni idea de quién es, entonces prefiero no decírtelo.

—Adrien sabe todo, así que no hablar conmigo no va a proteger a nadie.

—Es igual, seguramente ya está muerta como la gran mayoría de las personas a las que quiero.

Él asiente al escucharme.

—¿Puedo hacerte una pregunta? —me dice de repente y noto como algo en el tono de su voz ha cambiado.

—Sí, claro.
—¿Tu mataste a mi madre?
Freno mi marcha y lo miro.
—¿A Thorne? No. La última vez que la vi estaba viva.
Veo a Elliot y distingo en él la pérdida que siente.
—¿Estás seguro de que ella…? —comienzo a preguntar, pero no me atrevo a decirlo.
—En la redada que hicieron al refugio rebelde la encontraron muerta y, por interrogatorios a algunos sobrevivientes, supe que la amenazaste para que te diga donde estaba Hayley.
Sabía que eventualmente eso me explotaría en la cara, pero nunca imaginé que tan pronto y con su hijo. La muerte de Thorne no me da pena en lo más mínimo, era una mujer horrenda que se beneficiaba de su posición de poder y a la que no le importó mucho lo que le sucediera a Elliot, o al menos no en un principio, pero sí me entristece ver a alguien perder a su madre.
—Solo le saqué la información que necesitaba y, para ello, tuve que recurrir a ciertas estrategias, pero no la maté. En cuanto supe dónde estaba Hayley me fui de allí a buscarla junto con un grupo de voluntarios.
—De acuerdo —me dice sin intentar saber más.
—Elliot… sé que tenías una madre difícil, créeme que te entiendo porque la mía tampoco brillaba por lo maternal y dulce, pero creo que, a pesar de no saber expresarlo, te quería muchísimo.
Debería decirle mucho más, confesarle mi última conversación con Thorne, pero no lo hago.
—No lo sé. Sé que, cuando yo era chico, me mimaba y me daba cariño, pero luego algo cambió. El hecho de que dejara que se metieran con mi cabeza me hace cuestionarme tanto.
—¿Es decir que eres consciente de lo que te hicieron?
—Por momentos no distingo bien la realidad de la fantasía, imagino y veo cosas donde no están, escucho su voz, la mía, la de personas que fueron importantes para mí, así que ser consciente no sé si es la palabra, pero sé que antes de quedar eliminado de la prueba del bosque esto no era así. Tengo días mejores y días peores, como todos, y cuando lo hablé con ella me dijo que yo tengo una mente débil y que, lamentablemente, lo que hicieron fue demasiado para mí.

—Realmente lo lamento, Elliot. Nos jodieron la vida de mil formas.

—Lo sé. Éramos solo niños que querían hacer algo de sus vidas, que creían que estaban haciendo un bien, y nos arruinaron.

Éramos parte de sus experimentos, ya sea de nuestro propio ejército o de otro que nos observaba a la distancia. Querían entender el comportamiento humano, saber cómo moldearlo a su gusto, como volvernos armas. ¿Qué infancia o adolescencia se puede tener en un contexto así? Ninguna, en lo absoluto… nunca fuimos niños para ellos.

—Todavía podemos salvarnos nosotros mismos —le digo intentando reconfortarlo y me siento extraño al hacerlo.

Elliot me sonríe y, antes de que pueda decirme algo más, el ruido de varios motores nos sorprende.

—Gastón —dice el descendiente de la familia Thorne y se corre a un costado, no sin antes sujetarme del informe y hacerme mover con él.

Un camión militar pasa a nuestro lado y es seguido por otros dos. Al vernos se frenan un poco más adelante y, en cuanto se abre la puerta, observo a un hombre robusto bajar con mucha presencia de este.

—¡Atención! ¡Firmes! —grita a unos metros y nos hace posicionar de manera recta y protocolar.

Obedezco de inmediato, sintiéndome tonto por volver a caer en este terrible adoctrinamiento, y espero la siguiente indicación.

—¡Descansen! —el hombre con una voz dominante y grave nos ordena y se acerca a nuestro lado —Thorne, ¿patrullando? —le pregunta a Elliot haciendo notar que lo conoce.

—¡Señor, sí, Señor! —responde él a la perfección.

—Ya, descomprima soldado. No tenemos civiles a los que atemorizar cerca, guarde la voz impostada para cuando haya que usarla —dice riendo de manera demasiado elaborada —Y su compañero ¿quién es?

—Oriundo de su hogar, Señor. Soldado Roan Miller —responde refiriéndose a mí.

—¿Mi hogar? ¿Y usted sabe dónde es eso, Thorne?

—Infundio, Señor.

—Por favor, se rayó el muchacho. Ya sabíamos que estabas algo tocadito, pero tampoco tanto —continúa burlándose de él —No soy de Infundio, niño. Nací en Ignis, y luego me mudé a Infundio cuando mi madre quedó embarazada de mi hermana. En Ignis es donde se hacen los buenos soldados tras exponernos a largas horas del día con altas temperaturas y ciudadanos hostiles. Aprendemos a matar antes que a caminar.

—Difícil —respondo y me siento Hayley al hacerlo, pero no puedo seguir escuchando tanto egocentrismo en una sola persona.

—¿Disculpe, Miller? —el hombre se acerca hacia mí y posiciona su rostro muy cerca del mío.

—¿Dice que un bebe gateando puede quitar una vida? Es un poco exagerado.

Elliot me mira sorprendido y algo preocupado, y comprendo que debería seguir mis propios consejos y cerrar la boca.

—Gastón Espasa —se presenta el hombre acercándome la mano.

Lo observo sin entender si debiera estrechar la mía con la suya o disculparme por mi arrebato.

—¿Qué sucede, Miller? ¿Acaso tiene miedo? —me dice haciendo que no pueda evitar responderle.

—No, Señor. Lamento mi comentario, Señor —respondo sintiéndome un imbécil.

—Venga, Roan. Voy a mostrarle lo letal que puede ser un bebe —añade una amenaza a su respuesta y me obliga a caminar con él hacia las casonas abandonadas del Valle que antes estaban llenas de vida y jolgorio.

—¿Dónde está toda la gente?

—A la mayoría de los ciudadanos los trasladamos a lugares seguros donde pueden ser productivos y continuar con sus trabajos, pero hay algunos que, por algún motivo, decidieron quedarse en su miseria y se esconde de nosotros —me dice en un tono tan despectivo que me enerva —¿Qué piensa usted, Miller? ¿Por qué se quieren quedar aquí? Entre ruinas y polvo, en lugar de unirse a la Alianza.

Habla como grupo, tú eres uno de ellos. No salgas de tu papel —me digo a mí mismo, reforzando en mi mente una historia que debo contar y al mismo tiempo creer, como he hecho tantas otras veces.

—Señor, supongo que se debe al apego a sus cosas, a su hogar y a sus costumbres. Además, nosotros destruimos este lugar, por lo que es entendible que desconfíen en cuanto a nuestra hospitalidad —respondo firmemente.

Gastón emite una sonrisa torcida al escucharme y aplaude.

—Puede ser, pero hicimos lo que hicimos por culpa de sus anarquistas. Personas que ellos deberían haber entregado para mantener el orden. Es una lástima —termina de explicar sin darle mucha importancia a lo que he dicho —Ahora, la letalidad de un bebe —dice y tira abajo la puerta de una casa con una sola patada.

Me detengo a observarlo y analizo las herramientas que tengo para defenderme de este hombre. Llevo un arma, dos cuchillos y un chaleco antibalas. Sin embargo, ellos me superan en número.

—¿Esta era la casa de la que sospechaban? —le pregunta a un soldado antes de ingresar y este responde afirmativamente.

¿Qué es lo que está buscando?

—Venga, Miller —dice y me hace entrar —Con ese estruendo no bastó lo suficiente al parecer —saca su arma y dispara a una vasija que está resquebrajada haciendo que esta estalle en mil pedazos y produzca un gran ruido.

El sonido de un bebé comienza a retumbar en la vivienda y enseguida entiendo su punto, lamentándome por haber abierto la boca.

Uno de los soldados que lo acompaña se aproxima hasta un tapete que está en el suelo y lo levanta, exponiendo una compuerta de madera.

—Thorne, ayude a Wallas —ordena Gastón, haciendo que Elliot se aproxime a abrir la escotilla.

Al hacerlo, sale un hombre levantando un tablón de madera, preparado para golpear a cualquiera que amenace con llevarse a su familia.

—Señor, no les haremos daño —le digo, intentando que deje de defenderse para no empeorar la situación.

Un disparo se escucha, haciendo que a los gritos desaforados del bebé se unan los de una mujer devastada tras el asesinato de su esposo.

Miro hacia Gastón y noto como su arma acaba de ser la responsable de una muerte trágica y sin sentido, como tantas otras que han surgido en este contexto terrible.

—Ahí lo tiene, Miller, el bebé ya aprendió a matar a su propio padre —me dice muy seguro de haberme dado una lección y sabiendo exactamente cuál es, la de callarme y no discutir con él —Llévense a la mujer a los campos, y envíen al bebé a la montaña.

—¡No! Por favor, se lo pido, Señor. No me separe de mi hijo —suplica ella sabiendo que está pidiéndole un favor a un asesino.

—¡Ahora! —indica Gastón al ver que todos se han quedado esperando una respuesta de su parte.

Los soldados acatan sus órdenes, mientras que Elliot se vuelve a posicionar a mi lado.

—¿Por qué los separan, Señor? —pregunto, aunque no creo que ninguna de sus respuestas pueda ser razonable.

—Le estoy dando una lección importante: la de respetar el orden establecido. Haberse escondido de nosotros la llevó a esto. Además, esa mujer deberá preocuparse por trabajar, y el niño recibirá una familia que pueda darle un buen pasar.

Asiento con la cabeza, fingiendo que he entendido todo a la perfección, mientras que por dentro mi corazón se estruja al darme cuenta de que quizás Adrien no era el peor enemigo y que, lamentablemente, Reed tenía razón.

CAPÍTULO CUATRO

La cantidad de injusticias que he presenciado y ante las que no he hecho nada son innumerables, pero como la que acabo de vivir, ninguna. Una familia destruida en solo un segundo y yo soy, en gran parte, culpable de eso, lo cual me sirve de recordatorio acerca de lo necesario que es tener control sobre nuestras acciones y no ser impulsivos. Nunca lo fui, solo con ella, su beso en la enfermería me desarmó completamente y no pude evitar buscar otro igual, sin importarme nada más que volver a probar sus labios, pero ahora Hayley se fue, y el panorama demanda que vuelva a ser esa persona fría e inexpresiva que medía sus palabras, sus acciones y sus sentimientos. Aun así, no pienso dejar que nos sigan matando, si en algo tenía razón la joven que cambió mi universo es en que ya es tiempo de un cambio, aunque, ¿a qué nos han llevado esos pensamientos? Solo hemos empeorado todo.

—¿Estás bien? —me pregunta Elliot mientras emprendemos el viaje de regreso hacia el punto de extracción donde nos buscarán para volver a la montaña.

—Sí —miento.

¿Quién puede estarlo luego de presenciar algo así?

—Yo los separé también, yo lo hice —dice Elliot de la nada, haciendo que no comprenda.

—¿A quiénes? —pregunto, pero él sigue en un trance al que me es difícil acceder.

—Hice eso, lo sé —continúa.

Me acerco a él y lo tomo de los hombros con fuerza sin importarme el dolor que se ha generado en mi brazo izquierdo por estar todavía muy resentido.

—¡Elliot! —insisto en que vuelva a mí—. Elliot, aquí estoy.

Él parpadea un poco y luego se arrodilla en el suelo. Me agacho con él y me detengo a dejarlo respirar y recobrar algo de serenidad.

—Veo a muchas personas, y a veces la veo a ella. Ahora, que estamos compartiendo tiempo juntos, se me aparece más seguido, y siempre me repite que por qué no dejé que tú la ayudaras.

—¿De qué estás hablando, Elliot?

—Cuando me la llevé a la montaña, ella te escuchó a lo lejos, gritó tu nombre, y yo le dije que si venías a buscarla te mataríamos, y así, sin más, ella dejó de llamarte. Priorizó tu vida a la suya, como ese padre intentó salvar a su familia. Yo hice eso, como ahora también hice esto.

Veo en sus ojos la tortura con la que vive y entiendo que no todas las luchas se dan en las guerras, sino que también hay peleas internas y ocultas para el mundo exterior, y que nos carcomen por dentro.

Tomo sus manos y las presiono con fuerza, sin decir nada, solo dándole mi contención y apoyo. Él me mira, no sé si lo que estoy haciendo le hace bien o no, pero hasta que no me aleje no me moveré de su lado.

—A veces tus silencios son más sonoros que tus palabras, Theo —me dice finalmente y distingo en sus ojos un pequeño destello de luz, muy lejano, pero aún existente.

—Creo que eres una de las pocas personas a las que le gusta que me quede callado —bromeo y consigo hacerlo reír—. Vamos, nos queda aún bastante terreno que caminar —le digo ayudándolo a ponerse de pie.

—Gracias —responde sosteniéndose de mí —Espero que tu malestar con Gastón mejore, realmente.

—Eso será difícil, pero me limitaré a ser uno más a su lado, como debería haber sido desde un inicio.

Elliot alza una ceja y ladea la cabeza, desaprobando mi comentario.

—¿Qué? —pregunto sintiéndome juzgado.

—Siempre has llamado la atención, jamás te comportaste como alguien invisible.

Escucho sus palabras, sin embargo, no las comprendo. Nunca intenté mostrarme ante nadie.

—Lo que pasó con Gastón fue una idiotez, y no voy a volver a cometer ese error. Supongo que me desacostumbré a algunas jergas militares como la voz de mando. Realmente detesto eso con todo mi corazón.

—¿Porqué? Es necesaria para que estemos coordinados y organizados.

—Implica seguir a un líder, y ya estoy cansado de ir detrás de los demás.

—¿Y por qué no tomas tu ese lugar? Como te decía, jamás fuiste un número más. Siempre llamaste la atención de todos, ya sea con tu forma de luchar o tu rostro similar al de una persona que no va al baño por meses —me dice y me alegra escucharlo hacer una broma más elaborada.

—No quiero ser responsable por nadie, por ende, liderar no es lo mío.

—Sin embargo, te haces cargo de todos los que ves que lo necesitan, como yo.

—No es así, eres mi compañero, al menos en esta patrulla, y eso es lo que se acostumbra.

Elliot comienza a caminar delante de mí y suspira.

—Como digas, Ro —acota mi nombre falso y consigue hacerme reír de lo ridículo que ello suena.

Adrien y Gastón, al parecer, se conocen desde su adolescencia. He estado observándolos en los pocos momentos en los que están juntos. Los padres de Gastón, de una tal Amber y de Adrien, junto con otros, hicieron una especie de tratado y, desde entonces, sus hijos son amigos. Comprendo que estoy en terreno desconocido y que, cualquier acción no analizada, puede traerme varios problemas, por lo que he estado aprovechando los últimos cuatro meses para recabar información. Elliot se ha vuelto algo así como un aliado para mí, aunque no le confió demasiado ya que, a pesar de que parece ser una buena persona, lo que le hicieron en cierto punto lo condena. En cuanto a Luc, nos hemos cruzado en varias oportunidades, pero desde nuestro encuentro inicial que no nos relacionamos, y no me he preocupado demasiado por ello. Saber que quizás fue responsable de la muerte de Anna me perturba. Sé que está dolido por lo que hizo, que entiende ahora que siempre estuvo del lado equivocado de la lucha, pero eso no hace menos complicado para mí frecuentarlo. En cuanto a su hermana, Lilith, Elliot me ha dicho que ella se resistió a irse con Luc cuando atacaron el refugio rebelde y que una joven, que por su descripción me es similar a Kate, lo golpeó fuerte, logrando que escaparan juntas. Esto, ahora, es un alivio para Luc, pero en este entonces no lo fue, ya que temía que los rebeldes le hicieran daño por su traición. ¿Serían capaces de lastimar a Lilith para vengarse de Luc? No lo sé, no sé qué haría yo en su lugar.

Adrien me ha estado enseñando un poco acerca de los cuatro continentes que existen además de Tyrdem y todavía no puedo creer cómo nos engañaron por tanto tiempo. Que el teniente General me haya dado esta información no ha sido por la bondad de su alma, sino para enseñarme un poco acerca del lugar del que digo venir. He estado yendo a los valles a patrullar y he aprovechado cualquier oportunidad para alertar a la gente de allí de alguna forma, ya sea golpeando ventanas a la distancia o haciendo mucho ruido para que estén atentos a que alguien se aproxima. También he guardado algo de comida y la he estado dejando por ahí para que, quien la necesite, la encuentre. No es mucho, pero hasta que Adrien no me diga cómo puedo ser más útil no tengo otras alternativas.

La Alianza ha refaccionado la antigua Sede del Ejercito y pronto enviarán a unos pocos soldados para ganar terreno y ver si es viable asentarse allí, pero todavía no me han indicado si yo soy uno de ellos. Me preocupa un poco volver a ese lugar lleno de recuerdos, pero más me aterra sentir que no estoy haciendo nada distinto.

—Miller, ven, siéntate con nosotros —me grita Gastón desde el otro lado del gran comedor.

A su lado está Adrien, que no comprende el motivo por el que su contraparte me llama.

—Espasa, Klein —les digo a ambos con completa seriedad, pero sin nombrar sus rangos, algo que me ha repetido incansablemente Gastón que no haga si no hay civiles. Es extraño que un hombre tan narcisista no quiera que mencionen su alto rango constantemente, pero supongo que debe hacerlo para generar un acercamiento y tener a todos a sus pies.

—Le comentaba a Adrien que mañana podrías acompañarnos a los campos de cultivo. Uno de los rebeldes que hemos terminado de interrogar se unirá a nuestras filas de trabajo y es una buena oportunidad para que dejes las aburridas patrullas y te insertes en otros ámbitos. En Infundio estuviste en los Campos de Reeducación y Trabajo ¿No es así? —me pregunta de manera sutil.

Repito en mi mente la información que tengo del sujeto al que Adrien asesinó para que ocupe su lugar: Roan Miller, 29 años, soltero, nacido en Infundio, hijo de padres militares ya fallecidos, buena destreza física, pero de mal carácter, estuvo en los mencionados campos supervisando las jaulas de combate por cinco años y luego se lo asignó al puerto de Tyrdem para controlar la carga y descarga de materiales y personas. Está claro, Adrien eligió a este sujeto a la perfección.

—Así es, por cinco años, pero no en las ejecuciones de trabajo forzado sino en las jaulas de combate —respondo seriamente y la imagen de Hayley habitando esos lugares me hiela la sangre.

Por favor, que su destino haya sido uno mejor —me digo por dentro.

—Es por eso por lo que me gustaría que nos acompañes. Quiero hacer algo similar aquí, pero con otra finalidad.

—¿Y cuál sería? Si es que puedo preguntar —le digo fingiendo un respeto que no le tengo.

—Enseñarles quien manda —responde él con arrogancia —He notado que Tyrdem es una ciudad de ignorantes y salvajes, que no acatan reglas y se creen revolucionarios. Pero no hay problema con eso, a veces las ovejas salen de su rebaño y hay que matar a unas cuantas para que las otras vuelvan a su sitio, sobre todo a las ovejas especiales. ¿No crees, Adrien? —le pregunta en un tono amenazante.

—Sabes que Ciel jamás te autorizaría a hacer eso.

—Lo mismo pensabas de las bombas y mira lo que pasó.

Adrien toma aire y, con un leve gesto de despedida, se levanta de la mesa.

—Tu hija quiere jugar a ir en contra de nosotros y vamos a mostrarle quién manda —le grita Gastón mientras que Klein se aleja.

¿Habla de Hayley? ¿De Lilith?

—Hazme caso con esto, Miller, jamás te enamores ni tengas hijos, porque serán tu perdición —me dice Gastón y luego se levanta, haciendo que en mi mente se pasen los peores escenarios acerca de qué es lo que está tramando.

Me dirijo rápidamente al despacho de Adrien y, para mi sorpresa, él me intercepta en el camino. Su rostro denota preocupación, pero su voz es serena.

—Debemos hablar —me dice y comienza a caminar en dirección a las puertas que nos llevan a los túneles de la montaña.

—¿Qué rayos fue todo eso? —pregunto siguiéndole el paso —¿Y por qué no estamos yendo hacia tu oficina?

—No es segura —se limita a decirme.

Continúo avanzando y me detengo al entender que estamos dirigiéndonos al lugar donde Anna se escondía, a aquel sitio en el que viví uno de los mejores momentos de mi vida junto con Hayley.

—Vamos, no tenemos tiempo que perder —expresa al notar que no me muevo.

Asiento con la cabeza y entro al único lugar donde jamás me imaginé tener una conversación con Adrien.

—Realmente agradezco tu paciencia, Theo. Sé que fingir ser otra persona tocó tus fibras sensibles.

—¿Tú crees? —respondo burlonamente.

—No importa, ya no será necesario que sigas con ese papel. Es tiempo de actuar.

Lo miro con desconfianza. Si algo he aprendido es que Adrien tiene más de un rostro y sé que podría entregar a quien sea con tal de salvarse a él mismo.

—He estado juntando y pasando información a través de Jim, un joven que sabe de sistemas y que es parte de la Alianza pero que no está a favor de ellos, y logré descubrir donde se encuentran Ian y los demás.

—¿A quiénes te refieres? Pensé que la rebelión había muerto.

—No seas tonto, eso es imposible, hasta yo lo sé que combatí contra ustedes a sol y a sombra. Algunos murieron, sí, pero no todos. Ian sigue respirando y la rebelión está activa, reagrupando como pueden a los que siguen libres.

—¿Y cuándo ibas a decírmelo?

—Te necesitaba enfocado y sé que, de saber que tus amigos seguían haciendo de las suyas, te hubieras ido corriendo a luchar junto con ellos, aunque eso no fuera lo mejor.

Cierro los puños al escucharlo, quisiera golpearlo, pero no tendría caso.

—Sigues manipulándome.

—Sigo velando por ti y por los nuestros, como siempre lo hice —me dice elevando el tono de voz.

—No es así, jamás te importé —respondo intentando serenarme.

Adrien saca lo peor de mí y entiendo que ello se debe a que me he contenido por muchos años y que ya no tengo la fuerza suficiente para hacerlo.

—No voy a discutir eso contigo —responde y se sienta en la única silla que hay en la habitación —Hace unas semanas les he brindado información sobre un cargamento de armas para que puedan interceptarlo. Para que no desconfíen y puedan hacerse con ellas me hice pasar por ti, y les indiqué que estás vivo e infiltrado, que finges ser otra persona, pero que aún apoyas la causa.

Abro los ojos de par en par ante lo que acaba de explicarme.

—¿Algo más que hayas hecho a mis espaldas? —pregunto resignado.

—No, creo que eso es todo.

—Vaya, me alegro —le digo con ironía y consigo que él, por primera vez, se muestre molesto.

—Maté gente para que no te delaten, controlé cada grupo que te asignaban para que no te toque con nadie de Tyrdem, así que no seas desagradecido.

—Tú me disparaste, me quitaste a la única persona que amé en la vida, ¿y ahora dices que estoy en deuda contigo?

—Jamás dije eso, pero quiero proteger a mi familia y sé que Luc no está a salvo aquí. También entiendo que Gastón quiere hacerle daño a Lilith y no puedo permitirlo.

—¿Él sabe dónde se encuentra ella?

—No, pero mi hija es igual de imprudente que Hayley y ha intentado sabotear a la Alianza varias veces con tus amiguitos.

—Eso quiere decir que los rebeldes están haciendo algo y yo no estoy con ellos apoyando la lucha —respondo sintiéndome mal al respecto.

—Créeme, estás haciendo más aquí que ellos. Parecen niños creyendo que juegan con pistolas de agua —dice Adrien mofándose.

Suspiro, no tiene caso discutir con él. Ambos tenemos formas distintas de pensar y de actuar.

—Theo —pronuncia mi nombre y comprendo lo mucho que extrañaba escucharlo, aunque sea él quien lo haya enunciado —Ya sabes cómo es Gastón y lo que es capaz de hacer para probar su punto.

—En eso es igual a ti.

—No, jamás lastimaría al hijo de alguien para demostrar algo.

—Todos somos hijos de alguien, seguramente este Roan al que le quitaste la vida también.

—Vamos, Theo, entiendes a qué me refiero.

—No, no lo entiendo. Mataste a mi familia, mataste a mi hermana y ella era inocente.

—Jennifer no está muerta, está viviendo en Infundio, o al menos así era hasta hace unos años. Dejé de seguirle el rastro hace un tiempo —lanza Adrien una noticia que me deja sin palabras.

¿Sería capaz de mentirme con algo así? ¿De generarme ilusiones y luego destrozarlas? Claro que sí.

—¿Qué estás diciendo? —le pido que se explique intentando ver si algo en su expresión me da más información acerca de la veracidad de lo que me está revelando.

Vamos, Theo, tu fuiste entrenado para mucho más que esto. Saber si él te está engañando debería ser pan comido —me digo a mí mismo pero muy bien sé que Adrien es un experto en lo que hace también.

—Que Jennifer no murió en el incendio, que la envié a Infundio.

Observo cada uno de sus gestos, el movimiento de sus ojos al decir aquello, de su boca, pero no veo nada que me indique que miente.

—¿Cómo puedo creerte? ¿Cómo puedo saber que no me dices esto solo para que te ayude?

—Porque no es necesario, sé que me ayudarás a salvar a Luc y eventualmente a Lilith porque amas a su hermana, porque amas a Hayley, y sabes lo mucho que la destrozaría de saber que algo les pasó y que tu no hiciste nada para impedirlo.

—Ahora es su hermana… —digo pensando en sus mentiras, en todo el daño que le hizo mintiéndole sobre su identidad.

—Siempre lo fue y siempre lo será, al igual que Hayley siempre será en el corazón mi hija.

—Tú no tienes corazón —respondo enojado al ver que todos fuimos títeres en una obra orquestada por un hombre que no teme hacer lo que sea para sobrevivir.

Adrien sonríe de una manera perversa, sabiendo que haré todo lo que me pida si eso me lleva hacia Hayley.

—Ahora escucha con atención, Luc irá contigo a los campos. Necesito que lo tengas vigilado y que no te despegues de él ni por un segundo, mientras tanto yo me encargaré de planificar nuestra huida de la montaña. ¿Sí?

—De acuerdo. ¿Cómo harás eso?

—Tu solo déjamelo a mí, no fui por tantos años líder del ejército en vano —responde con un ego que solo a él le podría sentar bien.

Estoy aliado con Adrien y juntos escaparemos para unirnos a los rebeldes.

Vaya, ni en mis más locas pesadillas podría haberme imaginado esto.

CAPÍTULO CINCO

Recuerdo muy bien las celdas, tuve que memorizar cada puerta que me llevaba a las mismas previamente antes de atacar la montaña. Thorne me indicó todo lo que necesitaba saber, luego de que la convencí de que decirme la verdad salvaría a su hijo. Sí, Elliot le importaba, un poco al menos. Sabía que tenerme a mí de enemigo no le convendría a él, y prefirió cantarlo todo, pensando que no importaba mucho lo bien que me instruyera para llegar a Hayley ya que de todas formas me matarían. En algo tenía razón, si Adrien lo hubiera querido yo ya no estaría vivo, pero aquí estoy, volviendo al último lugar donde estuve con ella, donde creí que ambos tendríamos finalmente un futuro juntos, yendo a buscar a una persona a la que han torturado para sacarle información.

¿Cómo es que me he convertido en este peón? Me doy asco.

—Identificación —nos dice el hombre que se encuentra resguardando las celdas al vernos llegar a Luc y a mí.

Le extiendo la tarjeta en la que figura mi rostro junto con mis datos sintiendo un poco de nervios por el hecho de que Roan Miller yace bajo tierra, pero no dejo que eso se note en mí... sé muy bien cómo controlar la percepción de los demás.

—Miller y Klein —repite el soldado —Perfecto, el Coronel Espasa nos indicó que vendrían por la chica.

—¿La chica? —pregunta Luc consternado.

El soldado lo mira sin entender qué le llama la atención.

—Disculpe, no nos informaron a quién llevaríamos —respondo intentando cubrir a Luc, aunque yo tampoco entiendo qué es lo que le parece extraño.

El hombre ingresa en el pasillo largo en busca de nuestro cargamento y, en cuanto nos quedamos solos, Luc rompe el silencio otra vez.

—Perdona por eso, supongo que no me imaginé que aquí tuvieran a una mujer.

Alzo una ceja, intentando comprender por qué pensaba eso.

—Se puede interrogar y torturar a cualquier persona, Luc —respondo fríamente.

—¿Alguna vez lo has hecho?

—Sí, varias. En mi rango era un requisito.

Observo como él comienza a transpirar y sus ojos tiemblan con mi respuesta.

—¿A rebeldes?

—En su mayoría sí, eran rebeldes a los que les hacía eso.

—Pero pensé que eras uno de ellos.

—Lo soy, pero no fue así siempre. Además, tenía que fingir muy bien y hacer lo que sea necesario. Quizás lastimaba a una persona, pero estaba ayudando a muchas más.

—Por eso ser Roan te es fácil —afirma.

Sonrío ante su ingenuo comentario.

—Que sepa hacerlo a la perfección no significa que me sea fácil. Cada vez que hago alguna de estas cosas, cada minuto que paso con tu padre, cada segundo que respondo cuando me llaman por este nombre, me enferma por dentro, pero no tengo elección. Si quiero salir con vida de esta situación, si quiero ayudar a mi gente, si quiero volver a ver a Hayley, tengo que hacerlo.

—Lamento no haberme tomado a bien lo de ustedes. Hoy en día me doy cuenta de que tuvieron suerte de encontrarse y me alegra que ella te tuviera a ti.

—Te percataste de eso un poco tarde.

—Lo sé, me di cuenta de muchas cosas cuando ya no había vuelta atrás.

Asiento con la cabeza, sé que lo lamenta, lo sé, pero aún me duele tenerlo cerca.

No me acerqué a Luc como un medio para un fin, sino que lo conocí en el instituto y enseguida noté en él una humildad y gentileza extremas que me hicieron querer que sea mi amigo. Fue por nuestro vínculo que los rebeldes se acercaron a mí. Yo no era nadie para ellos, sin embargo, mi entorno sí, y siempre lo supe, pero nunca me importó demasiado. Quería vengarme por la muerte de mi hermana, quería que se hiciera justicia y que las cosas mejoraran. Con el tiempo me volví alguien a quien los rebeldes valoraban, pero el ejercito también, y Luc y Hayley entraron en una ecuación perfecta. Ambos fueron víctimas de mis objetivos, al igual que yo lo fui de Adrien y de Ian.

—Me cuesta volver a ser tu amigo, Luc.

—Lo entiendo.

—¿Sí? Es difícil que lo hagas sin saber el panorama completo.

—¿Y cuál sería ese? Adrien me contó del verdadero motivo por el que tus padres murieron. En ese entonces, cuando sucedió, intenté estar más presente para ti, hacer que mi familia se convirtiera en la tuya, y sé que todo el tema de Hayley me hizo enojar, pero… —lo interrumpo.

—No se trata de mis padres, ni de Hayley, sino de Anna.

—¿Mi tía?

Sonrío al escucharlo, casi me olvidaba de que ellos comparten la sangre, aunque no tienen ningún otro vinculo que los una, no como conmigo.

—Sí, ella.

—¿Qué sucede con Anna?

—Tras la muerte de mis padres me refugié mucho en ti, en tu padre y en el ejército, pero cuando me uní a los rebeldes la conocí a ella. Anna se volvió mi familia, se convirtió en algo así como mi madre y es posible que ahora esté muerta por lo que hiciste —le digo sintiendo el peso de tal afirmación.

Una sensación de angustia me recorre y consigue hacer que una lágrima caiga por mi mejilla. Rápidamente la seco y respiro profundo para evitar demostrar que soy dueño de estas emociones, pero no logro hacerlo antes de que Luc lo note.

—Si pudiera volver el tiempo atrás lo haría, pero Theo, debes entender que nunca supe nada más que lo que me enseñaron. Yo estaba muy metido en mis cosas y en la vida militar, y si hubiera conocido esta otra realidad no habría actuado de tal manera —me dice Luc y, de alguna forma, me hace comprender su postura.

Hayley lo dijo, los secretos son los que permitieron que esto se sostuviera por tanto tiempo. Ella quería abrirle los ojos al mundo, y yo voy a hacerlo en su nombre.

El soldado vuelve justo en ese momento y, consigo, trae a la última persona a la que me hubiera imaginado ver en una celda: Alison Woods.

Ella nos observa a ambos y, por un momento, tengo miedo de que me delate, pero no parece reconocerme, o al menos no expresa nada que haga que el guardia crea que nos conocemos.

—Ahí la tienen —nos dice el hombre entregándonos una llave para luego quitarle las esposas que lleva puestas.

—Gracias —responde Luc que luego sujeta a Alison y emprende el camino hacia la salida.

Voy tras él, observando a ambos de espaldas y no puedo evitar sentir cierta vibra alarmante. Algo extraño sucede aquí y rara vez mis instintos fallan al respecto.

Al subir a la camioneta rompo el silencio.

—¿Alguno de los dos me va a decir lo que está pasando? —les digo mirando a Alison a través del espejo retrovisor.

—Lo mismo podría preguntarte —responde ella con cierto enojo —¿Estás con ellos? ¿Tú?

Respuesta defensiva, algo está ocultando.

—¿Se conocen? —interfiere Luc.

—¿Acaso no recuerdas el refugio rebelde, Luc Klein? Yo estaba ahí cuando nos entregaste.

—¿Eres una rebelde? Pero mi padre…—comienza a decir, pero no termina la oración.

—No, es amiga de Hayley —respondo sin entender cómo es posible que Luc ignorara completamente a todos en el refugio.

—Oigan, lo siento. Entiendo que hice todo mal y que arruiné la vida de muchas personas, pero ¿qué quieren que haga?

—Hiciste que maten a mucha gente —dice ella —Deberías correr la misma suerte.

—Quizás si —responde Luc haciendo que la joven se quede callada.

Ella luce distinta, menos infantil y mucho más severa. Comprendo que ha tenido que vivir un calvario, pero, por primera vez, siento que veo a la verdadera Alison, como si antes hubiera estado interpretando un papel y ya no tuviera que hacerlo.

—¿Te hicieron daño? —pregunto de manera directa.

—¿Tu qué crees?

—Que sí, pero que puedes soportarlo —respondo sin quitar mis ojos de los suyos.

Ella alza una ceja e intenta mantener la mirada en mí, pero luego observa a través de la ventana el paisaje que nos rodea, el cual es demasiado tétrico y abrumador, algo que no parece reflejarse en su expresión.

—Llegamos —dice Alison y, si bien eso es obvio porque hemos disminuido la velocidad, no comprendo cómo puede decirlo tan tranquila.

—Lamento esto —agrego sintiéndome mal de llevarla a un lugar así, aunque ni yo sé lo que sucede ahí dentro.

—Solo dile a Adrien que espero que mi calvario no dure mucho tiempo. La libertad o la píldora. ¿De acuerdo? —responde ella y sonríe al decirlo.

Luc se voltea para mirarla directamente a los ojos y le coloca algo en el bolsillo.

—Supongo que es más certera la segunda opción —le dice a él con una sonrisa nostálgica.

Vaya, ¿a Alison también la ha metido en este juego? ¿O acaso ello significa algo más?

Dos soldados se acercan velozmente a la camioneta y piden que nos identifiquemos antes de dejarnos pasar. Luc hace inmediatamente lo que ellos dicen, mientras que la joven mantiene su mirada clavada en mí.

En cuanto nos autorizan a ingresar se abren las puertas y la imagen de Gastón esperándonos me sorprende. Bajo de la camioneta y sujeto a Alison mientras Luc saluda al jefe de la Alianza.

—Esperaba que vinieras con Adrien, no con su hijo —indica Gastón con cierta picardía en su forma de expresarse dirigiéndose directamente a mí.

—Señor, él estaba bastante ocupado y me pidió reemplazarlo. Espero que eso no sea un problema —dice Luc con timidez.

—No lo es, Klein —responde y, con un chasquido de dedos, una muchacha se lleva a Alison a otra parte.

—¿Qué harán con ella? —pregunto mientras analizo lo que tengo a mi alrededor.

—Lo mismo que con todos aquí, hacer que sea productiva — responde él —Bueno, y también enseñarle quien manda —bromea y comienza a caminar haciendo una seña de que los sigamos.

Caminamos detrás de él y no puedo evitar sentirme extraño al estar en este sitio.

—¿Reconoce el lugar, Klein? —le pregunta Gastón a Luc.

Veo como Luc intenta descifrar donde estamos, pero ni yo me puedo dar cuenta si es algún lugar conocido por nosotros.

—Estamos a unos kilómetros de su antiguo hogar —revela el hombre —Hemos reconstruido algunas de las casas más céntricas y rodeado el perímetro con cercas, pero creo que todavía se parece un poco, ¿verdad?

Trato de reconocer las edificaciones y, a duras penas, logro ver nuestro viejo instituto a lo lejos, solo que ahora sus paredes son grises y se encuentra rodeado de soldados que restringen el acceso.

—Perdone, Señor, pero está todo muy cambiado —dice Luc con una angustia perceptible que me imagino se debe al hecho de que todo lo que creía conocer ha desaparecido.

—Hemos dividido el área en diferentes sectores. Las mejores casas se encuentran en el área A y es dónde viven los oficiales y algunos soldados, luego otro conjunto de establecimientos para el resto de los soldados está en la B, los dos institutos que se encuentran hacia el fondo son el área C y es el lugar donde duermen los prisioneros y, por último, el viejo campo de entrenamiento que usaban a menudo se ha convertido en un espacio de cultivo.

—¿A eso se dedican las personas que son enviadas a este lugar? ¿A la agricultura? —pregunto intentando entender el montaje que han hecho aquí.

—También hay espacios de carpintería, textiles y de alfarería. De a poco hemos estado sumando más tareas de acuerdo con lo que se necesita —responde él con total naturalidad.

—¿Y esto se envía a Infundio? —insisto.

—No, se usa o se mantiene en depósitos hasta nuevo aviso. Ya no tenemos habilitado el transporte marítimo dado que se ha decidido no enviar más gente de Tyrdem hacia los Campos de Reeducación y Trabajo de Infundio, por lo que tuvimos que empezar a copiar el modelo aquí.

—¿Y eso por qué?

—Roan Miller, ¿su rango amerita que haga tantas preguntas? —dice Gastón con cierto tono burlón.

—Usted planea que yo me encargue de replicar los combates en este lugar, por lo que me interesa saber el panorama de a qué nos enfrentamos y cuánto tiempo tendremos que mantener estos sitios. Sabe bien que en Infundio las personas no permanecen de por vida en los campos —respondo haciéndome cargo de mi papel a la perfección.

Él luce pensativo, creo que he logrado que se crea mi preocupación por mi labor.

—Nunca les dice forasteros —dice luego de unos interminables segundos de silencio.

Pienso en todo lo que he leído en los informes que me ha dado Adrien y todo lo que él me ha contado, pero no recuerdo que dijera esa palabra en ningún lado. Supongo que no es una forma oficial de referirse a quienes son llevados desde otros lugares hacia Infundio.

—¿Acaso eso cambia algo? —respondo teniendo en cuenta que Roan Miller tiene un carácter difícil, o que al menos lo tenía.

Gastón sonríe y me da una palmada en el hombro.

—Me agrada. Desde el primer día que lo conocí que me di cuenta de que usted y yo somos parecidos, Miller. En respuesta a su pregunta inicial, al parecer un forastero originario de este lugar arruinó sus preciados combates por lo que decidieron definitivamente cerrar el transporte entre ambos continentes por el momento hasta que sea seguro. Este sitio es aún inestable y primero debemos restaurar el orden. Espero que Ciel pronto levante esta prohibición, pero no tenemos informado un tiempo exacto. ¿Cree que pueda lidiar con eso?

Ciel, mierda, no sé quién es. Supongo que deberé preguntarle a Adrien varias cosas.

—Si, Señor. No se preocupe, esto es pan comido —respondo con seguridad.

Gastón nos hace seguir y, antes de avanzar, miro a Luc. Parece sorprendido por mi forma de actuar y de fingir, y entiendo que ahora debe estar haciéndose preguntas acerca de que tan cercanos fuimos realmente, y si también tuve dos personalidades con él.

Supongo que, aunque le diga que su amistad fue muy importante para mí, Luc jamás va a volver a confiarme nada, y sé muy bien que esa sería la primera decisión inteligente que él haría, al menos en este último tiempo.

CAPÍTULO SEIS

No entiendo cómo es posible que en tan poco tiempo hayan hecho algo tan horrendo y destructivo como esto. La mayoría de estas personas está hasta los huesos y, si no están trabajando, se encuentran recostadas en el duro suelo terriblemente enfermas sin que nadie se ocupe de ellas.

He ido con Luc al lugar en dónde deberemos montar todo el espectáculo de combate que planean y hemos estado toda la mañana dando indicaciones acerca de cómo haremos que cada lucha se visualice desde cualquier ángulo.

—¿Quiénes vendrán a observar esto? —me pregunta Luc justo cuando Gastón ingresa al lugar acompañado por Camila, quien desde hace un tiempo está como su asistente, algo que al mayor de los Klein no le agrada demasiado. Supongo que Hayley también odiaría el ver a su amiga convertida en una herramienta de la Alianza.

La joven de cabellera colorada ha tenido que soportar a Espasa muy de cerca, y sé que las cosas que le ha hecho contra su voluntad la han cambiado bastante. Ella le ha pedido a Luc que se mantenga lejos de ambos, que no quiere que interceda, pero sé que para él eso es muy difícil. La terquedad de los Klein es algo de lo que sé muy bien.

En cuanto a mí, ella está feliz del papel que estoy interpretando y me ha hecho llegar, a través de Adrien y Luc, información que asevera que a Gastón realmente le agrado, algo que, de alguna manera, nos es útil.

—Por el momento será un espacio de recreación para nuestros soldados —responde Espasa sin titubear.

¿Ver gente golpearse contra su voluntad puede llegar a divertir a alguien? —Pienso sintiendo asco ante su comentario.

Noto como Luc observa a Camila con tristeza. Sé que él intentó hacer lo mejor para ella, pero la terminó metiendo en un terrible lugar.

—Miller, ¿qué le parece todo? ¿Estaremos listos para iniciar con los combates pronto?

—Sí, señor. Le pasaré mi propuesta esta misma tarde —respondo rápidamente.

—No es necesario. Hazme una demostración ahora, le traigo cinco prisioneros conmigo para eso.

Por la puerta veo ingresar a tres hombres y dos mujeres, todos lucen raquíticos y desmejorados, agotados de la vida que llevan aquí. Hay uno de ellos al que reconozco, y eso me hace mirar a Luc de reojo. Él me entiende, sabe que no deben reconocerme. Camila también parece comprender el riesgo que corro y rápidamente crea una distracción haciendo que todos los documentos que lleva consigo caigan al suelo.

A gran velocidad me coloco un casco táctico junto con una máscara negra que normalmente se usa en reconocimiento de terreno y me posiciono firme al lado de Luc.

—Miller, ¿qué rayos está haciendo? —pregunta Gastón al verme.

—Disculpe, Señor, así es como había propuesto en su momento que se protejan a nuestros soldados en Infundio cuando deben estar muy cerca de los combates —respondo mintiendo, sé que no es así y que probablemente descubra que es un engaño, pero prefiero intentarlo.

—Interesante —dice él —Me atrae más que uno de nuestros camaradas esté en medio de toda la disputa como un agente externo, agitando el avispero —agrega.

—¿A qué se refiere? —pregunta Luc consternado.

—Supongo que Miller habla de incidentes que a veces suceden estando fuera de la jaula de combate, pero se me ocurrió que, ya que nuestros soldados estarán protegidos, podrían participar desde dentro —plantea aun meditando sobre sus palabras.

Puedo ver como en su mirada se elabora una idea que solo tiene como finalidad derramar sangre inocente.

—A ver, Miller, te voy a usar de conejillo de indias. Entra a la jaula con los prisioneros y hagamos una lucha con el objetivo de que solo quede uno en pie —me indica sin inmutarse demasiado al decir eso.

—Señor, ¿realmente cree que eso sea necesario? —pregunta Luc acercándose a él.

Camila lo observa con rostro preocupado y noto el miedo en todo su cuerpo, algo que me dice que ya ha sufrido las consecuencias de hablar de más, tal como Luc lo está haciendo ahora.

—Quizás un Klein debería ocupar tu lugar, Miller —dice Gastón sonriente.

—No, yo lo haré. Extraño usar mis puños —respondo pensando en la arrogancia del hombre que suplanto.

Antes de que alguien exprese una opinión al respecto me posicionó dentro de la jaula improvisada que aún tiene mucho trabajo por delante y, en enseguida, Gastón hace una seña con la mano para que ingresen mis oponentes. Esto es tan injusto y descabellado que me cuesta asimilar el hecho de que debo golpear a personas que llevan días, semanas o incluso meses recibiendo maltratos, poca comida y haciendo tareas diversas sin descansar apropiadamente.

¿Qué diría Hayley si me viera ahora? Temo que odiaría en lo que me he convertido a pesar de que sea por un propósito mayor.

Espasa luce emocionado por el combate, mientras que Luc y Camila están intranquilos.

—Las reglas son simples, el objetivo es que uno de nosotros quede en pie. Todos los golpes están permitidos —les explico algo que no es demasiado difícil de entender, pero sí de hacer.

He peleado contra otros desde que tengo uso de razón, ya sea porque se metían conmigo en el instituto al considerarme el callado o porque mi talento en la lucha siempre había sobresalido y me permitía expresar todo el rencor que corría por mis venas. El ejército me había dado la excusa perfecta para explotar aquello que era dañino tanto para mí como para el resto, pero que para ellos era correcto. La violencia nunca está justificada, sin embargo, a mí me aplaudían por ser el mejor ejerciéndola.

—Miller, espero que des lo mejor de ti —dice Gastón abrazando a Camila por la cintura y provocando en Luc una rabia que no puede disimular.

Observo a mis contrincantes. Noto sus manos callosas, sus ojeras pronunciadas y la poca carne en sus cuerpos… ¿Cómo diablos voy a golpear a estas personas? Una de las mujeres luce más joven que yo, mientras que el resto ronda entre los cuarenta y los sesenta años. Cuatro de ellos no parecen saber nada de pelea, posicionan sus pies de manera torpe y sus brazos no se ven firmes. En cuanto al quinto, a él lo conozco, es un rebelde, como yo, como tantos otros. Agradezco haberme cubierto el rostro, no solo porque seguramente me hubiera reconocido, sino porque lo que menos podría tolerar ahora sería ver su decepción e ira al notar que estoy del lado contrario de la lucha. Sé que no es realmente así, que he perdido muchísimo y que sufro igual que él, pero en apariencia eso no se ve.

Un hombre se aproxima a mí velozmente, veo su cuerpo alcanzarme y, sin mover demasiado mi cuerpo, llevo mi brazo hacia su rostro y lo golpeo fuertemente, dejándolo inconsciente con esa sola acción. Miro de reojo a una de las mujeres que, junto con otro de los hombres, me atacan en simultaneo. Ella se tira encima mío mientras que él se aparece enfrente de mí dispuesto a derribarme. Tomó a la mujer del brazo y tironeo de ella hacia delante, haciendo que su cuerpo pase por encima de mi hombro y provocando que se lleve consigo a su compañero. Ya en el suelo sujeto a ambos de la cabeza y hago que las mismas choquen, dejándolos fuera de combate.

Me doy vuelta y observo a las dos personas que quedan: la chica y el rebelde. Gastón está arengando el espectáculo que le ofrezco y no puede parar de gritar que acabe ya con ellos.

Miro a Luc, él solía disfrutar de mis peleas, adoraba verme luchar y nos reíamos de mis logros cotidianos. Sin embargo, ahora parece asustado al verme, al notar mi letalidad, al entender que no me quiebro tan fácilmente.

—No, por favor —me dice la joven al comenzar a caminar hacia ella —No me lastimes, te lo pido —me suplica.

Gastón comienza a reírse de ella a lo lejos y, por un momento, me imagino a mí mismo acabando con él en lugar de hacer lo que estoy a punto de hacer.

Suspiro.

Solo hazlo, Theo —me digo.

Me acerco a ella con paso firme a pesar de que su cuerpo se sacude y sus ojos se llenan de lágrimas. El color verde en ellos me hace pensar en la única persona por la que daría todo, inclusive mi vida, y en lo necesario que es todo esto para volver a verla. Estoy a punto de darle un golpe a la joven cuando un brazo me toma por detrás y, al estar desprevenido, hace que trastabille. El hombre, aprovechando mi distracción, me sujeta de la cabeza y, de un segundo a otro, veo como el casco táctico rueda por el suelo.

No, no, no —me digo por dentro mientras me incorporo.

El rebelde me mira fijamente y noto como sus pupilas tiemblan… lo sabe.

—¡Maldito! —grita y se dirige violentamente hacia mí.

Lo sujeto antes de que pueda tocarme y acerco mi boca a su oído.

—No estoy con ellos, es lo que debo hacer por nosotros —le susurro.

El hombre continúa enojado, se separa de mí empujándome e intenta golpearme nuevamente.

—Voy a delatarte —me dice —Si me voy a la tumba, tú te vas conmigo.

Cierro los ojos al escucharlo y, al abrirlos, me lamento por la decisión que acabo de tomar.

—Lo siento —le digo por lo bajo.

Mis manos se acercan a su cuello y, con un movimiento fuerte y seguro, acabo con su vida.

Escucho a la joven llorar y a Camila lanzar un grito ahogado. A la par se oye el festejo de Gastón, emocionado por lo sucedido.

Un muerto no habla —digo por dentro —*Es la regla número uno.*

No es el primero, ni tampoco será el último.

Y ya estoy lamentándome por ello.

CAPÍTULO SIETE

Muchas veces fantaseé con mi muerte. Estando constantemente en peligro uno entiende que ésta es cercana y la mira desde otra perspectiva. Jamás me dio miedo morir, sino vivir una vida insignificante. Quería cambiar las cosas, ser algo para alguien, y creía que eso se daría en la lucha que estaba librando diariamente ayudando a los rebeldes, pero no fue así. Empecé a vivir una vida significativa cuando la conocí a ella, cuando fui amado por ella, cuando entendí que daría mi vida por ella. Ahora le temo a la muerte, porque nada me asegura que, al otro lado del sendero, me encuentre con su presencia, y no me importaría luchar contra mil monstruos y recorrer el mundo entero si eso me garantiza que finalmente podré volver a verla.

A unos kilómetros de la ciudad, entre medio de esta y los valles, han construido varias edificaciones que se parecen más a una prisión que a un sitio seguro para nuestros ciudadanos. Allí es donde viven en comunidad quienes se doblegaron ante la Alianza, es decir, personas que mayormente habitaban la ciudad en el momento en que todo el caos surgió y prefirieron intercambiar un ejército por otro en lugar de ser parte de algo diferente. Algunos soldados también fueron enviados allí por parte de la Alianza al considerarlos más como civiles que como futuros integrantes del nuevo orden. Entiendo que esto se debe principalmente a que son muy inexpertos en la tarea o que no tienen las habilidades que Gastón y su sequito consideran fundamentales.

En fin, el día de hoy nos han hecho traer a algunos de los cautivos en los Campos de Reeducación y Trabajo para hacerlos, de alguna manera, desfilar en medio de las personas que aquí se encuentran. Supongo que todo aquello es para mostrarles lo que puede pasarles si desobedecen, y entiendo que transmitir miedo pueda funcionar.

En cuanto se abren las pesadas puertas metálicas que encierran a todos aquí dentro percibo como las personas se han posicionado de forma tal que los cautivos pasen por entre medio de estas.

—Nosotros vamos a ver el espectáculo desde arriba —me dice Gastón haciendo que nos desviemos por otro camino.

Lo sigo hasta una torre de control. Allí subimos varias escaleras hasta llegar al punto más alto en donde varios soldados de la Alianza analizan el panorama con deleite.

—Están preparados para disparar en caso de que algo se salga de lo esperado —me explica Espasa y luego se acerca a una mesa en donde un micrófono lo espera.

¿Qué está haciendo?

—Pueblo de Tyrdem, queridos ciudadanos de una tierra que adoramos y que hemos protegido por mucho tiempo, les traemos ante ustedes a los culpables de su ruina, de su destrucción, de su tormento. Siéntanse libres de decirles lo que quieran al verlos pasar y demuéstrenles que no fueron capaces de acabarlos completamente —indica él esparciendo el odio entre otros de manera casi inmediata.

La Alianza hace que todos los que son considerados rebeldes o contrarios comiencen a caminar por ese pasillo eterno de insultos, escupitajos y, de manera paulatina, golpes.

Observo como se desquitan con personas que no conocen, que juzgan y culpan sin cuestionarse absolutamente nada, y siento como la bilis sube por mi garganta.

—El ser humano es algo increíble —me dice Espasa.

Endurezco mi rostro, intentando disimular mi descontento, pero por dentro me siento el peor traidor de todos al ver esto y no hacer nada al respecto.

Uno de los caminantes comienza a defenderse, pero es abatido por un hombre de la Alianza y dejado a merced de personas que descargan su ira pateándolo sin parar hasta dejarlo sin vida.

Gastón festeja el salvajismo, la humillación y la muerte. Se ríe y vitorea lo que sucede al igual que sus pares, pero yo no puedo fingir felicidad ante algo así.

Mis ojos se posan en una niña de cabello negro que no debe tener más de cinco años. Una sonrisa ilumina mi rostro cuando percibo que lleva en su mano una manzana, la cual entrega de manera disimulada a un señor que acaba de ser empujado.

Él guarda rápidamente el alimento en su pantalón y la mira con lágrimas en los ojos, y no puedo evitar emocionarme al ver ese gesto. Entre tanto odio, el amor también encuentra su forma de expresarse. No somos simplemente devastación, miseria y ruina, sino que también tenemos la capacidad de hacer cosas hermosas, únicas y a favor de la vida, pero no siempre lo comprendemos. Elegimos el camino fácil, el egoísta, el que elimina al que consideramos ajeno y nos encierra en una burbuja de desconocimiento e ignorancia.

Somos esto, pero podemos ser más, solo es cuestión de quererlo.

Todo lo increíble que había sentido al presenciar aquella escena que me devolvía la fe en la humanidad se vio opacada cuando entendí que aquel sendero que habían transitado las personas que eran consideradas un peligro se había convertido en el pasillo de la muerte, dado que los llevaba a su exterminación.

Detrás de la Zona de Seguridad, de aquel espacio cerrado donde les vendían a todos falsas promesas y les hacían creer que la Alianza buscaba la paz, se encontraba el final para muchos.

El hedor de las fosas con cuerpos llegaba hasta los habitantes, haciéndome entender que no solo el miedo y la rabia crecía en sus mentes, sino también la norma.

Mostrarles la muerte de cerca los volvía sumisos y supongo que ese era el propósito de ese escenario trágico.

—¿Qué hace ese chico fisgoneando? —dice Gastón acercándose a Elliot que observa una de las enormes tumbas donde varias personas se encuentran apiladas.

Lo observo, noto que se encoge de hombros y recibe un empujón por parte de Espasa que consigue arrojarlo dentro junto con los cadáveres.

Me aproximo rápidamente a él para ayudarlo y veo que está pálido.

—¿A quién conoces de aquí? —le pregunto sintiendo a Gastón a mis espaldas.

—Christine —alcanza a decirme.

Miro por detrás de él y percibo a la joven de cabello rubio ceniza allí. Su hermano, Ethan, era un imbécil, pero ella siempre se mostró dulce y amigable y, aunque no la conocí demasiado, me apena que haya terminado en este sitio.

—Ya, niño. ¡Eran escorias! —le dice Espasa y aquella palabra, tan propia de Adrien, me repugna.

—Vamos, Elliot. Arriba —le digo sujetándolo de las manos —Salgamos de aquí.

Él asiente y comienza a subir para salir de allí, mientras que yo me aproximo a Christine y cierro sus ojos.

—Descansa en paz —le susurro antes de irme también.

Ella tenía la edad de Hayley y una vida por delante que no fue.

Y no lo olvidaré.

Hoy en día en Tyrdem las cosas son de una única manera. Si eres un rebelde, si en algún momento te niegas a seguir las ordenes de la Alianza, terminarás en los *Campos de Reeducación y Trabajo* en donde tu futuro no es muy alentador. Mientras que, si cooperas con ellos y no eres parte del ejército, serás enviado a unos complejos cerrados llamados *Zonas de Resguardo*, en los que debes vivir de la manera que te indican, no desviándote de sus normas, o corres el riesgo de terminar muerto de manera inmediata. Por otro lado, está el antiguo ejército de Tyrdem, el cual se disolvió y fue incorporado a la Alianza, aunque quienes pertenecían al mismo deben usar un emblema distintivo, que señala que son los más novatos en este nuevo orden. En medio de todo este caos algunas personas aún intentan quedarse en sus viejos hogares, escapar del desastre, pero eso no es tan simple lamentablemente ya que son perseguidos y apresados. A su vez, los rebeldes siguen operando desde las sombras y lo que más deseo es unirme a ellos, pero sé que la mejor forma de hacerlo es, aunque parezca paradójico, de la mano de Adrien.

—Jim nos está esperando —me dice él mientras termino de cerrar los botones en mi chaqueta.

—Vaya que se demoró su plan —respondo ofendido por todo lo que he tenido que ver estas dos semanas mientras él veía la forma de sacarnos de aquí.

—El tiempo no es siempre el enemigo, Theo. A veces nos ayuda a entender nuestras falencias, y lo necesitábamos para que nuestra huida sea inminente y exitosa.

Asiento sin ánimos de seguir escuchando su soberbia.

—¿Estás seguro de esto? —le pregunto sin entender el origen de mi duda —No podrás volver a este lugar una vez que los traiciones.

Adrien hace una leve mueca de gracia, pero no comprendo qué le puede parecer simpático.

—No queda nada aquí para mí. Siempre intenté evitar que estas personas llegaran a Tyrdem, pero, ahora que están en mi hogar, solo me queda proteger a los míos.

—¿Por qué te importa tanto Tyrdem? No eres de aquí.

—No importa de dónde venimos, sino en dónde nos sentimos realmente acogidos. En Infundio nunca me sentí pleno ni mucho menos. La guerra con Scientia fue devastadora, mis padres habían dado demasiado y yo tenía que estar a la altura de la situación. Cuando me enviaron a Tyrdem volví a nacer y pude, de alguna manera, ser yo mismo. Fue en ese entonces que conocí a Evanthe —dice sonriendo —y ella iluminó mis días con su luz.

—No entiendo en qué momento dejaste de amarla —respondo recordando el cuerpo de su mujer sin vida y a Hayley llorando sobre él desconsoladamente.

—Jamás lo hice.

—Tú la enviaste a matar —le aclaro, como si lo hubiera olvidado.

—Ambos llegamos a ese acuerdo. Sabía que tenía que demostrar mi lealtad de alguna manera y, al entender que eso protegería a nuestra familia, comprendió que lo mejor era poner fin a su vida. Envié a un soldado a hacer el trabajo, y le pedí que fuera lo más rápido posible.

Me quedo en silencio, sin poder asimilar sus palabras.

—No esperaba que Hayley estuviera allí para verlo, ni tu.

—¿Acaso nuestra presencia cambiaba algo?

—Si, lo cambiaba todo. Evanthe seguramente murió pensando en cómo proteger a su hija y en la horrible imagen que Hayley cargaría por el resto de su vida. Aunque a mí me alegra que ella pudiera estar ahí.

—¿Porqué?

—Supongo que me consuela que Eva no dejara este mundo sola.

—Hayley jamás podrá perdonarte por ello. Lo sabes ¿verdad?

Adrien asiente con la cabeza.

—Muchas personas no lo harán, pero no me preocupa. Sé que

nadie jamás experimentará lo que es estar en mi lugar, por lo que no entenderán mis decisiones y las juzgarán sin dudarlo.

Observo al hombre que una vez admiré y siento una punzada en el pecho al comprender que, aun después de todo lo que hizo, sigo queriéndolo.

—Van a matarte —le digo de repente—. Los rebeldes.

—No lo harán, me necesitan. De todas maneras, no voy a echarme atrás con esto. Nos reuniremos con ellos y Elliot vendrá con nosotros. Con su madre muerta, soy lo único que le queda. Sé que tu quizás tuviste algo que ver con eso.

—Juro que yo no fui. Lo único que hice fue, en un principio, asustarla un poco.

—¿Me vas a explicar tus palabras?

—La arrinconé para que me dijera donde estaba Hayley y, luego de cruzar algunas palabras con ella, terminó confesándome todo. Nunca pensé que quisiera realmente a su hijo luego de lo que le hizo, pero, en ese momento, me demostró que estaba equivocado.

—Thorne nunca esperó que Elliot quedara fuera del ejército, pero entendía que lo mejor para él era ir a la montaña.

—Lo destrozaron, Adrien. Tu viste al chico, está muerto en vida.

—Es inestable, de eso no hay duda, pero no todo está perdido con él. Su mente era más frágil de lo que se esperaba, pero todavía puede salvarse.

—Eso espero, es una bucna persona.

—Lo sé, por eso lo quiero a mi lado. Deseo ayudarlo y, por ello, quiero que deje este lugar nefasto.

—¿Crees que Ian pueda haber sido el responsable del deceso de Thorne?

—¿Ian Voltur? ¿Un asesino? —dice Adrien de manera burlona.

—Ustedes le arruinaron la vida y muchas veces eso te lleva a cometer actos terribles.

—Yo no fui responsable de aquello, fue su propia familia. De todos ellos el que más sufrió fue William, a quien abandonaron con su padre.

—Al menos él no vio morir a su madre enferma. Ian tiene motivos suficientes para odiar todo este sistema y al ejército que solo se preocupa por sus propios intereses.

Su mirada se centra en la mía y, solo al asentir con la cabeza, comprendo que no sabía de la muerte de la madre de los Voltur.

—¿La conocías? —pregunto.

—Sí, era una gran mujer. Lamento no haber podido ayudarla.

—¿Siquiera lo intentaste?

—Le ofrecí acabar con su esposo, pero ella se negó. Prefería huir a ir por esos caminos.

—¿No había un punto medio?

—Al parecer en este lugar eso no existe. Ahora vamos, quiero que conozcas a Jim —me dice y sale de la habitación.

Me miro una vez más al espejo antes de seguirlo e imploro en mis entrañas que no todo en esta vida sea blanco o negro.

CAPÍTULO OCHO

Un joven de no más de veinte años se encuentra delante de mí y no puedo entender cómo es que él va a ayudarnos a salir de aquí. No es que la edad importe demasiado, ya que esta es solo un número, pero el muchacho flacucho con anteojos, que emana pubertad por todas partes y no despega sus ojos de la pantalla que está manipulando, no tiene el aspecto de ser el artífice de un gran plan de escape.

—Hola —dice el joven al verme parado enfrente de él.

Adrien sonríe al escucharlo y se sienta a su lado.

—Jim, él es Theo —nos presenta.

—El famoso Theo Black —dice Jim y aquello me confunde.

—Aquí soy Roan Miller —le aclaro, intentando que la información que posee no arruine todo lo que he hecho en estos meses.

—No te preocupes, estoy de su lado.

—¿Sí? ¿Y por qué? —pregunto con desconfianza, sin entender cómo es que está traicionando a la Alianza.

—Honor, memoria y respeto —dice esas tres palabras sin siquiera mirarme.

—¿Disculpa?

—Soy de Scientia. ¿Sabes algo de mi hogar?

—No lo suficiente. Solo sé que antes tenían el mismo poder que Infundio y que, luego de una guerra con estos, perdieron su posición y tuvieron que doblegarse a su voluntad como los otros continentes.

—En resumidas cuentas, sí, eso fue lo que sucedió. En mi caso, y por mi corta edad, no viví yo esos sucesos, sino mi familia. Lograron salir adelante, sobrevivir, pero, cuando yo aún era muy pequeño, mi madre fue enviada a Campos de Reeducación y Trabajo en Infundio y nunca más la volvimos a ver, mientras que mi padre se quitó la vida al perderla. Me quedé solo y luego fui reclutado para ayudar a las mismas personas que destrozaron mi hogar y a mis seres queridos —me dice de manera mecánica.

Analizo su voz, sus palabras y su relato y, a pesar de que no demuestra emoción alguna, creo en la veracidad de su historia.

—¿Ahora entiendes el motivo por el que los ayudo?

—Venganza.

Él ladea la cabeza.

—No, no, no. Este es un problema social y todos somos responsables de lo que sucede. Si miro hacia un costado y dejo que todo siga igual estaré repitiendo la historia. Quiero ser parte de la solución, no solo por mis padres, sino por todos los que aquí seguimos.

Los ojos de Adrien buscan los míos y noto en ellos un brillo distinto. Jim es un soñador diurno, pero tiene razón en lo que dice.

—Los dejo solos para que hablen de los pasos a seguir —dice Klein abandonando la habitación de un momento a otro y, por dentro, pienso que quizás el joven lo ha conmovido, pero luego recuerdo que su corazón es duro e inquebrantable.

Suspiro cuando la puerta se cierra.

—Él te admira —me dice Jim y, por primera vez, establece contacto visual conmigo.

—¿Adrien? ¿A mí? —pregunto irónicamente —No, solamente me manipula.

Jim sonríe, pero no responde nada más.

—Los campos son terribles ¿no es así? —lo interrogo pensando en su madre, pero también en Hayley.

—Bastante. Aunque creo que aquí están haciendo algo aún peor —responde él.

—Sin dudas lo que ocurre en Tyrdem es… terrible —respondo y la imagen de Christine sin vida se cuela en mis pensamientos.

Tomo aire e intento alejar aquello de mi mente.

—La mujer que amo fue llevada a Infundio—digo por primera vez en voz alta —Y tengo mucho miedo de que esté sufriendo. Necesito estar con ella, protegerla.

—Las habilidades son importantes allí, son las que te mantienen vivo —me dice sin compungirse al respecto de mi relato —Y estoy seguro de que la joven que inició la rebelión aquí va a poder superar y atravesar los campos sin problemas.

Ladeo la cabeza. ¿Qué acaba de decir?

—¿A qué te refieres con eso?

—Hayley Aure Klein, la hija de Adrien, es la cabecilla de toda la rebelión. Ian Voltur está vendiendo en todas partes su imagen y diciendo que ella fue expulsada de Tyrdem por su propio padre ya que propició los levantamientos aquí. Adrien está de acuerdo con esta historia y les brindó a los rebeldes todas las herramientas para propagar esa versión.

Me detengo a analizar aquello y, por dentro, temo en las repercusiones que esto le pueda generar a Hayley a la distancia.

—Ella fue en gran parte quien nos dio la posibilidad y la fuerza para luchar, pero no me agrada que estén dándole ese lugar en esta guerra —esbozo firmemente.

—¿Porqué?

—Porque eso puede ponerla en peligro.

—Ir a Infundio como forastero ya de por sí es arriesgado, pero es posible que engrandecerla tanto ayude a que no puedan lastimarla.

Arqueo una ceja al escucharlo.

—¿Cómo es eso?

—Matarla sería crear una mártir, y terminar de enardecer el conflicto. No sería inteligente acabar con ella. Creo que Adrien lo sabe, y la está protegiendo.

Sus ojos verdes se aparecen delante de mí y comprendo que la joven que ha cambiado mi vida para siempre está caminando por mi culpa en una cuerda floja.

Yo la metí en esto desde el momento en que me acerqué para llevarla por el camino rebelde, y ahora depende de mí sacarla.

CAPÍTULO NUEVE

¿Acaso es ella? ¿La joven que está saltando de manera alegre al lado de Luc es su hermana, Hayley? Vaya, cuanto ha crecido desde la última vez que la vi. Tendría en ese momento unos diez u once años como mucho. Se veía tan feliz como ahora al recibir como regalo a Trueno, mi caballo.

La observo... ya no es una niña, sino más bien una mujer. Su cabello largo y oscuro, con algunos bucles en él, rodean su figura, y sus increíbles y profundos ojos verdes se detienen en los míos al notar que ha frenado la pelea con su presencia festiva.

Niego con la cabeza hacia Luc que arquea sus cejas y sonríe ante mi reto. Luego continúa el combate y, aunque mi cuerpo se concentra en este, mi mente sigue pensando en ella.

Roland se acerca hacia mí con la intención de golpearme, pero esquivo rápidamente sus puños y, con mi mano izquierda, sujeto su brazo impidiendo que me toque. Rápidamente me posiciono de espaldas a él, luego paso mi brazo derecho por encima de su cuello, deslizo mi pierna izquierda por entremedio de las suyas y tiro de su mano hacia abajo, haciendo que el robusto hombre de una media vuelta en el aire y se golpee contra el duro suelo.

Todos vitorean en el momento en que el juez indica que sigo siendo el ganador invicto de los combates y, un segundo después, tengo a Luc a mi lado abrazándome y festejando mi victoria. Busco con la mirada a Hayley para ver si se ha acercado a mí junto con su hermano, pero observo que ya no se encuentra a la redonda.

—¡Lo hiciste nuevamente! —me dice Luc extasiado.

Sonrío levemente y noto como Roland luce adolorido al levantarse. Me aproximo a él y me disculpo por la violencia que he ejercido sobre su cuerpo, pero él también procede a felicitarme.

Nadie se detiene a juzgar el motivo por el que festejamos la agresión y disfrutamos al ver a dos personas hacerse daño. Quizás esto es divertido para muchos, pero hace tiempo que ha dejado de serlo para mí.

El plan de Jim y Adrien es simple, aunque llevarlo a cabo puede tener sus complicaciones. La idea es provocar un corte de energía en las instalaciones de la montaña y, previo a ello, dañar los generadores para que no se accionen rápidamente y así desbloquear todas las puertas de salida del recinto. Esto debería suceder cuando Gastón suba a monitorear las cámaras junto con Jim para que nadie desconfíe de él. Adrien se encargará de dañar los generadores, mientras que yo deberé conectar cualquier artefacto eléctrico a un dispositivo que el joven cerebrito me brindará y que tiene una potencia tal que provocará un corte casi instantáneo. Nadie sospechará en un inicio que todo esto se trata de un intento de fuga ya que varias personas le vienen comentando a Gastón hace semanas que la red de energía y el cableado del lugar es muy malo y no resistirá mucho tiempo con toda la tecnología que se ha traído desde Infundio. La sobrecarga será casual para ellos, y propiciará las condiciones perfectas para escapar.

—Eventualmente sabrán que nos fuimos y, por ende, que todo fue planeado —nos dice Adrien.

—Ya estaremos lejos para ese entonces —respondo mirando el mapa del lugar.

—Les iré informando qué se dice por aquí, no se preocupen —agrega Jim y llama mi atención.

—¿Tú no vendrás con nosotros?

Él niega con la cabeza.

—Soy de más utilidad en este lugar.

—¿No te da miedo quedarte? —pregunta Elliot desde un extremo de la habitación.

—En lo absoluto —responde con una picardía innata —Ahora, Adrien, vas a tener que ver el tema de la barrera de comunicación. No encontré una forma en el sistema de desactivarla, por lo que la mejor manera de hacerlo quizás sea manual —le indica.

—¿Cuándo me explicarás sobre la barrera? —pregunto intentando que, por fin, me diga algo al respecto.

—Esta montaña no solo alberga secretos de investigaciones, sino que esta es la base de contacto con la Alianza. Siempre que tuve que hablar con alguien de Infundio lo hice desde aquí a través de una sala que contiene un dispositivo que habilita la comunicación. De otra forma no es posible dado que existe una barrera que está generada por una antena de gran altura que se encuentra en la base de este lugar.

—Vaya, ya era tiempo de que abras la boca. ¿Por qué me dices esto recién ahora? ¿No te parece que es algo importante?

—No iba a cambiar nada que poseas esta información.

Suspiro, sé que algo más me oculta, pero no obtendré nada de él.

—¿Pudiste saber algo de Hayley?

—Ya sabes que ella está allá de incognito, Black. Se supone que nadie está al tanto de su estadía en Infundio.

—No sé qué tan secreto sea donde se encuentra ya que los rebeldes lo andan comentando por todas partes según tengo entendido —respondo con molestia.

—Eso no quiere decir que los altos mandos de Infundio lo sepan —me responde —Y, hasta donde sé, en estos cuatro meses nadie la ha notado. Eso puede significar que está teniendo un bajo perfil allá o...—se detiene ante la segunda opción.

—O que ya está muerta —finaliza Elliot.

Una angustia me envuelve, pero nunca fui de quienes demuestran sus sentimientos en público, por lo que mi mirada se mantiene indiferente.

—Dudo que algo malo le haya pasado —interfiere Jim —Las malas noticias vuelan. ¿Pudiste hablar algo más sobre la situación de Tyrdem, Adrien?

—No, hace ya varias semanas que me negaron el dialogo con Amber Ciel, que es la líder del partido en Infundio.

Amber Ciel, la mujer a la que se refería Gastón.

—Eso no puede ser bueno —digo al entender que Adrien está perdiendo poder aquí.

—Por eso nos iremos mañana mismo —responde él y sale de la habitación junto con Elliot.

—Deberías ir a decirle esto a su hijo —me dice Jim al ver que sigo duro allí —Creo que querrá avisarle a la pelirroja que observa constantemente.

Asiento y me retiro de allí dispuesto a encontrar a Luc, a quien hace no tanto tiempo le entregué mi más sincera amistad.

Una característica de Luc Klein es su gigantesco corazón, el cual rara vez bombea a favor de la razón, y esta es una de esas situaciones en las que desearía que pensara un poco más con la cabeza.

—No puedo irme, Luc. Lo siento —responde la joven por la cual él movería cielo y tierra, y comprendo lo que nos ha hecho a ambos enamorarnos perdidamente.

—¿Por qué quieres quedarte con él? Cami, Gastón te está usando, te ve como un objeto y luego va a desecharte —responde él bloqueando la única salida que hay en la diminuta habitación de escobas en la que nos encontramos.

Necesito salir de aquí, lo que menos quiero es presenciar esta escena entre ambos.

¿Cómo me metí en esta situación?

—¿Crees que eso es lo que quiero? Para nada, pero no puedo irme con ustedes y volver con los rebeldes. No después de cómo los traté. Además, no sé si soy capaz de soportar esa vida. Aquí, al menos, estoy a salvo.

—¿De verdad piensas eso?

—Gastón está obsesionado conmigo, dice mi cabello le hace recordar una guerra salvaje y no sé cuántas idioteces más. Detesto tener que entregarme a él, pero no hay nada mejor que esto.

Luc cierra los ojos al oírla y me pongo en su lugar por un momento. Si escuchara a Hayley decir que es forzada a tener sexo con alguien más no podría soportarlo.

—Cami, prometo protegerte si vienes conmigo. Sé que tienes miedo, pero confía en mí, hay muchísimas cosas mejores que este sitio.

—¿No viste los Campos de Reeducación y Trabajo? ¿O a la gente que se esconde en los valles? ¿O las nefastas Zonas de Resguardo que hay y la amenaza de desabastecerlas si no obedecen a sus órdenes? No tengo ni idea de cómo están sobreviviendo los rebeldes, pero claramente deben estar comiendo hormigas para hacerlo —responde ella enfadada y con un pesar evidente.

—¿No quieres irte conmigo? ¿Serías capaz de dejar de verme? —pregunta Luc de tal manera que no puedo evitar apoyar mi mano sobre su hombro.

—Al verte solo recuerdo lo ciega que fui con Hayley. Te amo, pero no me siento capaz de mantener una relación o de vivir un romance en estos contextos. Lo siento, Luc.

Camila se acerca a él y besa su mejilla para luego moverlo a un lado delicadamente y salir de la habitación.

—¿Estás bien? —pregunto sin interrumpir el contacto físico con él.

—Ella me quiso aún con el rostro destrozado, besó cada una de mis heridas y me cuidó. Me defendió del mundo y se mantuvo a mi lado, pero ahora esto lo cambió todo. Supongo que me merezco perderla por las cosas que hice mal —responde y se voltea a verme —No sabes cuanto lo siento, Theo. Lamento todo el daño que te hice a ti, a Hayley y a todos.

—Lo sé, Luc.

—Y lo mejor que puedo hacer ahora es dar mi vida a la causa rebelde y ayudar en lo que pueda a que la Alianza nos devuelva nuestro hogar.

No deseo que algo le pase y me gustaría decírselo, abrazarlo y contenerlo en su dolor, pero no lo hago. Solo reafirmo su decisión y lo observo salir para luego, en soledad, golpear la pared con fuerzas al entender que nos han enseñado que debemos aceptar la pérdida para alcanzar nuestras metas.

CAPÍTULO DIEZ

Luego de asearme y vestirme apropiadamente para la Feria Anual me dirijo hacia mi asiento asignado. Nunca antes me había esmerado tanto con el peinado o con ponerme adecuadamente la camisa, pero esta vez quería lucir bien. ¿El motivo? Si bien no quiero aceptarlo del todo, la joven de ojos verdes causó en mí un efecto y no deseo que me vea desarreglado o informal, a pesar de que en la arena de combate haya sido así.

Debe pensar que soy un bruto —pienso al caer en la cuenta de que su primera impresión de mí probablemente no es la mejor.

Vincent se sienta a mi lado y, aprovechando que nuestra mesa aún está vacía, me habla por lo bajo.

—Lo que sucederá hoy no puede ser bueno.

—¿Por qué? Nosotros sabemos que estas personas no son de aquí. Simplemente tenemos que seguirles el rastro.

—Están queriendo probar algo nuevo en Tyrdem, Theo, eso quiere decir que se avecinan cambios para todos.

—Quizás eso sea algo bueno —respondo sintiendo como perdemos el tiempo fingiendo nuestra lealtad al ejército.

—Ojalá así sea.

Adrien llama la atención de todos, obligando a cada uno a dirigirse a sus lugares, y realiza el brindis de apertura de la velada. Mis ojos analizan su mesa y se fijan en su hija mayor, que no nota mi presencia, lo cual me hace sentir una leve sensación de tristeza.

¡Ya basta, Theo! —me digo ladeando la cabeza. No debo dispersarme de mis objetivos, y ella no forma parte de estos. A su vez, es la hija de Adrien Klein, el hombre que me quitó a mi familia, y solo me acercaría a ella para lastimarlo a él, por lo que pensar de otra manera no sería prudente.

—Ahí están —me codea Vincent devolviéndome a la realidad.

Unas personas vestidas con unos atuendos verdes rodean cada una de las mesas y llevan consigo bandejas cargadas de platos. Luego comienzan a servirnos a todos de manera rítmica y forzada. Observo en sus rostros una pesadez y malestar que pocas veces he visto.

¿Quiénes son?

Vicent ladea la cabeza con resignación y angustia y, si bien no lo demuestro, también la presencia de ellos genera en mí aquellas sensaciones.

Veo en mi mesa como comienzan a degustar los platillos y comprendo que no todos prestan atención a lo que sucede. A veces es más fácil seguir con tu vida sin importarte la de los demás y negar lo que ocurre a tu alrededor.

Acerco el tenedor a mi plato cuando levanto la mirada y noto a uno de los meseros prácticamente babearse por la comida que solo puede saborear a la distancia. Estoy a punto de levantarme para tomar aire cuando la voz de Adrien atrae el interés de todos.

—¿Ocurre algo, Hayley? —le dice él en voz alta a su hija mayor.

Observo como la joven se mueve incómodamente en su silla y comprendo que la está haciendo pasar un mal rato, aunque no entiendo por qué.

—Es solo que hay cosas que llaman mi atención —responde ella con un hilo de voz, generando en mis entrañas la necesidad de ayudarla.

Adrien percibe la mirada de todos en tal escena y sonríe de manera petulante. Luego, al notar que su hija no comenta nada más, insiste en continuar la conversación.

—Cuéntanos, ¿Qué es eso que llama tan poderosamente tu atención?

Él luce victorioso generando que la joven sienta vergüenza y no sé cuánto tiempo más pueda presenciar este dialogo sin hacer nada al respecto.

¿Desde cuándo me preocupo por esta gente? No, yo no soy así, y mucho menos reacciono con impulsividad. ¿Qué rayos me ha hecho esta muchacha con tan solo mirarme?

—Que las mismas personas que están encargadas del banquete sean las más delgadas de todo el lugar —responde ella y consigue helarme la sangre.

¿Qué acaba de decirle?

Adrien se pone de pie y comienza a reír, intentando minimizar las palabras de la joven, pero las mismas ya han cambiado algo, o al menos para mí.

Volteo la cabeza y miro a Vicent, que está tan sorprendido como yo.

—Ian va a estallar de felicidad cuando sepa esto —me dice bien de cerca.

Claro que lo hará, pero ¿eso que significará para Hayley?

—Nunca debimos apuntar a Luc, sino a ella.

Me volteo a verla y observo como su padre la hace salir de la carpa, preocupándome lo que pueda llegar a ocurrirle por haber expuesto a Adrien de tal manera.

Me debato si acercarme a asegurarme de que todo esté bien y, unos minutos después, exhalo profundo cuando la joven vuelve a sentarse al lado de su madre y de su hermana menor.

Ella está bien, nada va a pasarle —pienso intentando relajarme.

No aparto mi vista de su figura, como si eso pudiera protegerla, y comprendo que sus palabras la han puesto en la mira de los rebeldes, y que uno de ellos soy yo.

Noto como Hayley se vuelve a mover incómoda en la silla y, de repente, su mirada se encuentra con la mía a pesar del hecho de que estamos a varias mesas de distancia. Bajo mi vista luego de varios minutos de observarla, sintiéndome avergonzado al respecto de mi curiosidad hacia su persona, e intento no volver a mirarla, pero aun con todo el entrenamiento que tengo en mi historial, descubro que me es imposible aquello.

Adrien ya se ha encargado de dañar los generadores de electricidad. Tal tarea le llevó toda la mañana y lo dejó completamente agotado, aunque intenta demostrar lo contrario.

—Deberías descansar. Hoy será un día largo y lo mejor es que recuperes tus fuerzas —le digo sintiéndome extraño por cuidarlo de esta manera, como si fuera mi padre.

—No es necesario, ya estoy bien. Toma todo lo que puedas, yo haré lo mismo. En media hora te veo en los túneles. Aprovecharemos la distracción y que los rebeldes que quedan aquí saldrán de sus celdas para escapar.

—Podríamos intentar llevarnos a algunos con nosotros.

Adrien exhala bruscamente, supongo que no le agrada demasiado mi comentario.

—Es la única oportunidad que tenemos de escaparnos sin dejar rastro. Las cámaras estarán apagadas, las puertas abiertas y todos intentarán contener la situación. Tus amigos nos estarán esperando para llevarnos con ellos, y si las cosas se complican se irán sin nosotros —me explica como si no lo supiera.

—Creo que nos vendría bien tener más gente a nuestro alrededor. A su vez, eso te dejaría bien parado con todos, especialmente con Ian.

Él analiza mis palabras y comprendo que únicamente podré hacer que haga ciertas cosas si tienen un fin positivo para su persona.

—Bien. Dame el dispositivo de Jim, yo me encargaré de conectarlo. Tu termina de guardar todo lo que puedas cargar y ve con Luc a las celdas antes del apagón. Cuando los que están encerrados puedan salir se van a cargar a los guardias y ustedes los traerán a los túneles. Allí los estaremos esperando con Elliot al menos unos cinco minutos. Pasado ese tiempo comenzaremos a ir hacia la salida.

—Comprendo.

Adrien ladea la cabeza y entiendo que algo de mi respuesta le intriga.

—¿No te importa que te pueda dejar atrás? —pregunta sin más.

—Sé valerme por mí mismo. Además, no espero demasiado de ti. Si eres capaz de abandonar a tu propio hijo, ¿Por qué serías diferente conmigo?

—Bien, me alegra que lo entiendas —responde y se retira.

La garganta se me cierra en cuanto se va, pero dejo esa sensación molesta pasar y me dispongo a guardar todo el armamento, ropa y comida que pueda caber en mi bolso. Debo buscar a Luc e ir por los míos lo antes posible si quiero por fin escaparme de este horrible lugar.

El joven que comparte algunos rasgos con Hayley, además de la sangre, se ve diferente el día de hoy. Luce determinado y preparado para lo que se aproxima, y me aterra un poco comprender que ya no tiene nada que perder. Le he contado la nueva adhesión al plan original y en ningún momento sentí de su parte un cuestionamiento al respecto, simplemente ha aceptado la decisión con una obediencia ciega que me preocupa.

Los guardias de las celdas no entienden muy bien qué hacemos allí y yo estoy por dentro implorando que Adrien no se demore con su cometido.

—No pueden estar aquí a menos que tengan ordenes de llevarse a alguno de estos anarquistas —dice una mujer con arrogancia —Ya mismo le informaré a Gastón de su presencia —indica ella y mueve a su boca un comunicador.

A la mierda todo lo de pasar desapercibidos.

Tomo su brazo e impido que pueda presionar el botón que habilita la comunicación con su líder. Ella forcejea e intenta agarrar su arma, pero, justo en ese momento, la oscuridad se apodera la situación.

Los gritos que surgen desde las celdas son algo inhumano, una mezcla de desesperación, alegría y miedo. Un disparo se escucha cerca de mí y comprendo que mi cuerpo se ha defendido casi por inercia al sentir a la mujer estar muy cerca de su objetivo. Percibo como su cuerpo cae sin vida al suelo y como las pisadas de los que ahora son libres se aproximan hacia nosotros.

Prendo una linterna y noto los rostros de dos guardias presos del pánico.

—Creía que eran letales y terribles —les digo apuntándolos con la luz.

—No, nosotros no somos de Ignis —me responde uno de ellos.

Son más jóvenes que yo y, sin dudas, más inexpertos.

—Pueden venir con nosotros si lo desean, pero estarían traicionando a los suyos —les ofrezco la posibilidad de redimirse.

Uno de ellos acepta, mientras que el otro mira como yace en el suelo la mujer que fue asesinada por mí.

—Elige —le digo sin titubear —¿Quieres terminar como ella?

El joven toma su arma y la dirige a su boca, un segundo después jala el gatillo dejando a su amigo petrificado con su decisión.

—Vamos, arriba —le digo al joven y lo ayudo a incorporarse —Sácate el uniforme y quédate únicamente con la musculosa blanca que llevas debajo. Diré que nos ayudaste —le explico.

Luc me observa y no llego a distinguir si le parece bien o mal lo que he hecho, pero no pienso consultarle al respecto.

A unos pocos metros observo como se van acercando las personas que se encontraban encerradas y distingo los rostros de varios de ellos.

—Theo —me dice Liam—Tenía la sensación de que tú vendrías a sacarnos de aquí.

—No lo hice yo solo —digo girando mi rostro hacia Luc.

—¡Este malnacido nos entregó! —grita un hombre iracundo y se dirige hacia mi amigo dispuesto a golpearlo.

Lo detengo sin mucho esfuerzo y lo miro fijamente.

—Le tocas un pelo y te quedas en este lugar comiendo polvo —lo amenazo con completa serenidad.

Él conoce la veracidad de mis palabras y se hecha hacia atrás de inmediato.

—Disculpa, Black. No volverá a pasar —me responde.

Sabe mi nombre, no me sorprende.

—Así me gusta. Ahora, debemos ir deprisa a los túneles. Al final de estos nos encontraremos con los nuestros que nos sacarán de aquí —les digo.

Todos exclaman de felicidad y, por dentro, solo pienso en cómo la misma se verá opacada al entender que Adrien estará allí también con nosotros. Supongo que solo tendrán dos opciones: *aceptar aquello o perecer en este nefasto sitio.*

CAPÍTULO ONCE

Los túneles húmedos y apestosos nos dan la bienvenida de una manera poco amigable. El calor que las paredes emanan es desesperante, pero no es nada con lo que no pueda lidiar. Voy delante de todos, preparándome para lo peor, cuando finalmente veo a Adrien y a Elliot a unos metros de nosotros.

—Ya pasaron los cinco minutos —le digo cuando lo tengo cerca.

—Lo sé —responde él.

Me volteo a observar a todos y distingo en sus rostros un gesto enfadado y preocupación por la figura del hombre que hizo todo lo posible para aniquilarlos.

—Adrien nos está ayudando e irá con nosotros. Lo necesitamos para poder enfrentar a un nuevo enemigo que solo quiere ocupar nuestro hogar y transformarlo a su antojo —les explico.

—¿Cómo sabes que él no está simplemente intentando engañarnos? Quizás, de esta forma, pueda dar con Ian y matarlo —me pregunta Jude, una mujer que perdió a su esposo hace unos años a manos del ejército.

—Lo tendremos vigilado. Prometo yo mismo no despegarme de su lado en ningún momento, pero realmente él es, aunque suene muy retorcido, nuestra última esperanza.

—¿Y dónde está ella? —pregunta Liam —¿Dónde está, Hayley?

Trago saliva, escuchar su nombre produce en mí una serie de emociones que no estoy acostumbrado a procesar.

—Hayley está en Infundio —responde Adrien por mí —Eligieron bien a su símbolo, ella tiene mucho para dar y seguramente hará el cambio allí, pero ahora necesitamos hacer todo lo posible para recuperar nuestras tierras y apoyarla en lo que haga.

Me detengo a escucharlo. ¿Acaso sabe algo de Hayley que yo desconozco?

—Avancemos —digo sin quitar de mi mente aquello que él ha dicho sabiendo que, en cuanto estemos solos, lo interrogaré al respecto.

Me posiciono detrás de todos, cuidando sus espaldas, pero también teniendo una perfecta visión de Adrien y de sus movimientos. Sería muy tonto al confiar en él y no está en mis planes hacerlo.

Estamos llegando hacia el final y lo único que nos separa del mundo exterior es una puerta que, por lo que veo, está cerrada por completo. Me abro paso entre la gente para ubicarme al frente y noto que Adrien luce, por primera vez desde que lo conozco, preocupado.

—¿Qué sucede? —le pregunto bien de cerca.

—No debería estar bloqueada. No hay energía, por ende, la salida debería estar abierta y sin código.

Suspiro.

—Debe haber un generador independiente para esta —digo observando a mi alrededor —Asumo que no tenemos el código para abrirla ¿verdad?

—No sabía que habías comenzado a hacer preguntas tontas —me plantea a la defensiva.

Ladeo la cabeza, intentando apaciguar las ganas que tengo de responder a sus palabras e intento pensar con calma.

—Quizás pueda forzar a algún soldado de la Alianza y sacarle la información para poder escapar —le digo meditando la idea de volver atrás.

—No tenemos tanto tiempo —dice Adrien probando diferentes combinaciones sin tener éxito con ninguna.

—¿Y entonces? ¿Qué es lo que propones?

Adrien está sudando, y dudo que ello se deba al calor del ambiente ya que, si bien es bastante, ya todos nos hemos acostumbrado al mismo.

—¡Lo sabía! —interfiere Liam—¡Nos tendió una trampa!

—¿Con qué fin? Se está acorralando a sí mismo con nosotros. Cuando acuses a alguien de algo hazlo con fundamentos —respondo mirando al joven de manera seria.

—Voy contigo, Theo —dice Elliot intentando evitar el confrontamiento entre nosotros.

—¿Adonde? —pregunto sin entender.

—A buscar el código. No podemos seguir perdiendo el tiempo viendo como Adrien intenta adivinarlo.

Klein se da vuelta y clava una mirada enfadada en el joven Thorne, pero no le responde.

—Eso no será necesario —la voz de Craig se escucha entre las personas que ansían la libertad y llama la atención de todos.

Él se aproxima a nosotros con tanta elegancia y tranquilidad que su imagen parece un espejismo. Adrien lo mira con rostro severo y una molestia notoria que no puede disimular.

—Pensé que no formarías parte de esto —dice Klein.

—Dije que no te ayudaría a ti de ninguna forma, pero veo que llevas contigo a más personas y sus vidas sí me importan —responde Craig con postura recta —No voy a dejar que ellos sufran, aunque me encantaría que alguna vez todo lo que hiciste te explote en la cara.

—Tu furia hacia mí es por ella, ¿no es así?

Noto en Craig cierta angustia ante la pregunta de Adrien y comprendo muy bien de quién están hablando… Evanthe.

—Le arruinaste la vida —dice Craig —Ella merecía algo mejor que estar casada contigo.

—Tengo entendido que luego tú te encargaste de mejorar las cosas —responde de manera hiriente, aunque, tras tal defensa, percibo en él tristeza —No sé cómo eres capaz de hablarme de mi mujer luego de que estuvieras con ella.

—La amaba, de seguro más que tú.

Adrien se aproxima a golpear a Craig, pero lo detengo.

—¡Ella era mi mundo! —grita Klein, haciendo que Luc, que hasta ahora no había abierto la boca, se acerque a él.

—Papá, no es momento para esto.

—No sé cómo puedes seguirlo llamando así luego de que asesinó a tu propia madre —insiste Craig.

—¿Vienes a ayudar o hacernos perder el tiempo? —interfiero y no puedo creer que estoy intentando aminorar el dolor del hombre que arruinó todo para mí.

—Ten cuidado con él, Black —dice Craig clavándome la mirada y entregándome un papel en el que cinco dígitos se encuentran escritos.

—Sé en lo que me estoy metiendo, Craig. No tienes que preocuparte por mí.

Me acerco a la puerta y coloco los números que me ha brindado. En cuanto la luz pasa de roja a verde puedo sentir la felicidad de todos al saber que están más cerca de salir de aquí.

—Elliot, guía al resto —indica Adrien —Luc, ve con él.

Ellos asienten y hacen de manera inmediata lo ordenado, ayudando a todos a dejar montaña atrás.

—¿Vienes con nosotros? —le pregunto a Craig cuando solo quedamos nosotros tres.

—No. No puedo estar cerca de él, sería ensuciar la memoria de Evanthe.

—Ella sabía que no aceptarías y por eso no te dijo nada —dice Adrien a unos metros de la puerta —Hayley estaba en la mira de la Alianza luego de lo sucedido en la Feria, y cuando se puso en medio de un rebelde y un soldado se terminó de delatar.

Escucho atento lo que dice. Mi preocupación era que el ejército esté al tanto que ella de alguna forma apoyaba a los rebeldes, pero él ya lo sabía y la protegía de algo más grande.

—Cuando la interrogaste y cumpliste con mis ordenes de llevarla a AGONIA hablé con Evanthe. Ella sabía que eso había sido necesario. Allí le revelé que estábamos muy cerca de entrar en un conflicto con Infundio, con la Alianza, ya que los rebeldes estaban ocupando muchísimo territorio y amenazaban con meterse aquí mismo.

—Y temían que la barrera de comunicación caiga —acota Craig.

—Así es. Si bien yo sabía que no tenían lo necesario para hacer eso, la Alianza no quería arriesgarse e iban a enviar gente. Media hora antes del caos me informaron que habían decidido dar un mensaje más claro y que comenzarían con la ocupación del continente. Las bombas fueron, en parte, para que activemos el plan de emergencia y estar todos contenidos para cuando ellos llegaran.

—No entiendo que tiene que ver esto con Evanthe —dice Craig —No tenías porqué matarla.

—Hice las cosas mal para la Alianza. Tenían que castigarme de alguna manera, y Hayley estaba en la mira, por eso William la trajo a la montaña, para que yo pueda tenerla vigilada, porque ellos querían cobrarse la vida de alguien cercano a mí. Evanthe me pidió cargar con toda la responsabilidad, mostrar que ella era quien había estado ayudando a los rebeldes y envenenando la mente de una joven fácil de manipular. Ella se sacrificó por su hija.

Mi pulso se acelera al ver todo lo que sucedía detrás, al entender el peligro que corría Hayley y como su primer instinto en ese ataque fue ir a ver a su familia. Ambas pretendían lo mismo y eso produce en mí una angustia que oculto, pero que me carcome por dentro.

—Aun así, la enviaste a Infundio —responde Craig —Evanthe dio todo por Hayley y tú la mandaste al matadero.

—No, porque fue a ese lugar sin que nadie sepa realmente quién es. Era mejor que dejarla aquí donde hubieran hecho hasta lo imposible para acabar con ella. Fue un intento desesperado que podía haber salido muy mal ya que no medí las posibles variables de meterla en un barco lleno de personas que podían reconocer su apellido, pero sé que nadie conoce su paradero allí.

—¿Y qué ocurrirá cuando lo sepan? —pregunto arqueando una ceja.

—Ya me encargué de eso antes de que me nieguen la comunicación. Hablé con alguien que se encargará de cuidarla, de convencerlos de que es mejor tenerla de su lado en el caso de que descubran quien es. También me dio información de que está en un buen lugar, con gente que es de mi confianza.

—¿Y cuándo planeabas decírmelo? —intervengo, enojado.

—Cuando lográramos estar a salvo y en un sitio con menos ojos y oídos.

Asiento y me dispongo a salir de allí.

—Ultima oportunidad, Craig. Ven con nosotros —le dice Adrien —Estar aquí no es seguro.

—No. Ya estoy cansado del conflicto. Aceptaré mi suerte, sabiendo que si la muerte es lo que me espera al menos volveré a verla —responde.

Adrien mira hacia el suelo, supongo que no debe sentirse a gusto con escuchar tal demostración de amor a su esposa.

—Me alegra que ella tuviera a alguien luego de que lo nuestro no funcionó, pero no te equivoques… yo la amaba muchísimo.

—No de una buena manera. Solo sé que, tarde o temprano, llegará el día en que tengas que pagar por todo el dolor que nos trajiste a muchos. Ahora, váyanse de aquí, no queda demasiado tiempo —ordena Craig.

Sin dudarlo ni un segundo más salimos de los túneles. El sol nos ciega momentáneamente y hace que no podamos ver lo que tenemos frente a nosotros. Sin embargo, tras unos segundos, puedo divisar las camionetas blindadas con vidrios pintados de negro y un puñado de rostros conocidos debajo de las mismas apuntándonos.

Una mujer con cabello oscuro, unos ojos increíblemente azules y una figura musculosa y letal sonríe al verme.

—Kate —digo sintiéndome feliz de ver que está viva.

—Sabía que íbamos a volver a encontrarnos —responde ella sin bajar aun el arma —¿Nos traes un regalito? —dice refiriéndose a Adrien.

—Él está con nosotros ahora—digo temiendo su reacción y sabiendo lo temperamental e intempestiva que puede llegar a ser.

—Lo sé —responde dejándome completamente atónito —Ian nos lo dijo. Ahora suban, tenemos que irnos lo más rápido posible para que no nos puedan seguir el rastro.

Adrien sube en una de las camionetas y yo lo sigo detrás, incapaz de perderlo de vista. Kate se sienta a mi lado y, cuando arrancamos, me abraza tan fuerte que distingo como ambos liberamos el aire que teníamos contenido y nos envuelve la felicidad de saber que aún, a pesar de todo, seguimos luchando.

CAPÍTULO DOCE

Cada año es igual de ridículo que el anterior y creo que todos lo saben, pero prefieren negarlo. Comprendo que tenemos tradiciones que lo que intentan hacer es ponerle un poco de diversión al asunto de la Feria, y que buscan ayudar a los introvertidos a encontrar una manera más fácil de conocer a alguien, pero a mí me resulta un tanto extraño tener que entrar a un de arbustos solo para besar a alguien. Sin embargo, al verla ingresar, una sensación extraña se apodera de mi estómago y no sé si es felicidad o nervios por cruzarme con Hayley ahí dentro.

Luego de escucharla pronunciarse ante todos, de enfrentar a su padre y de observarla por al menos una hora, no puedo evitar sentir la necesidad de hablarle, de conocerla mejor, de saber qué fue lo que la hizo mirar más allá de lo que todos ven.

—Ve, disfruta un poco de estas cosas —me dice Vicent al notar que aún no me he movido de mi lugar —Sabes que si no participas tendrás que dar explicaciones.

—No me afecta demasiado el tener que darlas.

—Theo... un poco de diversión no te vendrá mal. Sé que hace ya un tiempo que estás solo.

Sonrío al escucharlo.

—Por elección, Vincent.

—¿O será que eres muy complicado para mantener algo en el tiempo?

—¿Acaso te preocupa mi vida sentimental? —bromeo con él.

—Solo quiero que seas feliz.

—Lo soy, no necesito a alguien a mi lado para ello.

Vicent suspira, sé que su situación es complicada, que amó a alguien muy profundamente y que ello jamás pudo pasar, pero no me agrada que quiera hacer de casamentera conmigo.

—¿Será que aún extrañas a Kate? —me pregunta y consigue hacerme reír.

—Ella no era la indicada.

—¿Porqué?

—No sé explicarlo, es algo que se siente. Kate es increíble, pero nunca tuve esa conexión especial. Además, hoy en día, tengo la mente puesta en otras cosas y no siento interés en tener un romance.

Vincent ladea la cabeza, no sé si por decepción o porque no me cree ni un poco de lo que le digo, pero no me importa. Realmente no quiero nada en este momento, por eso sé que lo mejor será alejarme de Hayley lo más que pueda.

—Theo, ya ve a participar de esto. Siempre es mejor seguir al resto y pasar desapercibido ¿recuerdas?

Me quedo callado... sé que tiene razón en eso.

—Debemos mezclarnos, estar de acuerdo, fingir, ser lobos disfrazados de ovejas y seguir al rebaño para que nadie sospeche.

—Vincent...—le digo, pero me interrumpe.

—Tu defensa te delata, niño. Algo de esta situación te está poniendo los nervios de punta.

—No seas ridículo —respondo.

Él sonríe.

—¿Quieres que sea parte de esto? —pregunto con una sonrisa, intentando demostrarle que no tiene razón.

Vincent asiente.

—De acuerdo —le digo poniéndome de pie y dirigiéndome al laberinto sin mirar atrás, simulando confianza en mi accionar.

Si la veo iré en sentido contrario —me digo a mí mismo ya dentro del laberinto mientras camino ocultándome de cualquier cruce casual que pueda surgir con otras personas y dándome cuenta de que, en realidad, estoy buscándola a ella.

La Alianza lo ocupó casi todo y destrozó cada uno de los refugios rebeldes que encontró en su camino. Los Valles se convirtieron en tierra de nadie, los Campos se volvieron la base central para llevar a todos los prisioneros y "reeducarlos", las montañas aún son el centro de operaciones y la ciudad quedó tan destrozada que, si bien están intentando recuperarla, nadie vive realmente allí. A unos kilómetros, bastante alejados de aquel sitio que antes fue el epicentro de Tyrdem, se crearon las diferentes villas amuralladas. Por ende, mientras avanzábamos de incognito, la duda que se me aparecía era adónde podíamos estar yendo y, al pasar la frontera, intuí la respuesta.

—Creía que este refugio estaría perdido —le digo a Kate al pensar en lo que cerca que estaré del lago que reconstruimos con Anna.

—No, de hecho, lo extendimos por la cantidad de gente que se sumó a nosotros. Al parecer, se fue corriendo la voz de todo lo que hacía el ejército gracias a tu noviecita, y el ataque de la Alianza terminó de convencer a muchos de que las cosas no estaban bien por aquí. Hemos logrado rescatar a varias personas de los valles antes de la ocupación y también establecimos una base en el viejo puerto, que está bastante cerca de aquí.

—¿Allí también hay refugiados?

—No, porque está muy cerca de los campos y es demasiado peligroso, pero estamos ocupando esa zona e intentando poner en funcionamiento algunos barcos. El problema principal es que, si bien queremos defender cada lugar que logramos conseguir, no tenemos las mismas armas que la Alianza, por lo que todo tiene que ser con mucha cautela.

—Les envié bombas, armas y ropa táctica —se entromete Adrien —¿No creen que quizás podríamos usar algo de eso para defendernos?

—Sabes muy bien que no estamos preparados y que ellos pueden pedir apoyo aéreo y reducirnos a cenizas —responde Kate y percibo en ella algo de rabia al hacerlo—. Además, ¿no había sido Theo quien nos dio todas esas cosas?

—Sí, ambos —indica Adrien.

Ella lanza un bufido ante esa respuesta. Se está controlando bastante ante su presencia y le agradezco por ello, pero entiendo que no será por mucho tiempo.

—¿Cómo está Lilith? —pregunta Adrien cambiando de tema.

—¿Por qué se lo preguntas a ella? —me entrometo en su conversación.

—Porque yo la estuve cuidando. Si bien los nuestros son buena gente, están cansados de vivir de guerra en guerra, y había que vigilarla por si alguien quería tomar justicia en mano propia con la hija de Klein —me dice Kate y me sorprende que se haya encargado de tal tarea—. Ella está viva. Algo triste por todo lo que ha perdido en este tiempo y muy pegada a ese perro que le hace acordar a su hermana, pero bien.

Escucho a Luc respirar en mi nuca de manera abrupta y Kate lo nota también.

—¿Aún sigues enojado por cómo te la robé de tus manos, nenito de papi? —le dice ella de manera burlona.

—En su momento me enojó el golpe y que Lilith huyera contigo en lugar de venir conmigo, pero ahora me alegra que haya sido así —responde él—. Yo creía que hacía lo correcto… ahora sé que no.

—¿Así que todo eso es cierto? —les digo mirándolos a ambos de costado.

—Cuando tu amigo nos delató con la Alianza y todos cayeron en el refugio que estaba cerca de las montañas, se intentó llevar a Lilith con él. Ella se resistía violentamente y gritaba, por lo que lo golpee y escapamos juntas. Desde entonces que me hago cargo de ella.

No puedo evitar reírme al escucharla, pero luego vuelvo a fingir que imaginarme a Kate golpear a Luc no me ha causado gracia.

—Tu dulce novia colorada también se llevó un buen susto conmigo —dice ella sonriente sintiéndose algo victoriosa—. ¿Qué fue de ella?

Noto como el joven Klein luce abatido al pensar en Camila y comprendo que va a serle difícil entender que ella ahora estará bastante lejos de su alcance.

—Decidió quedarse en la montaña —responde él brevemente.

—Vaya, se ve que ella sí que no aprendió nada —dice Kate, consiguiendo el enojo de Luc.

—¡No la conoces ni un poco! —le grita él, haciendo que todos nos quedemos callados.

Adrien intenta acerca su mano a la de su hijo, pero él no se lo permite. Sé que entre ellos las cosas hoy en día son así, y que a Luc le duele mucho que aquel padre al que idolatraba no sea en realidad esa figura que él creía que era. Todo el dolor y sufrimiento que sus engaños le trajeron a su familia no son algo fácil de olvidar.

—Solo sé que tú estás aquí, arrepentido por tus errores, pero ella no. Ahora, silencio, ya estamos cerca —ordena Kate.

Mis ojos se fijan en su figura. Si bien ella siempre fue valiente e increíblemente feroz, ahora noto en su persona una fuerza superior, única, producto de todo lo que ha tenido que vivir y de todo lo que acarrea, y la admiro por ello.

Ojos vendados, esa es la regla número uno en cualquier refugio rebelde. A unos metros del lugar tuvimos que hacer caso y dejar de ver lo que nos rodeaba y, si bien me dolió volver a ser tratado como a alguien del exterior, comprendí que eso era lo más sensato.

Recuerdo aún la primera vez que Abby me presentó a Ian. Estaba nervioso por verlo, pero sabía muy bien que jamás iba a tener el mismo peso que Adrien en mi vida. Ya no creía en nada ni en nadie más que en mí, y es que, tras la muerte de mis padres, descubrí que el egoísmo es supervivencia, y que primero debía velar por mis intereses.

El refugio de las ruinas fue el primero que conocí y el que más me impactó. El ver como los rebeldes habían sabido resurgir entre tanto miedo y violencia era para mí algo que, sin dudas, dejaría huella. Ahora sucedía lo mismo…

—Difícil de creer ¿verdad? —me dice Kate al notar la emoción en mi rostro —Me alegra ver que aún eres un ser humano, Theo.

—Sabes que nunca fui de demostrar demasiado.

—Mas bien nada, por eso me alegra notar que te genera algo el ver cómo estamos —responde de una forma que me hace ver cierta intención de decirme algo más con su mensaje.

—Kate, creo que eventualmente deberíamos hablar de lo que sucedió entre nosotros. Sabes que yo… —comienzo a decir cuando una voz familiar se alza entre la multitud.

—¡Maldito! ¿Qué le hiciste a mi hija? —escucho a Anna gritar y la veo dirigir hacia Adrien un puño con tanta velocidad que nadie puede detenerlo.

El Teniente General Klein cae al suelo en ese instante y una pizca de alegría inunda todo mi ser al ver tal escena.

Está viva y acaba de golpear a su hermano… Este día no puede ponerse mejor.

Observo como Anna intenta echarse encima de él y me decido a interceder sujetándola lo más fuerte que puedo. Ella me maldice e intenta zafarse, pero no lo consigue.

Una joven rubia, que ahora está bastante delgada, se presenta en medio de la escena y, sin decir absolutamente nada, hace que Anna se frene inmediatamente.

Lilith.

—Responde, papá —demanda ella —¿Dónde está mi hermana?

—Se encuentra en Infundio —responde Luc antes de que Adrien pueda hacerlo —Y te prometo que iremos por ella.

—Me importan poco tus promesas—le dice y me deja helado con su respuesta, al igual que a ellos.

—Lilith… no será fácil recuperar a Hayley, pero por eso debemos estar todos juntos —indica Adrien.

Ella se acerca a su padre y, de repente, lo abofetea.

Vaya, creo que no saldrá vivo de la furia de ambas.

—Debería darte vergüenza hablarme, o plantear que hay que estar unidos. Nos arruinaste la vida a todos y solo te dejan respirar porque eres útil —dice ella.

—Entiendo.

Kate hace un sonido ronco con su garganta, terminando el momento incómodo y, por dentro, se lo agradezco en demasía.

—Elliot, Luc, Theo y Adrien, los cuatro conmigo. Voy a llevarnos con mis hermanos —nos indica ella.

—¿William también está aquí? —pregunto pegándome a ella.

—Así es, finalmente estamos todos los Voltur en un mismo lugar —responde y comienza a caminar.

Las cosas han cambiado en estos meses, de eso no hay dudas, pero no me preocupa en lo más mínimo mientras no se metan con mi objetivo principal… encontrarla a ella.

CAPÍTULO TRECE

Kate nos conduce hasta el escondrijo y algo en mi interior me alerta al respecto. No es el lugar más privado para tener una reunión y eso me da el indicio de que nuestro encuentro con Ian será más público de lo que esperamos.

Cuando ya estamos en el lugar puedo observar a una multitud que nos abre el paso al mismo tiempo que nos rodea. Los rostros de los presentes denotan furia y desprecio, y comprendo que estar caminando junto al hombre que hizo que la persecución de rebeldes fuera la meta principal del ejército me deja en una mala posición.

—Kate, ¿qué es todo esto? —pregunto acercándome a ella.

—Las explicaciones y pasos a seguir se dan en audiencia, por ende, todos los presentes participarán en lo que sea que se establezca con relación a la suerte de Klein —me explica ella.

—Nos ha estado ayudando —aclaro.

—Puede que eso se tenga en cuenta.

Me posiciono delante de ella, impidiendo que pueda avanzar.

—No dejaré que lo traicionen, Kate.

Ella toma aire y me aparta con una mano.

—No te cambies de bando, Theo. No te conviene.

La multitud se aproxima hacia nosotros y una sensación de ahogo me invade. No me agrada demasiado estar con personas y mucho menos en una situación como esta.

Ian, con su larga cabellera y unos ojos electrizantes, se presenta ante nosotros. Si antes lucía delgado, ahora más bien está raquítico.

—El tiempo no te ha favorecido, Klein —le dice a Adrien acercándose con cautela.

—Podría decir lo mismo, pero solo te he visto por cámaras de vigilancia y sé que ellas no le hacen justicia a nadie.

—La guerra tampoco.

Adrien toma aire ante tal afirmación e intenta darle la mano cuando un hombre evita tal acción y dobla el brazo de este hacia atrás. Klein intenta defenderse, pero una joven lo golpea en la parte trasera de la rodilla y lo hace caer.

Me acerco corriendo hasta ellos e intento detenerlos cuando unas manos me sujetan por la espalda. Forcejeo con furia hasta que veo de quien se trata…

Vincent.

—Necesitan descargar su ira —me dice al oído.

—Esto no es correcto.

—Nada lo es. Es mejor que lo hagan ahora, y no después.

Alzo la mirada y observo a Lilith. Ella presencia la escena y, si bien no se la nota feliz, tampoco está compungida por lo que le están haciendo a su padre.

—Ya es suficiente —intercede Ian como si fuera un hombre de paz.

Adrien se encuentra con las manos apoyadas en el piso y la cabeza gacha. Noto como, al escupir, deja una mancha de sangre en el suelo. Me dirijo a él, le doy mi mano para ayudarlo a levantarse y, para mi sorpresa, la toma.

—Si bien sabemos que Adrien Klein ha sido una parte fundamental para abastecernos durante este tiempo y para tener información acerca de este nuevo ejército que ha venido a acabar con todos nosotros, no olvidamos el pasado y lo que nos ha hecho —sentencia Ian con total frialdad —Por su culpa, muchos de aquí hemos perdido a seres queridos, sufrido hambre, enfermedades terribles sin tratamiento a nuestro alcance, desidia y maltratos, y eso no es algo que se pueda dejar atrás.

—¿Y entonces qué? ¿Aceptarán todo lo que les proporcionó y lo matarán? —les grita Elliot con una rabia que es evidente —¿Saben algo de lo que tuvo que hacer para que todo esto no termine hecho trizas? ¡Todos estos años él fue quien los salvó!

Ian arquea la ceja y noto en el ambiente varios murmullos confundidos por las palabras del joven amigo de Hayley.

—No vamos a matarlo —aclara Ian y hace que los comentarios se acrecienten aún más —Pero no podemos dejar que circule por aquí con total libertad, tanto por su seguridad como por la nuestra.

—Comprendo —responde Adrien limpiándose el rostro.

—No serás un prisionero, pero estarás las veinticuatro horas con personas de mi confianza que verán todo lo que hagas aquí. A su vez, necesitaremos que nos digas absolutamente todo lo que sabes.

—Así será.

—Bien, los dejaremos irse a acicalar un poco. En cuanto al resto, nos vemos aquí en una hora para escuchar lo que Klein tiene para decir. Son libres de preguntar lo que sea y de expresar lo que sientan hacia él.

Miro a Ian, supongo que lo que plantea es sensato, pero no creo que sea de su agrado tener a alguien tan influyente como Adrien aquí.

—Theo —me dice cuando estoy por seguir al resto —Necesito hablar contigo.

Asiento con la cabeza y me dispongo a seguirlo justo cuando se escucha el sonido de una transmisión oficial.

—¿Trajeron pantallas? —pregunto al observar a lo alto la imagen de los tres triángulos entrelazados aparecer.

—Regalo de Adrien —nos dice Kate a ambos colocándose a nuestro lado —Ha habido varios comunicados desde entonces, la mayoría de ellos para meternos miedo.

No estaba enterado de ello, pero supongo que Klein sí, sino no tendría sentido tal obsequio.

La imagen de Gastón aparece y no puedo evitar fruncir el ceño al verlo allí, encima de nosotros, hablándole a todos como si fuera merecedor de que lo escuchemos.

Algo de esto me recuerda a los noticiarios del ejército, y comprendo que todo aquello probablemente fue heredado de Infundio.

—La traición es la más común de las acciones humanas y ya estoy acostumbrado a lidiar con ellas. Cuando un animal te muerde debes terminar con su vida, ya que siempre volverá a intentar hacerlo, lo mismo sucede con las personas.

Gastón se hace a un lado para que podamos finalmente ver detrás de él a Craig atado con cadenas de sus extremidades. Su cuerpo está todo lastimado, su boca ensangrentada y sus ojos… sus ojos muestran un dolor tan grande que es difícil mantener la mirada en ellos.

—El Mayor Craig Meyer, aquí presente, decidió dejar atrás sus votos y ayudó a algunos de sus compañeros a escapar hacia territorios rebeldes. Actos como estos no tienen forma de ser justificados o apelados, y su castigo es la muerte.

Espasa se voltea, camina de manera recta hacia Craig, saca su pistola y la coloca en la cabeza de este.

—¿Algunas últimas palabras? —pregunta con total perversidad.

—No tengo miedo alguno de morir, volveré a estar con ella —responde sin quitar la vista del hombre que está a punto de acabar con su vida.

El sonido de un disparo y la imagen del cuerpo de Craig colgando me deja sin aliento. Miro a mi alrededor y distingo en todos una angustia enorme aun sin haber conocido demasiado al hombre que nos permitió huir de allí.

Adrien, que está un poco más lejos de nosotros, también se ha congelado al ver el fusilamiento.

—Por las noches cortaremos el suministro eléctrico inclusive en los recintos cerrados, se reducirán los racionamientos de alimento tanto en los mencionados lugares como en los campos de reeducación y trabajo, y se duplicarán las horas de productividad. Estas medidas se mantendrán para recordarles que la Alianza no perdona. A su vez, todo aquel que guarde información o proteja a un rebelde sufrirá la pena de muerte bajo acción inmediata. Eso es todo —finaliza y las luces se apagan, generando un bullicio de pánico en el ambiente.

—¿Acaso estaban con el suministro de energía de la ciudad? —pregunto a Kate, a quien distingo por las luces de emergencia.

—No íbamos a gastar los generadores si teníamos esa posibilidad —responde ella.

—Saben que es arriesgado. Pueden detectar de donde radica el uso no autorizado.

—Ya han tirado bombas por encima de nosotros. No nos encuentran, Theo. Y sus tropas no cruzan la frontera por temor. La hemos electrificado al igual que colocamos minas en algunos puntos a nuestro alrededor.

—¿Cómo?

Ella suspira, haciendo que entienda todo.

Adrien.

—¿Y aun así dejaron que lo golpeen?

—Se lo merecía.

—No tendrían nada sin él.

—Cuidado con lo que dices, Theo —me amenaza Kate —Recuerda que hemos logrado todo esto sin ayuda de nadie y escapando del hombre al que tanto ahora pareces defender. El Teniente General Klein fue quien nos hizo escondernos como cucarachas por tantos años, por lo que el que ahora esté de nuestro lado no significa nada y lo entiendo.

—Lo siento. Tienes razón, Kate. Solo no quiero que nos terminemos convirtiendo en lo que tanto luchamos por erradicar.

—Me conoces bien, sabes que no tolero las injusticias.

—Lo sé.

—Creo que en eso nos parecemos con tu noviecita. Por cierto, ¿es verdad que ahora está en Infundio?

—¿Saben algo de eso?

—Solo rumores. La idea es que Adrien nos hable de todo aquello, que confirme lo que se anda diciendo.

—¿Y qué es lo que mencionan por aquí?

—Que el mundo es más grande que Tyrdem y que, para nuestra desgracia, estamos en desventaja.

CAPÍTULO CATORCE

Ian me sirve un vaso de agua y se sienta a mi lado. Parece más delgado y, sin dudas, ha envejecido bastante en este tiempo. Es entendible, yo también siento mi cuerpo cansado y mi mente en ruinas, es una especie de efecto colateral de vivir preocupado por todo lo que te rodea.

—Lamento lo de Hayley —dice finalmente.

—No está muerta —respondo sintiendo que sus palabras suenan más como un pésame ante una defunción.

—Nos han contado cosas terribles de Infundio y lo que les hacen a las personas que no son de allí. ¿De verdad crees que ella haya podido sobrevivir? —plantea con pesimismo.

—Hayley es la mujer más fuerte que conozco. Fue tu símbolo, ¿lo recuerdas?

—Aún lo es.

—Pero te sirve más que todos la tengan como a una mártir ¿no es así?

—No te confundas, Theo. El hecho de que ella sea importante para nuestra rebelión no implica que no me interese su bienestar. Simplemente me preocupa la clase de vida que pueda estar teniendo allí.

Un frio recorre mi cuerpo, no puedo ni siquiera pensar que algo malo le esté sucediendo.

—Creo que preferiría una muerte rápida antes que vivir un calvario como los que han llegado a nuestros oídos. Torturas, mutilaciones, esclavitud, abuso...—comienza a enunciar y cuando pone en su boca la idea de que alguien la pudiera estar lastimando, agarro el vaso que me ha dado y lo estrello contra la pared, haciendo que el vidrio llegue, inclusive, hasta el rostro de Ian.

Un pequeño corte en su mejilla comienza a sangrar levemente. Él lleva la yema de sus dedos hasta este y observa el rojo manchando su piel.

—Supongo que con esto confirmo lo que pensaba —dice Ian.

—¿Qué? —pregunto sintiéndome molesto por esta conversación.

—Que tu objetivo principal ahora no es con nosotros, sino con ella.

Tomo aire sin quitar mi vista de la suya. Sé que todo lo que sucedió entre Hayley y yo no le agradó demasiado, pero esto ya es ridículo.

—No me malinterpretes, Theo. No es que eso me moleste.

—¿Entonces de dónde viene ese comentario?

—De qué prefiero saber que todas tus acciones serán con ese fin. Sé con ello qué esperar de ti.

—La verdad ya salió a la luz, la Alianza es el enemigo en este momento y haré todo lo necesario para que los nuestros sean libres y acabemos con ellos.

—Sé que sí, pero serás el primero en ofrecerte si surge la posibilidad de ir a Infundio.

—Claro que sí.

Ian asiente con la cabeza y sonríe.

—Me alegra saber que cuento contigo para eso, Black —enuncia y acerca su mano hacia mí.

La estrecho sin entender muy bien a qué se refiere con eso. Quizás él pensaba que le pediría permiso para ir tras ella… que equivocado que estaba de ser así.

La puerta se abre justo cuando Ian se pone de pie. Su hermano ingresa y es la primera vez que veo al más joven de los Voltur realmente feliz.

—Ya está Adrien preparado —le dice y luego se voltea hacia mí—. Que gusto que estés bien, Theo.

—¿Sí?

—Aunque no lo pareciera, siempre me caíste bien. Supongo que tienes algo que nos agrada a todos los Voltur. Me refiero a que Ian te aprecia bastante y, por lo que sé, Kate también —responde con una pizca de ironía.

—Pueden seguir con su reencuentro luego, ahora vamos con el resto —exclama Ian y nos invita a salir de manera cordial, como siempre.

Adrien se encuentra sentado detrás de una larga mesa que han puesto en el centro del escondrijo. Arriba de esta veo un polígrafo preparado para detectar si lo que está a punto de revelar es verdad o si se trata de otra de sus mentiras. ¿Tengo algo que preguntarle? Este sería el mejor momento para asegurarme de que no me ha estado engañando, pero no estoy seguro de qué deseo saber con exactitud.

Sé que Hayley está en Infundio. No me mentiría al respecto ¿O sí?

La cantidad de gente que se encuentra rodeando a Klein es numerosa y creo que nunca había presenciado un evento así. Luc se coloca a mi lado y suspira, haciendo que los que tenemos delante nuestro nos observen.

—No estés nervioso —le digo por lo bajo—. Solo es un interrogatorio.

—No es él lo que me preocupa, sino el clima que se generará con todo lo que cuente —confiesa.

—Probablemente no sea el mejor, pero es preferible que haya luz sobre todo lo que está sucediendo.

La mirada de Luc se enfoca en un punto lejano y me obliga, por curiosidad, a indagar de qué se trata. Lilith se encuentra allí, sentada unos metros atrás de Adrien junto con Anna, y me retuerce el estómago ver que ambas parecen llevarse bien.

Nunca había sentido este odio por alguien, y eso es extraño. Mis padres fueron terribles conmigo, Adrien me decepcionó a niveles inimaginables al igual que Luc, sin embargo, Anna me destrozó el corazón en mil pedazos.

¿Por qué?

La respuesta es más sencilla de lo que parece... confié en ella, le di un lugar especial en mi vida, sentí que era la madre que no había tenido, pero en algún punto me usó. Solo fui una herramienta para ella. Si hubiera sido importante no me hubiera engañado, ni muchos menos me hubiera hecho mentirle a la persona que amo.

La odio, la odio demasiado, casi a un nivel proporcional a lo que la extraño. Estoy triste por lo que ha sucedido entre nosotros, pero también feliz de saber que sigue con vida. Esta ambivalencia, este choque de sentimientos, de sensaciones, me desconcierta.

Detesto saber que todos pueden herirnos sin importar cuanto signifiquen para nosotros.

—Jamás va a perdonarme —me dice Luc, sacándome de mi trance de desprecio y lamentos.

Él es el claro ejemplo de cómo hasta tu propia sangre puede traicionarte.

—Vio mucha gente morir por tus acciones —le explico.

—Nadie es perfecto.

Lo miro, percibo su dolor, su miedo y el remordimiento que siente. No solamente está cargando con todos sus muertos, sino con las consecuencias de lo que ha hecho. Lilith es una de ellas, quizás la que más lo hiere.

—Quizás el tiempo ayude —intento confortarlo, pero no sirve demasiado.

La multitud se queda callada de un momento a otro y me aterra percibir como el silencio a veces puede ser ensordecedor.

Ian, William, Vicent y un cuarto hombre se acercan a Adrien y se colocan a su lado. La gente los observa con esperanza, con expectativa, como a cualquier líder digno de ser admirado.

¿Qué hago aquí?

¿Qué rol ocupo en todo esto?

Ya no sé qué persigo alrededor de todos ellos.

—Bien, vamos a comenzar con las preguntas —indica Ian sentándose a un costado de Adrien mientras que otro hombre se aproxima al polígrafo.

—Primero hablaré yo, luego, cuando haya terminado, podrán todos los presentes esbozar sus dudas hacia Klein. ¿De acuerdo? —plantea nuestro líder con total soltura y con una actitud remarcable.

Todos los presentes asentimos, luego el espectáculo comienza.

CAPÍTULO QUINCE

Adrien no luce nervioso en lo absoluto. Creo que comprende que esta acción es necesaria para poder integrarse de alguna manera a los rebeldes, por más extraño que aquello suene.

Sin embargo, su familia luce bastante alterada. Luc, Lilith y Anna… no parecen felices al respecto de lo que pueda salir de su boca.

—Mi nombre es Adrien Aurelio Klein. Nací en Infundio hace cincuenta y un años y a los diecisiete mi padre, Zachary, me trajo a Tyrdem para unirme al ejército. Mi hermana, Anna, tenía cuatro años para ese entonces y estaba creciendo en un mundo posguerra. Infundio, uno de los cinco continentes, había logrado ganar una batalla contra Scientia, que era el lugar que tenía el poder anteriormente. Zachary fue uno de los grandes artífices del ataque contra tal sitio y formó, junto con Ignis y Terralis, la Alianza.

Escucho como todos comienzan a hablar al entender que los Klein también han sido parte importante de la historia de las personas que ahora nos están masacrando. Sin embargo, mi mente se ha quedado perdida en lo primero que ha dicho… Anna también nació en Infundio.

Me engañó, a mí y a todos.

—Tyrdem siempre fue, desde la Guerra de Clases, un lugar de salvamento. Este sitio es el menos contaminado y más propicio para el cultivo, la ganadería, la pesca y otras necesidades de supervivencia. El aire es más limpio y se ha comprobado que su población vive más tiempo. Por eso es por lo que se prefirió mantenerlo aislado, sin información y con ideas tradicionalistas que no propicien cambios abruptos o innovaciones que puedan afectar lo ambiental. Se cree que la tecnología, la inmediatez y el desarrollo, conllevan a la falta de empatía y de introspección hacia el medio ambiente.

Abro los ojos de par en par, lo que está diciendo es una idiotez… ¿o no?

—Mi padre adoraba este lugar. De hecho, podría haberse quedado en Infundio como líder, manejando todo allí, pero eligió tener un cargo aquí y dejar allá a alguien de su confianza. La idea era que todos viniéramos eventualmente a vivir a Tyrdem. Como mi hermana aún era pequeña y todavía estábamos acomodándonos solo vine yo en un principio. Me fue bien en el ejército, conocí a la mujer de mi vida y tuve mis hijos. Luego era el tiempo de que Anna nos acompañara, que se uniera al ejército a la edad correspondiente. Como aquí los jóvenes de los distintos sitios no se conocen y algunos inclusive no asisten a institutos, es bastante simple infiltrar gente de otros lugares. No solo en esa época, sino que aún lo hacíamos hasta hace unos meses.

Otra vez surge el bullicio al saber que hasta tu vecino puede no ser quien crees.

Miro a Anna, ella también clava sus ojos en mí… Sabe lo que pienso, lo entiende muy bien.

—En fin, mi hermana quedó embarazada poco antes de tener que partir para Tyrdem, por lo que eso complicó un poco la situación. No voy a entrar en detalles de algo que no me compete a mí, pero Hayley, su preciado símbolo, es su hija.

Y ahora no es solo mi mirada la que se centra en Anna, la mujer rebelde en la que todos confiábamos, sino que todos la están observando de mala gana.

Las voces comienzan a escucharse en todo el complejo. Algunas con odio, otras con intriga, y muy pocas logran entenderse entre tanto ruido.

—Silencio —dice Ian elevando el tono tan solo un poco.

Adrien toma un poco de agua antes de continuar.

—En su momento ayudé a Anna a mantener a Hayley lejos del alcance de Zachary ya que él quería separarlas a ambas, pero, cuando las encontró, envió a Hayley a un grupo de niños soldados y mandó a Anna a Tyrdem a, finalmente, enlistarse.

—¿Niños soldados? —pregunta William asintiendo con la cabeza —¿Es por eso por lo que Hayley sabe disparar a la perfección?

Adrien sonríe.

—Entre otras cosas. Todos se asombraron con sus habilidades al entrenarla.

Arrugo la frente. ¿Cómo puede decir eso?

Me aproximo hacia adelante con la intención de borrarle la sonrisa cuando Luc me frena.

—Theo —dice Adrien —Ella está preparada para todo esto. Eso debería alegrarte.

—Le arruinaron la infancia, tu y esa mentirosa —le digo señalando a Anna —Tú eres responsable de sus pesadillas, de sus miedos, y de todo lo que tiene en su cabeza.

—Ey, ya —me dice Luc sosteniéndome.

—Theo, calma o tendré que sacarte de aquí —amenaza Ian.

Hago que Luc me suelte y levanto las manos, indicando que me quedaré tranquilo, aunque por dentro solo quiero cargarme a ambos.

—No quiero aburrirlos con esto. Básicamente, tras algunas amenazas de mi hermana, que se había escapado del ejército, finalicé el tiempo de Hayley en el programa en el que estaba, la traje a Tyrdem y me hice cargo de ella. Todo esto autorizado por Zachary que sabía muy bien lo que una madre puede hacer por un hijo y quería evitar más conflictos. Me dejó llevarla a mi hogar e introducirla en nuestro mundo como parte de mi familia.

—Un momento, Klein. ¿De qué nos sirve saber todo esto? —pregunta Ian deteniendo su relato.

—Tienes razón, Ian. Quizás deba resumirlo.

—De hecho, yo quiero saber toda la historia —dice Luc y la multitud de personas lo acompaña.

—Hayley es importante para nosotros —agrega una mujer.

Ian suspira.

—Continúa, Klein.

—Antes de llevar a Hayley a vivir conmigo, prometí que dejaría que Víctor, su padre biológico, conozca a su hija. Nunca supe cómo es que él llegó a Tyrdem, pero supongo que ese dato nos serviría mucho hoy en día.

—Es por eso por lo que estás mencionando todo esto. ¿No es así, cucaracha? —responde Anna con rencor.

—Estoy siendo honesto con todo.

—Sería la primera vez en tu vida.

—¡Ya! —grita Ian que comienza a perder la paciencia —Luego hablaré contigo, Anna. Al parecer él no es el único mentiroso aquí.

Sonrío al escuchar eso y ella lo nota.

—El encuentro no salió del todo bien y Zachary también se presentó allí. Él odiaba a Víctor y, sin más, lo mató, por lo que yo tuve que matarlo a él.

El polígrafo indica que algo de su relato no es cierto y esto hace que todos enmudezcan, todos excepto la única persona que se ofendería por ello.

—¡Mentiroso! —grita Anna y se acerca a Adrien con la intención de golpearlo.

Varias personas se meten en medio y evitan que ella consiga su objetivo. Lilith está notoriamente angustiada y hace que me sienta mal por ella.

—¡Tu asesinaste a Víctor! Él era un buen hombre que quería cambiar las cosas, y no me vas a decir que Zachary lo asesinó porque no lo creo.

—Solo puedo afirmarte que yo no maté a tu enamorado —responde Adrien y el hombre que maneja la prueba indica que es la verdad —No me importa si me crees, hermana, pero el polígrafo no permite engaños.

Anna aleja a todos con sus brazos, se acerca al aparato y confirma la veracidad de las palabras de Adrien.

Su rostro cambia de un segundo a otro y percibo en su mirada una serie de emociones que desarmarían a cualquiera, pero no a mí.

—¿Por qué? —pregunta ella —¿Por qué me dejaste creer que tú lo habías hecho?

—¿Eso habría cambiado algo? Yo asumí el rol de Zachary y lo mejor que podía hacer era alejarte a ti de todo esto.

—Podríamos haber dejado todo atrás si me permitías quedarme con Hayley, si nos volvíamos de nuevo una familia.

—Yo estaba enojado, Anna. ¡Maté a mi padre por ti! Lo odié por lo que te hizo. Fui a visitar a Hayley muchísimas veces cuando estaba en medio de ese reclusorio en el que no paraban de enseñarle como acabar con otras personas, pero él era mi padre y terminé con su vida. ¡Y todo eso sucedió porque tuviste que ir en contra de todo! Quería que vivas de la manera que habías elegido, en las sombras, siendo una rebelde más.

—Sabes muy bien que lo que hicieron con Scientia estuvo mal, que las cosas que nuestro padre avaló no eran correctas.

—Y por eso te tuviste que juntar con un forastero que, para colmo, estaba detrás de una próxima rebelión.

—Me enamoré de Víctor porque él era una hermosa persona a la que le importaban los demás. Su padre murió en la horca en la plaza pública de Infundio y, aun así, él no tenía sed de sangre, sino que quería que no se repitieran los mismos errores del pasado.

Hayley es igual a él por lo que veo y estoy segura de que le habría encantado conocerlo.

—Me uní a los rebeldes porque estoy de acuerdo con su ideología y porque nuestro padre era un dictador que creía que estaba siendo mejor que sus predecesores, pero se equivocó.

—Perdonen, pero creo que todos nos hemos perdido aquí —interfiere Ian.

—Víctor, el padre de Hayley, era el hijo de Gregory Fey, líder derrocado de Scientia.

Mierda.

Adrien me mira y se ríe.

—¿Lo ves, Theo? El salir contigo estaba en su ADN. Viene de una larga lista de contradicciones en su árbol genealógico.

—Adrien, Anna, alguno de los dos explíquenos de que rayos hablan.

—Todo remonta a esa maldita guerra. Víctor, ustedes, Hayley… todo. Los rebeldes en Tyrdem surgieron de un grupo de militares que eran de Scientia e impartían el orden aquí y que, cuando la Alianza ganó la guerra y les dio la posibilidad de mantener el poder rindiendo cuentas a Infundio, se negaron y formaron un grupo anarquista. Zachary empezó a luchar contra estos, y luego yo, porque aquella era la única forma de que no los eliminen a todos —explica Adrien.

—¿La Alianza está aquí con ese fin?

—Sí, ahora que las cosas llegaron al extremo no les importa si no quedan ciudadanos en Tyrdem, solo quieren la tierra e imponer orden de la manera que sea necesaria. Hace años que intentan reducir nuestro ejército, que la gente ya no quiera ser parte de este, por eso me obligaron a establecer la política de que está bien que los soldados se maten los unos a los otros en evaluaciones que antes eran una forma de prepararlos para el campo. Ahora no importa, solo quieren que todos teman enlistarse, pero, al parecer, el que se convierta en algo elitista es lo que invita a que se inscriban año a año más y más personas.

Ian traga saliva, creo que ha entendido muy bien a qué nos enfrentamos.

—Las bombas… —comienza a decir.

—Aviones de Ignis para evitar que destruyan la montaña.

—¿Por qué? ¿Qué hay allí?

—¿En la montaña? Nada en particular, es donde se hacen experimentos y donde nos comunicamos con Infundio a través de unos dispositivos especiales, pero, por fuera, hay algo más valioso.

—No nos interesa que les hagas el efecto sorpresa, Adrien —le digo enfadado.

—De acuerdo, tranquilo Black. Por fuera de la montaña se encuentra la torre de comunicación, la cual hace que no salgan mensajes de Tyrdem a Infundio ni a ninguna otra parte, pero que tampoco entren. Es la forma de aislar este lugar y eso es lo primero que debemos destruir.

—¿Por qué? ¿De qué nos serviría?

—Solos no podemos acabar con la Alianza, pero afuera hay grupos como ustedes que buscan cambiarlo todo y los necesitamos.

—¿Fuera de Tyrdem también hay descontento? —pregunta William y consigue que Anna se ría.

—Supongo que es momento de hablarles de las implementaciones que hizo mi padre después de la guerra y de los, mal llamados, forasteros.

CAPÍTULO DIECISÉIS

Adrien nos relata a todos los horrores de la posguerra y la creación de los Campos de Reeducación y Trabajo que, en un principio, servían para contener a las personas que habían luchado contra la Alianza. El abuelo paterno de Hayley, Greg, había estado allí antes de ser asesinado, lo cual no me deja muy tranquilo.

—Hoy en día los campos sirven para la explotación de los recursos humanos. Todas las personas que no acatan las normas en Terralis, Scientia y Tyrdem son enviados allí. Muy pocas personas de Ignis e Infundio pueden correr esa suerte, pero hay excepciones —nos explica.

—¿Hayley está allí? —pregunta Anna con una fuerza que me hiela.

—Lo estuvo. Ya no se encuentra en estos —responde como si nada—. Heard se encargó de que vaya a un buen lugar.

—¿Él sabe de su existencia?

Miro a Adrien.

—Me mentiste, dijiste que no sabías nada de ella, que la enviaste allá sin decirle a nadie —le digo enojado.

Ian suspira, entendiendo que nuevamente se ha quedado por fuera de la conversación.

—Creo que terminamos el interrogatorio aquí. Claramente deberemos hablar nosotros tres en privado. ¿Alguien tiene alguna pregunta para Adrien? —pregunta nuestro líder que, sin dudas, está molesto.

—¿Cómo es que sabes el paradero actual de Hayley? ¡Di la verdad! —digo elevando la voz.

—Un poco antes de irnos de la montaña pude, a través de Jim, contactarme con alguien allí.

Asiento con la cabeza sabiendo que me dirá todo por partes, como siempre.

—¿Alguien más? —pregunta Ian.

—¿Cómo puedo llegar a Infundio? —vuelvo a hablar.

Ian niega con la cabeza, enfadado de que haga mis ideas públicas.

—Supongo que Anna puede responder a eso —indica Adrien sonriente.

Ella lo mira de mala manera.

—Adrien, Anna y Theo, los tres conmigo —plantea Ian, quien desea que todo este vaivén de preguntas filosas se termine.

—Un momento —dice una señora que tiene el cabello rapado y unos ojos increíblemente azules.

Emma.

—¿Quieres preguntarle algo a Adrien? —dice Ian.

—Así es.

—Adelante.

—Quiero saber dónde está mi marido, Gael Latini.

Veo a Klein, luce serio, pero no incómodo ante lo que ella consulta. El marido de Emma fue capturado hace ya varios años y nunca más se supo nada de él.

—Todas las personas desaparecidas, ya sean rebeldes o no, tuvieron el mismo destino. Si eran plausibles de ser interrogados primero se los enviaba a la montaña donde se practicaban diferentes técnicas para obtener información. Si sobrevivían a las diferentes etapas que conllevaba esto se los enviaba en barco a Infundio para vivir como forasteros.

—Es decir, a los campos.

—Exactamente. Luego, si logran atravesar eso y son elegidos por los ciudadanos de Infundio, tendrán que trabajar para estos en lo que ellos indiquen.

—Mi esposo tenía problemas del corazón —afirma la mujer.

Adrien toma aire y ladea la cabeza.

—Puede que haya muerto aquí —responde él fríamente —Si lo desean, pueden anotar los nombres de todas las personas que están buscando. En mi despacho tengo un cuaderno que indica adonde han ido a parar. Si el nombre que dieron no es el real también hay un álbum con fotografías de todos los que perecieron en los interrogatorios o antes, al intentarse escapar. Si no está ahí y si no brindó su identidad verdadera, entonces puede asumir que fue a parar a los campos.

Ella asiente y, extrañamente, le agradece.

—¿Cómo espera conseguir todo aquello, Klein? —pregunta un hombre que antes era del ejército de Tyrdem, pero que ha cambiado de bando, como muchos aquí.

—La Sede del ejército está bastante destruida, por lo que no la usan como base. Lo han intentado, pero sin éxito. Quizás puedo infiltrarme si esto es importante para muchos aquí.

Ian se pone de pie y se sitúa delante de Adrien.

—Bueno, eso lo veremos en su debido momento. Ahora, todos vuelvan a sus tareas y, Emma, organiza la recolección de nombres ¿sí?

—Claro, Ian —responde ella y todos se dispersan.

Me acerco a Adrien y espero a que le saquen el polígrafo.

—Ahora puedes hablar libremente conmigo. Ya no estamos en la montaña y necesito saberlo todo —le digo justo cuando Anna se aproxima a mí.

—Los tres tenemos mucho de qué hablar —indica ella con una sonrisa cálida que me desagrada.

—Solo te escucharé porque necesito la información que posees, pero luego no quiero volver a verte. Nuestro vínculo se acabó el día que decidiste jugar conmigo.

—Te creía más inteligente, Theo. ¿Realmente no evalúas el contexto? Eres un soldado increíble, pero enamorarte no ha sido favorable en tu caso. Sí, te ha hecho estar más feliz y recuperarte de tus traumas del pasado, pero te ha vuelto estúpido e irracional —responde ella y, por más terrible que sea, me doy cuenta de que no estoy reaccionando como debería, como me entrenaron.

—Te estoy dando el beneficio de explicarte, Anna. Así que no intentes parecer más sabía que el resto, porque solo eres una maldita que se cagó en todo el mundo con tal de tener un romance —respondo con rabia.

—No eres muy distinto a mí —insiste ella acercando su rostro al mío.

Adrien se posiciona entre ambos y nos separa.

—Vamos a hablar a un lugar más tranquilo —nos dice.

—Y a hacer algunos planes —agrega Ian y nos hace caminar hacia un cuarto cerrado, aquel en el que definiremos el futuro de todos.

Vicent, William y Luc son los únicos pertenecientes al ejército que nos acompañan en esta reunión. Luego se encuentran Jason, Thera y Kate, que siempre están con Ian ante cada decisión a tomar.

Adrien se encuentra sentado en la punta de una alargada mesa, mientras que Ian está en la otra. Las dos contrapartes de esta historia, mirándose fijamente. El resto nos acomodamos como podemos y lo único que intento es estar lejos de Anna para no perder los estribos.

—La idea es definir los pasos a seguir —inicia Ian la reunión —Gracias a Adrien, Luc, Elliot y Theo, tenemos bastante armamento escondido, pero el hecho de que la Alianza posea aviones y una tecnología mayor a la nuestra puede ser un problema.

—¿Te estás imaginando un combate cuerpo a cuerpo, Voltur? —pregunta de manera condescendiente Adrien —Debemos pensar estrategias, ver cómo acabar con ellos de manera silenciosa.

—No te salió muy bien eso con nosotros —responde Thera con una mirada fulminante.

Él sonríe.

—Anna sabe cómo ir y volver de Infundio —acoto —¿No es eso lo que dijiste, Adrien?

—Ella trajo a Víctor de alguna manera. Puede que esa sea la clave para poder dirigirnos hacia allí, pero no creo que sea tiempo de hacerlo. Abandonar este lugar no tiene sentido.

—No dije que todos nos vayamos de aquí —respondo —Si es verdad que hay rebeldes en todas partes, podemos barajar la posibilidad de arruinar todo en Infundio.

—Primero deberíamos destruir la barrera de comunicación —dice Adrien —Si podemos comunicarnos con otros continentes, armar un plan y llevarlo a cabo, sería el fin de la Alianza.

—¿Cómo hacemos eso? —pregunta Luc.

—Podemos enviar un grupo a plantar bombas alrededor de la torre. Se necesitarían muchísimas para tirarla abajo ya que está bien fortalecida —responde su padre.

—La montaña y sus alrededores está demasiado resguardada para ir por tierra, Adrien. Sería una misión suicida.

—Lo sé.

Todos se quedan callados, comprenden muy bien que no tenemos demasiadas opciones.

—Nos tomaremos varios días para pensar en la mejor forma de atacar. Mientras tanto, puedes enseñarle a los nuestros como activar esas cosas —indica Ian.

—¿Es decir que se hará? —pregunta Jason con seriedad.

—Así es. Elije a un grupo de veinte. Quienes estén mejor preparados para esta tarea. Adrien les enseñará lo necesario para plantar las bombas y, mientras tanto, nos juntaremos para ver qué camino harán para lograr llegar a la montaña.

—Jason, yo seré parte de tu grupo —le digo poniéndome de pie.

—No, Theo. No en esta oportunidad —me dice Ian de manera determinante.

—No puedes darme órdenes.

—Si, puedo. No necesito a una persona emocional y con conflicto de intereses en algo tan difícil. Además, ahora veremos la posibilidad de ir hacia Infundio. ¿No prefieres ser parte de eso?

Me vuelvo a sentar, sintiéndome un idiota.

¡Debes controlarte maldita sea!

Es solo que estoy tan irritado que podría destrozar este lugar en un solo segundo.

—Anna, es tiempo de que nos digas todo —la arrincona finalmente Ian.

La madre de Hayley, la mujer con la que reconstruí el lago, la rebelde que tenía un pasado oculto, sonríe ante tal indicación y ladea la cabeza.

—La verdad es que no tengo mucho que agregar que sea de valor —dice y no puedo evitar golpear la mesa, haciendo que todos se asusten con tal reacción.

—¡Maldita sea, Anna! —grita Adrien, sumándose a mi malestar —¿No puedes hacer fáciles las cosas por una vez en tu vida? ¡Al menos por tu hija!

Ella ladea la cabeza.

—No lo entienden —responde.

—Explícanos, Anna —dice Elliot de manera suave.

—No fui yo quien trajo a Víctor a Tyrdem.

—¿Y quién lo hizo? —pregunto impaciente.

Anna clava su mirada en mí. Sus pupilas tiemblan y algo en su forma de abrir la boca me prepara para lo que está a punto de decir, que entiendo que no será bueno.

—Tu tío, Rick Black.

CAPÍTULO DIECISIETE

El silencio que se produce es intenso y, al mismo tiempo, necesario. Creo que aún estoy intentando procesar qué significa lo que Anna acaba de decir.

—¿Alguien podría decir algo más? —interfiere Ian y se lo agradezco.

—Richard Black es el hermano del difunto padre de Theo, James —aclara Adrien —Él se encargaba, desde que los dos llegaron a Tyrdem, del espionaje interno y de traer información de lo que sucedía en Infundio. Trabajaba para Zachary y, luego de su muerte, empezó a vivir como un fantasma. Él iba y venía de manera no oficial, por ende, no utilizaba los barcos, pero nunca supe cómo lo hacía ya que nunca hablé demasiado con él.

¿Qué rayos acaba de decir? Supongo que lo suponía en algún punto. Rick no parecía ser de aquí y probablemente mi padre tampoco, pero escucharlo decir esto así, con tanta seguridad, me hiela la sangre.

Tantos secretos, tantas mentiras

—¿También murió en el incendio con tus padres y tu hermana? —me pregunta Ian, sacándome de mi trance.

—No —respondemos al unísono con Adrien y recuerdo que fue él quien dio la orden de acabar con sus vidas.

Nunca podré olvidar aquello.

—Hayley lo vio en el puerto abandonado, cerca de donde se encontraba mi casa, unos días antes de tener que venir a la ciudad a enlistarse —les informo.

Adrien me mira de costado, luce algo anonadado por mis palabras.

—¿Ella se cruzó con él? —me pregunta.

—Sí, y casi pierde la vida por ello. Siempre supe que Rick no era del todo estable mentalmente, pero supongo estar tanto tiempo solo debe haberle afectado.

—Anna, ¿puedes aclararnos un poco todo esto? —indica Luc y agradezco que él no se haya ido por las ramas con tanta información.

—Si bien tu no tenías mucho vínculo con Rick, yo si —le

confiesa Anna a su hermano mayor —Zachary le había encargado mantenerme vigilada y evitar que me escape o haga alguna locura.

—No le funcionó del todo —responde Adrien sarcásticamente.

—No pudo cumplir con su tarea cuando se enteró de todo el daño que me habían hecho, cuando supo que Hayley me fue arrebatada. Por lo que, en la prueba de la montaña, me ayudó a escapar.

Adrien deja escapar una bocana de aire.

—Siempre pensé que yo te había dado demasiada información de los túneles, que por mi culpa tú te habías fugado.

—Rick conocía todos los recovecos de Tyrdem, así que tus palabras no fueron las que realmente propiciaron mi escape. Él me dijo cómo pasar desapercibida y luego me llevó hacia donde podría tomar un barco y volver a Infundio, pero sabía que allá me sería más difícil volver a estar con Hayley, así que fui directo a hablar con Evanthe.

—¿Y te creyó? —pregunta Luc con un hilo de voz.

—Inmediatamente. Ella vio mi dolor y lo tomó como propio. Tu madre era una mujer increíble, llena de luz y de amor.

Veo como Luc oculta el rostro, pero las lágrimas caen y evidencian lo mucho que está sufriendo por la familia que perdió.

—Ella habló conmigo e hicimos el trato de que ya no volvería a ser parte del ejército. Primero porque nos odiaba y, segundo, porque quería alejarse de mí y estar más presente con sus hijos. Parte de ese arreglo fue que trajera a Hayley a vivir con nosotros —explica Adrien.

—De hecho, ese planteo de ella era para que yo pudiera llevármela conmigo cuando todo se calmara, algo que no sucedió.

—La muerte de Zachary y de Víctor —les digo —Eso lo cambió todo.

—Así es. Víctor, Hayley y yo nos íbamos a escapar y a vivir como una familia. Evanthe y Rick me iban a ayudar con eso, pero luego ese plan se desmoronó. Yo no tenía la fuerza suficiente, Adrien me había amenazado y sabía que Hayley iba a crecer en un lugar mejor, por lo que continué en las sombras.

Luce devastada y, por primera vez en mucho tiempo, vuelvo a ver a la mujer con la que pasé largas jornadas en el lago, aquella que me hablaba de la familia por la que siempre estaría en duelo y que jamás olvidaría.

—En fin, Rick es la clave de todo. Él sabe cómo viajar de Tyrdem hacia Infundio, pero no lo he vuelto a ver desde que murieron tus padres, Theo —me dice ella.

—¿Tú sabias quien era yo cuando nos conocimos? ¿Sabías que Rick era mi tío y James mi padre? —le pregunto sintiéndome algo débil, pero fingiendo que puedo con esto.

Ella asiente.

—Sentí que era mi obligación cuidarte, que debía devolverle el favor a Rick. A su vez, te convertiste en un hijo para mí. Pude experimentar contigo lo que jamás tuve con Hayley. Que la vida los uniera para mí fue algo tan extraño como hermoso, y lamento el daño que les hice a ambos.

Tomo aire e intento contener la respiración. Mi rostro, serio e impoluto, no refleja lo que han generado en mí sus palabras, y solo quiero abandonar esta habitación lo antes posible.

Necesito que me den una tarea, que me obliguen a que mi mente se enfoque en algo más.

—Entonces, debemos buscar a Rick Black —esboza Ian y, como si hubiera escuchado mis pensamientos, me da una nueva meta —Solo él nos podrá decir el camino a Infundio.

El camino a Hayley.

CAPÍTULO DIECIOCHO

Laberintos, besos, juegos tontos de medianoche que jamás me interesaron. ¿Acaso eso ha cambiado? La idea de encontrarla aquí dentro me produce varias sensaciones diferentes. Quiero ser yo la única persona que lo haga, pero sé muy bien que no debo hacerlo.

Dudo al respecto, pero comprendo perfectamente que estoy caminando entre los arbustos con un único objetivo... Hayley.

Rastrearla no puede ser tan difícil ¿o sí?

El problema es que debo evitar cruzarme con cualquier otra joven en el trayecto y eso no será sencillo.

Avanzo a paso veloz, escondiéndome ante las pisadas de otras personas y buscando indicios que me den el paradero de la hermana de Luc.

¡Rayos, Theo! ¡Es la hermana menor de tu mejor amigo!

Me detengo ante ese pensamiento, pero luego continúo. ¿Qué más da? No voy a besarla, solo a sacarla de aquí.

Me dirijo entre la hierba crecida con eso en mente cuando una cabellera cobriza pasa por delante de mí, obligándome a ocultarme velozmente.

La voz de Luc se escucha de repente y me fuerza a mirar lo que está pasando y una sonrisa se apodera de mi rostro al ver que, finalmente, su corazón pertenece a alguien.

Vaya, vaya, vaya... Te lo tenías escondido, amigo mío.

Creo que deberemos hablar de esto en cuanto vuelvas a la ciudad.

Ladeo la cabeza y me dispongo a continuar con mi recorrido cuando, a unos metros, observo a Hayley petrificada ante la escena que le ofrece su hermano.

Me aproximo a ella, dispuesto a sacarla de allí, y, tomándola del brazo, la hago voltearse hacia mí. Ella intenta zafarse de manera histérica, pero luego se queda helada mirándome fijamente a los ojos.

Sus pupilas tiemblan y el color verde que las rodea me paraliza completamente. ¿Cómo puede causar este efecto en mí? ¿Cómo es posible que no sepa qué hacer o qué decirle?

Sus labios están completamente cerrados, pero percibo como los mueve, demostrándome que algo está sucediendo dentro de su boca y haciéndome desear que me permita besarla cuando, terminando el silencio que se ha generado entre ambos, me tira una balde de agua fría con sus palabras.

—No voy a besarte —afirma, rompiendo completamente mi ilusión y la magia del momento.

¡Qué personalidad! Sí que sabe poner a los demás en su lugar, aunque claramente el trato es diferente cuando se trata de su padre.

—No pretendo ni quiero que eso pase —respondo a la defensiva, intentando conservar algo de mi amor propio.

¿Acaso tengo?

—Qué bueno porque nunca va a suceder —insiste.

Sonrío por dentro, está encantada con esta pelea sinsentido.

—Ahora, ¿me indicarías la salida? —me dice con un aire de superioridad.

Parece ser algo orgullosa, pero yo lo soy más.

—Que mal que no sepas por donde es —respondo sintiéndome contento con mi accionar y elevando mi dedo índice para marcarle cuál es el camino.

Ella va delante de mí a paso veloz, demostrándome con su andar que está molesta. Sin embargo, yo me regodeo por dentro, sintiéndome demasiado extasiado por nuestro pequeño encuentro.

Al salir del laberinto me voy por el camino contrario, entendiendo que lo mejor será que nadie sepa que Hayley Klein y yo hemos intercambiado algunas palabras allí dentro.

Sí, eso fue lo único que pasó entre nosotros...

Por favor, cómo me hubiera gustado que sucediera algo más...

Christopher Heard era hijo de un colega de Zachary y, a pesar de ser cinco años menor que Adrien, siempre fueron muy amigos. Él le enseño todo al pequeño Christopher ya que sus padres vivían ocupados pensando en la inminente guerra. Ahora, tantos años después, Adrien le ha confiado a este hombre la vida de Hayley, quien le prometió que velaría por la seguridad de ella, especialmente luego de que le confesara que la joven de ojos verdes es hija de Anna.

—Siempre estuvo muy enamorado de ti —acota Adrien.

—¿Crees que no lo sé? Tú lo dejaste al cuidado de mamá y de mí —responde Anna.

—No fue así, solo le dije que les hiciera compañía.

—¿Cómo sabemos que es de fiar? Digo, Hayley es producto de tu relación con otro hombre y puede que eso lo haga sentirse celoso —les digo y ambos se ríen.

—Heard es un buen hombre, algo débil de acción e inseguro, por lo que no sería un problema para ella. No pudimos hablar mucho, pero me dijo que Hayley ahora está viviendo en casa de Newll. Tengo entendido que él obró de manera implícita para que ella no terminara en un lugar detestable y que esa era la mejor opción. En su casa despertaría sospechas —nos indica Adrien que se acuesta en su cama.

Lo han aislado, no porque no confíen en él, sino porque temen que alguien le haga daño.

Yo duermo afuera de su puerta, tampoco porque me preocupe su seguridad, sino que lo necesitamos vivo.

—¿Newll? —pregunta Anna y me siento muy bien al respecto de que ella tampoco sepa quién es.

—Quizás esta parte no te guste, pero te prometo que es la mejor persona para proteger a Hayley —se escuda Adrien y hace que Anna y yo nos miremos.

—Habla —le ordeno.

—Newll era el encargado del *Proyecto Infundio*, el de niños soldados —nos confiesa y hace que Anna se le heche encima.

La sostengo y la alejo bruscamente.

—¡No eres una niña! —le grito—. Deja que nos explique. Si lo matas ahora nos quedaremos sin la información que necesitamos de Hayley.

Anna toma aire y se sienta.

—Emanuel Newll es una buena persona y está arrepentido por todo lo que sucedió. Le pusimos el señuelo de que ella estaba en los Campos de Reeducación y Trabajo y enseguida quiso llevársela con él.

—Eso me parece demasiado bizarro —exclamo.

—Infundio es un lugar completamente diferente, todo allí es... extraño —me explica Anna.

—Créanme, Newll va a cuidarla. Además, es mejor que esté con él y no con otras personas. Hayley no pudo mantener el perfil bajo y, aun sin saber que es una Klein, muchas personas quisieron comprarla —nos dice Adrien.

Ladeo la cabeza.

—¿Qué fue lo que pasó?

—¿Recuerdas lo que Gastón estaba preparando aquí? ¿Las peleas o combates entre prisioneros?

Asiento.

—Digamos que Hayley se anotó para participar en una de esas cosas y, obviamente, los venció a todos —responde Adrien sonriendo.

—¿Lo hizo por placer? —pregunto sin entender.

—Seguramente fue por hambre —agrega Anna—. El premio siempre fue comida y realmente la pasan muy mal en ese aspecto.

—¿Cómo sabes tanto de eso? No te interesaba el ejército ni nada de eso —pregunta Adrien.

Ella se ríe.

—Que no quisiera formar parte no significa que no me interesara. De hecho, como sabia todo lo que pasaba no estaba a favor. Víctor estuvo en esos campos, ¿recuerdas?

—Comprendo —responde él brevemente.

—¿Hayley mató gente? —pregunto recordando lo que tuve que hacer.

—No lo sé, ¿por qué? ¿Temes por su alma? —bromea Adrien.

—Temo por su cordura.

Ambos me miran seriamente, saben bien a qué me refiero.

—Saldrá adelante, Theo —me dice él.

—Ya no te puedes comunicar con ese Heard. ¿Cómo sabes que todo va a estar bien?

—Te lo dije, no abandonamos la montaña hasta no asegurarme de que ella había dejado los campos con buenas personas.

—¿Ese fue uno de los motivos por los que esperamos para irnos de allí?

Él asiente.

—Créeme, nada va a pasarle —me asegura.

Posiciono mis ojos en los suyos, preparado para preguntar algo a lo que me aterra escuchar una respuesta.

—¿Le han hecho daño hasta ahora?

Adrien se levanta, se acerca hasta mí y pone su mano en mi hombro.

—Te prometo que nadie le ha tocado ni un pelo de la manera en que tú crees —me dice en un susurro.

Siento como el aire vuelve a mis pulmones y la veo a ella, a su cabello largo con ondas en las puntas, a su sonrisa de oreja a oreja, a sus ojos electrificantes.

Viva y bien, es lo todo lo que necesito.

Una semana después siento un vacío en mi pecho que es acompañado por un miedo profundo. Las luces se apagan a una determinada hora, y con el alba salimos algunos en grupos a buscar a Rick, pero hasta ahora no hemos encontrado nada.

Todavía no se ha elaborado un plan para atacar la torre de comunicación, pero Adrien ha estado enseñándole a los elegidos para tal misión como activar las bombas. Lilith luce molesta al respecto y no comprende cómo es posible que todos confíen en Adrien nuevamente, pero no entiende que no es eso lo que sucede aquí. Él es la única persona que puede ayudarnos y, aunque eso sea contradictorio, es la realidad.

Me siento inútil y desamparado.

La esperanza que tenía se ha esfumado en cuanto me enteré de que Rick es la clave para todo. Ese hombre no está bien, desapareció desde el primer momento en que lo perdí todo y nunca le importé demasiado.

No quiero rendirme, no debo hacerlo, pero siento que todo es un callejón sin salida y que no sirvo para nada más que ocupar espacio.

Me odio, odio esto, odio todo.

CAPÍTULO DIECINUEVE

Me levanto temprano, ejercito un poco y me dirijo a las cocinas para preparar la comida. Esta semana me ha tocado ayudar con los alimentos y realmente eso es algo que se me da bien. Sin embargo, no podemos darles rienda libre a platillos elaborados ni mucho menos porque cada gramo de comida cuenta, por lo que el menú normalmente es algo de sopa con verduras que aquí mismo se cultivan.

—¿Ya entrenaste? —me pregunta Kate mientras se ata el cabello.

—Sí, apenas me desperté.

—Nuevamente no me esperaste. ¿Qué es lo que te pasa? Si no quieres puedes directamente decirme que no.

—Lo siento, Kate. Lo olvidé. Solo quería descargar un poco antes de comenzar con el día.

Ella suspira.

—¿Hoy no te toca salir?

Niego con la cabeza.

—Mañana. Eso quiere decir que tengo varias horas para lidiar con los pensamientos que habitan mi cabeza.

—¡Ey, Theo, me estás preocupando!

—No lo hagas. Está todo bien.

—Vamos, no me mientas.

Sigo cortando las zanahorias para evitar su rostro, su mirada inquisidora.

—Me siento solo, Kate. No tengo a nadie y, para colmo, debo buscar a la única familia sanguínea que me queda y que no me quiere realmente.

—¿Y yo que soy, maldito? —me pregunta ofendida y me obliga a observarla —¿Fuimos novios durante dos años y de repente no soy nadie?

—Justamente por eso es por lo que no puedo hablar de ciertas cosas contigo, y no tengo a nadie más para hacerlo.

—¿Quieres hablar de Hayley?

Asiento.

—Kate, no quiero lastimarte.

—Theo, te superé el día que los vi juntos en el lago. Quizás actué después como si todavía me gustaras, pero créeme que me fue imposible seguir sintiendo algo por ti luego de notar cómo la mirabas.

—¿Nos viste?

—Sí. Hacía mucho tiempo que no te veía sonreír tanto y eso me hizo sentir feliz. ¿Por qué crees que le salve la vida a la mandona? Claramente no es porque me agrade.

Sonrío al escucharla.

—Vamos, dime lo que quieras. ¿Estás pensando en ella?

—Siempre… no hay ni un momento en que no piense en Hayley, en lo que debe estar viviendo y atravesando. Solo quiero que sepa que no voy a dejar de luchar hasta tenerla a mi lado.

—¿Crees que no lo sabe?

—Ella debe pensar que estoy muerto, Kate. Lo último que vio fue a Adrien disparándome.

—¿Y temes que deje de luchar por eso? ¿Qué se deje vencer porque cree que tú ya no estás?

Jamás lo podría haber puesto en palabras, pero es exactamente lo que me sucede por dentro. Sé que yo no sabría de donde sacar fuerzas si me enterara de que algo le ha pasado.

—Theo, esa chica tiene más sangre en las venas que muchos. Ian te pidió que te acerques a ella porque se había destacado ante todos por ver más allá de su propio ombligo. No es la clase de persona que se rinde ante una injusticia y, sin dudas, debe estar dándoles de qué hablar en Infundio.

Los combates se cruzan por mi mente.

—Pero quizás no de la mejor forma.

—¿Acaso eso importa? Es una sobreviviente, al igual que tú. Así que deja atrás ese rostro amargado, aunque sea el que llevas siempre, y enfócate en lo que hay que hacer. El resto se irá acomodando solo.

Me da una palmada en la espalda antes de irse.

No le digo nada, no la detengo, solo la admiro y pienso por dentro en lo afortunado que soy de estar rodeado por personas tan increíbles.

Pasar inadvertido puede salvarte la vida, pero, cuando ello no es posible, cuando ya te has destacado, debes hacer que te teman. Siempre me manejé de esa manera en la vida, y me ha servido bastante, hasta ahora. La gente me saluda, me conoce, y no hay forma de hacer ninguna de las dos cosas que siempre me habían ayudado.

Mi nombre ya no es uno más, saben quién soy, lo que he hecho junto con ella.

Hayley es el símbolo, ¿en qué me convierte eso a mí?

Esta mañana han partido veinte personas rumbo a la montaña, y todas y cada una de ellas me han saludado afectuosamente, esperando que les desee lo mejor, que les de fuerzas.

Eso he hecho, y Vincent e Ian lo han notado.

—Todos te admiran, Theo—me dice Adrien mientras almorzamos.

—Por Hayley, creen que soy una extensión de ella.

Adrien hace un bufido.

—No seas tonto. Siempre inspiraste respeto, confianza, lealtad, y tienes madera de líder. Por eso es por lo que Ian te tiene cerca, teme que, eventualmente, todos te aprecien más a ti.

—Eso no sucederá.

—Ya veremos. Ahora, ¿me puedes explicar qué rayos hace mi hijo todo el tiempo con tu amiguita? La que da miedo y mira a todos de mala manera.

—¿Kate? ¿En qué sentido?

—Creo que le está enseñando a pelear.

—¿Luc a Kate?

—No, al revés.

Sonrío.

—Kate es muy buena en el cuerpo a cuerpo —le aclaro.

—Luc también. Le enseñé todo lo que necesitaba.

—Quizás necesitaba entrenar un poco más. Nosotros hacíamos eso todo el tiempo. Supongo que, ahora que ya no tenemos ese vínculo, no me incluyó.

—O quizás, si hubieras aparecido alguna de la veces que te dije que entrenemos, los tres habríamos podido practicar un poco —interfiere Kate y, a su lado, se asoma Luc.

—Supongo que ahora entiendo todo —dice Adrien.

—No es que me interese que estos dos sean amigos, pero verlos individualmente sufriendo como cachorros desahuciados ya me agota —le dice Kate a Adrien —Estamos en guerra, chicos. Hagan las paces hoy, quizás mañana no puedan.

Inmediatamente, luego de los dichos de Kate, el día se volvió más lúgubre que de costumbre cuando, de repente, el noticiario apareció por encima de nuestras cabezas.

Aquel día, veinte de los nuestros fueron acribillados a los ojos de todos, demostrándonos que Tyrdem ya no es más el lugar al que llamábamos hogar.

CAPÍTULO VEINTE

Si bien la meta principal es encontrar a Rick Black, también debemos preocuparnos por mantenernos con vida, por lo que varios grupos salen semanalmente a buscar provisiones. Todavía tenemos alimento gracias a lo que cultivamos y agua potable por nuestra cercanía al rio. Sin embargo, no podemos darnos el lujo de no salir a recolectar más cosas que podríamos necesitar.

Kate, Luc y yo vamos a todos lados juntos y, extrañamente, ello se siente muy bien. Siempre creí que podía vivir solo, alejado del mundo, de la gente, de todo, pero ahora me doy cuenta de que no es así. El ser humano necesita del otro, el contacto, la palabra, los gestos, algo, por más nimio que sea, y la alegría ha vuelto a mi cuerpo de manera gradual al pasar tiempo con ambos.

Lilith no está muy de acuerdo con eso ya que ella todavía se mantiene alejada de su hermano, pero su vínculo con Kate es muy bueno dado que ella la salvó el día de las bombas, por lo que, eventualmente, espero que todo se arregle.

A su vez, Ian y Vicent me han estado convocando en todas y cada una de las reuniones que se realizan. No sé si porque temen que me separe de ellos, o porque realmente les interesa mi opinión, pero me gusta estar informado de todo.

Hemos realizado una pequeña ceremonia para despedir a nuestros muertos, que no solamente fueron los veinte que se envió a derribar la torre de comunicación, sino que, diariamente, perdemos a algún grupo que sale de expedición.

Ello se debe a que cada vez nos alejamos más para conseguir cosas, y eso incluye pasar la frontera que separa el terreno rebelde del que ocupa la Alianza.

—Theo, debes venir con nosotros. Trae a Adrien y Luc contigo —me dice Vicent mientras estoy terminando de ejercitarme.

—¿Sucedió algo malo? ¿Supieron algo de Hayley? —pregunto incorporándome.

—No, es su hermana.

—¿Lilith?

—Gastón capturó a todo su grupo.

Mierda.

Cuando llego con Ian noto que Luc y Adrien ya se encuentran allí. Anna sujeta a Luc que está iracundo, mientras que Adrien simplemente se está sujetando de la mesa y mira hacia el suelo.

—Les dije que ella no debía salir de aquí —dice Adrien en voz calma.

—Todos deben colaborar y cooperar. Ya tiene dieciséis años y es más que capaz de salir a buscar provisiones —responde Jason y hace que Luc se embravezca.

—¡Ya! —grita Thera —No es la única capturada ¿saben?

—¿Qué podemos hacer? —pregunto haciéndome notar por primera vez en la conversación.

—No lo sé. Cada vez que capturan a los nuestros los damos por muertos —dice Thera y hace que Luc rompa en llanto.

—Déjenme ir por ella. Quizás puedo negociar con Gastón —ofrezco.

Adrien eleva el rostro y me mira. Tiene los ojos hinchados y la piel rojiza.

—Yo iré —dice sin más.

—Klein, te necesitamos —le dice Ian acercándose a él.

—Si algo le pasa a mi hija, yo me quedaré sin vida —responde.

Luc lo observa, se aproxima a él y lo abraza.

Liam ingresa sin avisar en medio de la reunión gritando y hace que todos dejemos de observar la conmovedora imagen familiar para prestarle atención.

—Los noticiarios se han encendido —dice y sabemos lo que eso significa.

Ellos muestran todos y cada uno de los fusilamientos, y si Adrien y Luc presencian la muerte de Lilith los perderemos para siempre… de eso estoy seguro.

Nos asomamos para ver, al igual que todos, lo que la Alianza quiere mostrar, y exhalo con rabia al encontrarme con la imagen de Gastón Espasa delante, y cinco de los nuestros detrás de él, amordazados, con los ojos vendados y encadenados.

Una joven menuda, con cabello rubio y manos delicadas, se hace notar entre nosotros, pero todos los que la acompañan también tienen familia, sueños, aspiraciones, y deseos de seguir viviendo.

—¡No! —grita con desesperación Luc y cae arrodillado al suelo.

—Aún está viva, todavía podemos hacer algo —le dice Kate acercándose a él y luego me mira.

Asiento con la cabeza.

—Vamos —respondo a su gesto, entendiendo lo que propone.

Adrien me toma del hombro y me detiene. Por un momento creo que me dirá que no haga nada, que no cometa ninguna locura, pero no es así.

—Voy con ustedes —nos indica —Luc, toma la radio e infórmanos por cualquier cosa que suceda.

—¿Cómo planean llegar allá? —pregunta Ian demostrándonos que no está de acuerdo con lo que planeamos hacer —Esta es una misión suicida, como lo fue el intentar tirar esa maldita torre de la montaña.

—Tomaremos una de las camionetas. Las usaron para sacarnos de la montaña, ahora nos servirán para ir hasta allá —respondo con firmeza.

—Es un recurso valioso que tenemos. Nos costó mucho conseguirla y solo tenemos cuatro, Theo —me dice él.

—Intentaremos devolverla, la idea no es quedarnos allá —respondo burlonamente —Ahora, no tenemos tiempo que perder.

—Yo voy también —nos dice un joven que no conozco demasiado bien, pero al que he visto en varias ocasiones con Hayley, una de ellas fue en la Arena del Coliseo como su compañero.

—Aaron, ¿verdad? —pregunto.

—Creía que tú y Lilith se habían distanciado —indica Kate que parece conocerlo mejor que yo.

—Eso no quiere decir que ella deje de importarme, y quiero ayudar en lo que pueda.

Lo observo y noto algo que solamente alguien que extraña con locura a otra persona distinguiría, y es que este joven siente demasiado por la hermana de Hayley.

—Bien, vámonos —respondo y nos dirigimos hacia afuera.

¿Cómo evitaremos que dañen a Lilith? Aun no lo sabemos.
¿Cómo saldremos vivos de esta? Eso tampoco.

CAPÍTULO VEINTIUNO

Hace varios minutos que el camino se ha vuelto complicado y peligroso, y más por el hecho de que nos persiguen otras dos camionetas con la intención de derribarnos a pesar de que hemos sacado un pañuelo blanco por una ventanilla en señal de que no vamos a atacar.

—¿Cuánto falta para que lleguemos a la montaña? —pregunta Kate exasperada.

—Ya casi estamos sobre el lugar desde donde Gastón transmite —responde Adrien sin quitar la vista del camino mientras conduce a una velocidad que hace que todo a nuestro alrededor desaparezca en segundos.

—Luc ¿me escuchas? —pregunta Aaron por la radio.

—Fuerte y claro —indica él del otro lado.

—¿Sucedió algo nuevo?

—Le avisaron que están en camino, lo sabe. Llegó a asesinar a uno de los nuestros, pero no ha habido cambios nuevos hasta ahora. Creo que los está esperando y no está solo —me dice con tono angustiado.

—¿Qué sucede? —pregunto tomando la radio.

—Camila está a su lado.

Carajos, eso no puede ser bueno.

—Todos alerta —nos indica Adrien —Ya llegamos.

Tomo mi arma y me aseguro de tener los suficientes cuchillos de ser necesario. Claramente no van a tomar nuestro intento de dialogar como tal.

Adrien se frena a unos metros de varios soldados que nos apuntan y, detrás de ellos, se encuentra Gastón.

Miro hacia la parte trasera de la camioneta y detecto que estamos siendo rodeados.

Misión suicida… Ian tenía razón.

—Bajen todos —nos ordena Adrien y abre la puerta para salir primero.

Aaron y Kate lo acompañan inmediatamente, mientras que yo me posiciono detrás de ellos y les cubro las espaldas.

—Vaya, vaya, vaya. ¿Qué tenemos aquí? ¿Solo ustedes cuatro? —dice Gastón con una sonrisa tan amplia como maliciosa —¿Qué pasó con todos sus amiguitos? ¿Ya están quedando pocos?

—Eso quisieras —responde Adrien con una soberbia que conozco muy bien, haciéndome recordar su rango en el ejército y el poder que tiene aun siendo un desertor.

—¿Acaso quieres volver con nosotros, Klein? Tu traición le salió muy cara a tu amiguito, Craig, aunque no sé si lo querías demasiado teniendo en cuenta que te cargaste a varios de los altos rangos del ejército.

Miro la expresión de Adrien, no parece asustado ni tampoco se lo ve sintiéndose amenazado.

—¿Hablas por Byron? —le pregunta él.

—¿Así que reconoces que fuiste tú quien lo mató? Increíble, estuvimos en una reunión juntos intentando entender quien lo había hecho y tu habías sido el responsable. Eres un gran mentiroso.

—No sabía que te preocupabas tanto por él.

—Fue el primero en darnos una cálida bienvenida y en ayudarnos a establecernos. Esa lealtad se paga, Klein.

—Supongo que, entonces, querrás matarme.

—Ciel no me dejaría hacerlo, lo sabes bien. Aunque una bala perdida puede ocurrir en cualquier momento, especialmente en medio de un enfrentamiento con rebeldes.

Adrien sonríe.

—Adelante.

Gastón toma su arma y apunta hacia Klein. Maldita sea, este hombre y su enorme boca.

Me pongo delante de él y escucho como Kate grita ante mi imprudente movimiento.

—¡Roan! Tanto tiempo sin verte. Quedé algo sorprendido cuando me enteré de que tú también habías decidido abandonarnos, pero luego hice algunas averiguaciones con la jovencita que tengo aquí al lado —dice tomando a Camila de la cadera.

La observo, luce asqueada, apagada y triste, y no puedo evitar sentirme terrible por ella y por lo que debe estar viviendo, pero luego recuerdo que ella eligió quedarse allí.

—Imagínate mi estupefacción cuando supe que eres un rebelde. Lo que no entiendo es porqué Adrien depositó tanta confianza en ti a tal punto que asesinó a alguien para que ocupes su lugar. En fin, no importa, eres un don nadie que tuvo sus cinco minutos de fama. Supongo que también estás obsesionado, como todos los malditos rebeldes, en su hija. ¿Verdad? No se preocupen, ya no es nuestro objetivo en Tyrdem.

Arqueo una ceja ante su comentario y me volteo para ver a Adrien.

—¿No te dijo nada? —pregunta Gastón —Hemos estado rastreando a la queridísima Hayley por todas partes. Esa era nuestra principal misión, además de acabar con su miserable rebelión. Adrien parecía decidido a entregar a su hija, y vaya que caímos en ese engaño, pero tranquilos que ya no la buscamos más.

Adrien se posiciona delante de mí, nuevamente tomando el liderazgo de la situación y, por primera vez, lo noto preocupado.

—¿Eso que quiere decir? —pregunta pretendiendo mantener la compostura con su voz, pero no me engaña… claramente tiene miedo de saber la respuesta.

Y yo también.

—Algo llamó poderosamente la atención en uno de los últimos barcos que fueron a Infundio y fue que, en uno solo, desapareció toda la documentación acerca de los pasajeros que allí viajaban. No es que importara demasiado, ya que a los forasteros les quitamos completamente la identidad, como bien ya sabes, pero se ve que estábamos tan ocupados mirando hacia Tyrdem que nos olvidamos de que, quizás, su símbolo se encontraba a varios kilómetros de distancia.

Un frio me recorre y la sensación de que todo está perdido se apodera de mí.

—No sé de qué hablas —responde Adrien, pero no creo que eso sirva demasiado.

—Sin los registros era imposible encontrar a alguien específico allí. Inclusive te tomaste el trabajo de encargarte de que eliminen también toda la información de Hayley al salir de los campos de reeducación y trabajo.

—Insisto, no comprendo lo que planteas.

Gastón sonríe.

—Ella solita se delató, Adrien. Quizás no le dejaste bien en claro que pase desapercibida, o puede que se haya confiado demasiado. El punto es que ya sabemos específicamente donde se encuentra.

Klein no dice ni una palabra, yo tampoco, pero por dentro un mar de sensaciones se apodera de mí y reprimo con todas mis fuerzas la impulsividad que intenta expresarse.

—¿No me crees? —insiste Espasa y le entrega a un soldado un sobre color madera.

El hombre se acerca a nosotros y extiende su mano, pero Adrien no se mueve ni un milímetro. Me adelanto un poco y ocupo su lugar.

Abro el sobre y observo que dentro hay una fotografía.

No puedo evitar que las lágrimas recorran mis mejillas al ver a Hayley vestida con un mono color azul mientras camina por calles abarrotadas de gente y edificios monumentales. Su mirada luce afligida, está más delgada y unas enormes ojeras cubren la belleza de sus increíbles ojos verdes.

¿Qué te han hecho?

Adrien mira de reojo la imagen y comprendo que su plan no ha salido a la perfección y que no se esperaba esto.

—¿Sigue viva? —pregunta Klein.

—¿Crees que nos convendría mantener a la pequeña revolucionaria respirando? —replica Gastón y ya no puedo controlar mi ira.

Avanzo hacia él cuando un soldado me apunta al pecho.

—¡Alto! —grita Espasa —Creía que venían en son de paz. ¿Acaso no te interesa mantener a una de tus hijas en este plano?

Él se acerca a Lilith, que continúa amordazada, y la hecha hacia adelante.

—Venimos a proponer un intercambio —dice Adrien —Yo a cambio de los capturados.

Gastón se ríe y las ganas de borrarle la sonrisa se hacen presentes en mí.

—¿Por qué cambiaría uno por cinco? O cuatro, ya que uno no la canta —dice alegre de aquello último.

—Es Adrien Klein —responde Kate con enfado.

—¿Y qué? Tengo a su hija —indica él y sujeta a Lilith del brazo.

La observo, luce toda lastimada. ¿Cómo un ser humano puede hacer tanto daño en tan poco tiempo?

—¿Saben qué? Vamos a acelerar un poco las cosas, tengo bastante hambre —dice Gastón y hace una señal con la mano.

Una mujer, que se encontraba detrás de nosotros, lanza sin previo aviso un cohete hacia la camioneta. Todos corremos lo que podemos intentando alejarnos de la explosión, pero el impacto es tan fuerte que nos hace caer al suelo mientras todo estalla.

Los soldados se aproximan a nosotros aprovechando que estamos abatidos y, en cuanto uno intenta sujetarme, saco el arma y le disparo.

Kate y Aaron contratacan también, pero claramente somos menos en número y un solo error puede acabarnos.

El ruido de motores se escucha de repente y pienso que ya estamos perdidos, cuando noto que los soldados lucen desconcertados. Aprovecho la distracción para quitarme a unos cuantos de encima cuando percibo que dos camionetas se acercan a nosotros y que, de una de ellas, desciende Anna, William y más rebeldes, mientras que en la otra se encuentra Liam haciéndonos luces.

—¡Destrocen sus vehículos! —grita Gastón.

La mujer que lanzó un cohete apunta hacia donde está Liam, pero, antes de poder accionar, Kate la noquea y le saca el arma. Luego lo levanta con dificultad, demostrando que es pesado, y apunta hacia las camionetas de la Alianza.

Aprovecho el momento para correr hacia Gastón y Adrien me acompaña mientras el caos se apodera de la situación. Espasa intenta sujetar a Lilith y amenazarnos con ella, pero, en cuanto se le acerca, Camila lo empuja, haciendo que este ruede en la tierra.

Adrien llega antes que yo a Lilith, la libera y hace lo mismo con los demás secuestrados.

—Vayan con Liam. ¡Ahora! —les digo a todos.

Veo a Gastón intentar levantarse, me aproximo hacia él justo cuando toma su arma y la pateo lejos. Él grita, enfurecido por el giro de los sucesos, y me golpea las piernas haciéndome caer a su lado.

—Me contentaré con acabar contigo —me dice colocándose encima de mí y sacando un cuchillo.

Posiciono mi mano encima de la suya para evitar que me alcance y muevo mis rodillas hacia arriba para empujarlo.

Su cuerpo tiembla encima mío y noto que está perdiendo el control, por lo que forcejeo aún más y coloco mi codo en su pecho.

—¡Theo! —escucho a Kate gritarme.

—¡Suban a las camionetas! —respondo y levanto mi pierna flexionando la rodilla hacia arriba, consiguiendo que Gastón caiga a mi lado.

Me apresuro para levantarme cuando su mano sujeta mi hombro y su cuerpo se abalanza desde un costado hacia mí. Un dolor punzante me toma por sorpresa, obligándome a bajar la mirada hacia su origen.

La sangre no me deja dimensionar el corte que se encuentra en mi abdomen, pero comprendo que es posible que sea profundo ya que el cuchillo continua fijo allí, y ahí es donde debo dejarlo si no quiero desangrarme.

Gastón ha dejado de intentar lastimarme y ahora me observa con una sonrisa expectante. El perverso seguramente está deseando ver como la luz deja mis ojos, pero no lo conseguirá.

Tomo aire y, con una descarga de ira que hasta a mí me sorprende, dirijo mi puño sobre su rostro, no dándole tiempo de que reaccione para defenderse. Él cae de espaldas como un costal de papas y se sujeta la cara con ambas manos.

Intento ponerme de pie, pero la presión que siento por el cuchillo es demasiado fuerte.

Quizás esto es todo, esquivé a la muerte tantas veces que finalmente debía suceder. Además, no sé si la joven de ojos verdes sigue viva, es claro que ya saben su paradero y que, seguramente, van a dañarla.

No me agrada la idea de vivir en un mundo sin ella, de tener el privilegio de seguir respirando si Hayley ya no lo hace. Yo la puse en peligro, la lleve a la boca del lobo, y no puedo salir impune luego de eso.

Respiro con dificultad y, con las ultimas fuerzas que me quedan, tomo el cuchillo que había ocultado en mi pierna. Lo sujeto con firmeza en mi mano y lo dirijo velozmente hacia Gastón.

Si yo me voy de esta tierra, él se vendrá conmigo.

Sus brazos se arman como un escudo para defenderse y solo logro hacerle un corte superficial que lejos está de acabar con su vida. Él presiona con sus rodillas sobre el cuchillo que aún sigue clavado en mí, haciendo que chille del dolor y deba apartarme.

Esto es todo, lo sé.

Espasa intenta incorporarse justo cuando alguien lo noquea. Elevo la mirada para ver de quien se trata y no puedo evitar dejar caer una lágrima cuando me encuentro con Anna.

—No me iré sin ti —me dice y me ayuda a levantarme —Y tú no eres de los que se dan por vencidos.

Me sujeto fuerte de ella y ambos nos dirigimos hacia la camioneta. A nuestro alrededor ya no quedan muchas personas y es que realmente hemos dado pelea, demostrando que no todo está perdido.

CAPÍTULO VEINTIDÓS

Siento sus manos sobre mi cuerpo a la altura de mi abdomen. Miro hacia la izquierda y observo a Adrien atento al procedimiento que están realizando en mí. Tiene una mano en la boca mientras que con la otra sujeta su codo, formando una posición bastante incómoda pero que no parece molestarle demasiado.

—Es hora de dormir, jovencito —me dice una mujer con aspecto severo que viste de celeste y está cubierta de mi sangre.

Me acerca una mascarilla al rostro y, aunque intento negarme, la apoya sobre mi nariz y boca.

Intento hablar, decir algo, lo que sea, pero no tengo las fuerzas para hacerlo. Una mano me toma del hombro en ese instante y solo alcanzo a ver a Adrien, ahora por encima de mí, con una sonrisa cálida que me desconcierta.

¿Le importo? ¿Le interesa que viva?

Antes de poder seguir cuestionándome al respecto me invade la calma, la paz, el silencio.

El lago está repleto de luciérnagas que alumbran cada rincón en una noche estrellada. Admiro el lugar y siento en mi corazón esa extraña necesidad de compartir esta dicha con alguien especial justo cuando una respiración detrás de mí me sorprende.

Su nariz se mueve en mi espalda como si estuviera escribiendo un mensaje secreto que solo yo podría descifrar.

—Dime que estás viva —esbozo en un susurro.

Sus manos me abrazan y un frio desolador me asusta.

Me volteo para verla, pero, al hacerlo, ya no se encuentra allí.

—¡Hayley! —grito con desesperación.

El sonido de alguien tirándose al agua llama mi atención y me obliga a mirar otra vez hacia el lago, en donde unas ondas se magnifican.

Me saco la remera que llevo puesta y hago un clavado que me permite llegar rápidamente hacia el lugar en donde, al parecer, alguien se sumergió.

Intento mirar por debajo, pero la oscuridad me rodea al hacerlo.

—¡Hayley! —insisto desde la superficie sin éxito.

Vuelvo a adentrarme en las profundidades en una búsqueda sin sentido, pero no puedo aceptar sin más que la he perdido. No puedo dejar que se escurra entre mis dedos.

Dejarla ir... no, no puedo.

Un pitido molesto me obliga a abrir los ojos con desagrado. Siento una punzada en la parte baja de mi pecho y una picazón que es demasiado intensa.

Me encuentro en uno de los almacenes del escondrijo que, hace ya un tiempo, se ha convertido en una especie de enfermería. Los gabinetes han dejado de tener comida y se han llenado de medicación que solo puede tomarse ante extrema necesidad ya que no son cosas que abunden, y el sonido que irrumpió en mi mente es un monitor que delata que estoy vivo, aunque no me siento así para nada.

—Bienvenido —me dice Adrien en un susurro y me señala a lo lejos a dos personas que están durmiendo.

Anna y Lilith, ambas reposan sobre dos sillas apoyándose una sobre la otra.

Sonrío, no sé si esa sería una imagen que a Hayley le agradaría o no, pero pienso que es probable que sí.

—¿Cuánto tiempo dormí? —pregunto intentando incorporarme sin conseguirlo.

—Por favor, no abras tus puntos. No hay demasiados elementos de sutura por aquí —me dice él y le doy la razón en ello.

—¿Entonces? —insisto.

—Dos días. Perdiste bastante sangre, pero, por suerte, tienes el mismo tipo que Luc y yo, así que ambos te donamos de la nuestra.

Por mis venas corre sangre con su nombre, ¿quién lo diría?

—Supongo que debo agradecértelo.

—No estás obligado, además, no sabía cómo te sentirías al saber que tienes algo mío en ti.

—En un momento eso hubiera sido increíble para mí, pero ahora no lo sé —le digo sujetándome la cabeza al percibir un fuerte dolor en ella —Siento como si me hubiera pasado un camión por encima.

Él sonríe.

—No fue así, pero sí recibiste unos buenos golpes además de un cuchillazo penetrante. Hubo que drenarte el abdomen y estuviste en observación constante. Muchos aquí se preocuparon bastante por ti.

—Pero tú no, ¿verdad? —digo de manera defensiva.

—La verdad es que no —responde y consigue, de alguna manera, herirme.

Asiento con la cabeza.

—Era de esperarse —respondo.

—Sabía que no ibas a morir, Theo —agrega —Eres fuerte y terco. Tienes una meta que cumplir y no descansarás hasta conseguir tu cometido.

Un nudo se apodera de mi garganta ante sus palabras y no encuentro la forma de que ello no se note.

—Hayley es igual a ti —me dice él —Y te aseguro que está con vida.

—Tenían una imagen de ella, saben dónde está.

—No nos mostraron una fotografía de su cadáver, por lo que simplemente quisieron asustarnos. Hayley no les sirve muerta.

Tiene razón y, una vez más, me siento un imbécil por dejar que ganen mis emociones y no mi razón al respecto.

Debo enfocarme, debo analizar la situación, y no sucumbir ante la primera amenaza que me presentan. Ella necesita que de todo de mí y no que me comporte como un principiante.

—Bien. Entonces, debemos aprovechar lo que sucedió e intentar desestabilizarlos —respondo pensando en lo cerca que estuve de acabar con Gastón.

—Esa es la actitud que debes mantener —me dice él con una amplia sonrisa.

—Antes me gustaría preguntarte algo en base a lo que dijo Espasa.

—Dime.

—¿Por qué mataste a Byron? No sabía que él había ayudado a la Alianza en cuanto llegaron, pero me sorprendió escuchar lo que hiciste.

—No me creerías si te lo dijera.

—Prueba —insisto.

—Él sabía que estabas vivo, que yo pretendía hacerte pasar por Roan Miller. Te vio en la habitación de la enfermería e iba a delatarte, y no podía permitirlo.

Exhalo.

—Vaya que me necesitas —respondo.

—Todos —una voz interfiere y atrae nuestra atención.

Lilith y Anna se han despertado, y la más joven de los Klein se acerca hacia mí con una mirada dulce y acogedora.

—Gracias por salvarme la vida, Theo —me dice ella y toma mi mano.

—No fui yo solo. Kate, tu padre y Aaron me acompañaron, y no lo hubiéramos logrado sin los demás y su aparición en el momento indicado.

—Cuando el resto escuchó que ustedes habían partido en dirección a la montaña fueron muchos los que se ofrecieron a ayudar —menciona Anna.

—Eres importante para estas personas, Theo, y no solamente por tu acercamiento a mi hermana —me explica Lilith.

Presiono su mano con fuerza y, de manera repentina, ella me abraza.

—Vamos, dejémoslos hablar tranquilos —le dice Anna a Adrien y ambos salen del lugar.

—Los hermanos sean unidos —bromeo cuando Lilith se reincorpora.

—Es bastante extraño y aún no he logrado perdonar a mi padre por todo lo que hizo, pero sé que soy afortunada de que gran parte de mi familia esté conmigo.

—Lamento lo de tu madre.

—Lo sé. Me dolió mucho entender que ella sabía tantas cosas y nunca dijo nada, pero más me lastimó el darme cuenta de lo triste que fue su vida, rodeada de tantas mentiras y secretos.

—Ella era feliz de tenerlas a ustedes. Lo que tuvo que afrontar no fue fácil, pero seguramente no se arrepintió de nada.

—Eso espero.

—¿Y tú? Conocí a ese chico, Aaron. Él estuvo con Hayley en una de las pruebas del ejército y se hicieron muy amigos.

—Me lo dijo. Aaron fue a buscarme a los campos el día que cayeron las bombas. Vio a los rebeldes y les pidió ayuda para sacarme de allí.

—Se ve que le gustas mucho.

Lilith toma aire y comprendo que aquel comentario no le ha agradado demasiado.

—Antes creía que él me gustaba también. Fantaseaba con que sea mi novio y todas esas cosas de niña pequeña, pero ya no lo veo de esa manera. Era muy ingenua.

—Entiendo.

—No creo que lo hagas porque ni yo llego a dimensionar lo que me sucede. Es como si, al concretar algo que tanto tiempo había ansiado, ya no se sintiera especial. Su tacto, sus besos, su atención hacia mí, de repente me generan rechazo. Creía que quería algo que ahora detesto.

—Has pasado muchas cosas en muy poco tiempo, Lilith. Perdiste a tu madre, se llevaron a tu hermana, te sentiste traicionada por Adrien y por Luc y estás en medio de una guerra. Eres humana por sentirte así, extraña e indefensa.

—Ya no quiero que sea de esa manera, Theo. Quiero aprender a defenderme, a pelear, y necesito que tú me enseñes a hacerlo.

Tiene razón en ello.

—Y lo haré. Todos aquí deberían poder empuñar un arma, usar un cuchillo y tener herramientas de combate. Sé que es terrible lo que pretendo enseñarles, pero el contexto lo amerita.

—¿Ya lo tenías en mente?

—En cuanto me di cuenta de que muchos aquí eran civiles antes de que llegara la Alianza entendí que debemos estar preparados.

Ella asiente y suspira.

—Iré a avisarle a Kate que has despertado, seguro querrá verte.

—Antes de que te vayas —le digo y me volteo para verla mejor a los ojos —¿Gastón te hizo daño?

—Me golpeó como si no fuera una persona, y espero devolverle el favor. Es un ser desagradable.

—Lo es.

—Pero creo que quien recibió la peor parte de ese hombre fue Camila.

Arqueo una ceja.

—¿Qué? ¿Qué pasó con ella? Por lo que vi era su mano derecha hasta que decidió traicionarlo.

—Theo, comprendes que ella debió hacer lo necesario para sobrevivir ¿verdad? —me dice con enfado.

—Justamente a eso me refiero.

—Bueno, dudo mucho que en sus planes quisiera haberse quedado embarazada de ese maldito asesino.

Me detengo ante lo que dice.

¿Está embarazada?

CAPÍTULO VEINTITRÉS

Cuando estás en medio de una guerra las prioridades cambian y el mundo se pone patas para arriba. Quizás lo que antes no te molestaba se vuelve ahora un grano en el trasero y las cosas que te parecían imperdonables se transforman en algo tolerable. Sin embargo, a futuro, todo aquello puede cambiar y hacerte cuestionar tus acciones pasadas a tal punto de que te parezcan inconciliables.

¿Podemos vivir sabiendo que a veces el contexto nos hace ser diferentes?

¿Podemos tolerar entender que dos personalidades coexisten dentro de nosotros?

Creo que todo ello se juega en la mente de Luc constantemente, más ahora que luce abstraído mientras mira un punto fijo.

—Lo lamento —le digo intentando traerlo al aquí y ahora.

Él hace una leve sonrisa.

—¿Hablas de lo que le pasó a Cami?

—Así es. Me imagino que debes estar viviendo un infierno con eso.

—¿Puedo ser sincero contigo? —me dice acongojado.

—Siempre.

—Me siento terrible, pero no con la situación, sino conmigo mismo.

Lo observo sin comprender a qué se refiere.

—No me malinterpretes, lamento lo que ese malnacido le hizo y quiero que pague, pero me odio más a mí que a él —agrega supongo que al notar mi expresión.

—¿Por qué? Tu no hiciste nada. Ella no quiso escaparse con nosotros cuando tuvo la posibilidad.

Luc agacha la cabeza y la golpea repetidas veces contra la mesa.

—Creí que seriamos ella y yo hasta el final, pero empecé a sentir algo por otra persona y me siento confundido. Sin embargo, mi responsabilidad es hacia Cami y quiero cuidarla y que ambos nos hagamos cargo de ese bebé que viene en camino.

—Primero, tu no debes ocupar ningún rol que no quieras. Segundo, si sientes algo por alguien más deberías hablarlo con ella, y tercero, ¿qué tan avanzado está el embarazo?

—Espero que no plantees lo que estoy pensando con eso último —me dice en tono amenazador.

—Creo que ella debería tener la oportunidad de decidir si quiere o no ser madre con tan solo diecisiete años.

—Está lo suficientemente avanzado ¿sí? Y quiere tenerlo. ¿Conforme?

—Si. No te enojes, solo era una opción para tener en cuenta.

Él suspira.

—¿Cómo consigues tener siempre la sangre tan fría y la mente tan ordenada? —me pregunta y, por algún motivo, aquello no suena del todo bien.

Pongo mi mano en su hombro, a modo de apoyo.

—Puedes estar para ella como un amigo, Luc. No estás obligado a nada.

—Me siento una basura, ella me necesita y yo dudo sobre lo que siento.

—¿Quién es la otra persona?

—¿Acaso eso importa?

Vaya que está con una actitud bastante defensiva.

—No es necesario que me lo digas, pero quizás podrías hablarle y comentarle tu confusión. Ver si lo que sientes es reciproco.

—¿Y eso qué cambiaria? Sería tener un salvavidas, saber que no me quedaré solo si le digo a Cami lo que me pasa. No quiero estar con ninguna de las dos, no quiero que nadie salga herido.

—¿En qué momento escuchar al corazón se volvió un arma? Entiendo que no quieras lastimar a personas que quieres, pero a costa de tu propia felicidad me parece ridículo.

—¿Acaso nunca dudaste acerca de estar con Hayley?

Su pregunta me petrifica, y comprendo muy bien su punto.

—Sí —respondo escuetamente.

—¿Y por qué? ¿Temías que no te haga feliz a ti?

Sonrío.

—No.

—Vamos, Theo. Dilo.

—Sabía que meterla en mi mundo la pondría en peligro. Me asustaba que amarla la terminara llevando al filo del abismo.

—Ella ya estaba en la cuerda floja, como bien ya nos ha confesado mi padre.

—Lo sé, lo entiendo, pero en ese momento quería protegerla y sentía que estar conmigo no ayudaría, sino que sería justamente lo que la perjudicaría.

—Entonces, ibas a sacrificar tus sentimientos con la esperanza de que ella pudiera estar bien y que nada le sucediera.

—Lo sé, Luc. Es fácil dar consejos, más es complicado seguirlos uno mismo.

Su rostro revela que está contento de haber ganado el debate. Sin embargo, no se da cuenta de que aun así termina perdiendo al elegir, bajo su lógica, sostener en el tiempo algo que ya no es genuino.

—Solo quiero que puedas disfrutar la vida —le digo —Ya hemos visto que es corta.

—Lo haré. Cami es increíble y significa mucho para mí. Creo que me dolió verla tan alejada en nuestro tiempo en la montaña, pero seguramente estoy haciéndome la cabeza por tonterías. Puede que esto me haya caído mal y por eso busque excusas para no lidiar con lo que ese maldito le hizo.

—Sea como sea, debes pensar también en ti mismo. Sé que acabar con una relación no es fácil, de hecho, tu hermanita está igual que tú, pero también es egoísta mantener a una persona a tu lado a la que no quieres de esa manera.

Él suspira.

—Nunca pude hablarte de Kate porque ella es una rebelde.

—¿Kate Voltur? No me digas que...—dice, pero se interrumpe.

Su mirada se congela brevemente y toda su expresión facial lo delata.

—Es ella, ¿no es así? —pregunto para confirmar lo que mis instintos me indican.

—Juro que no sabía que ustedes habían tenido algo —responde rápidamente.

—Kate es una persona increíble, con una lealtad y un sentido de la justicia notorios. Sufrió mucho en torno a su familia, y merece tener a alguien a su lado que la adore. Yo no era la persona indicada, pero, si tú lo eres, estaré muy feliz por ello. Solo debes estar seguro de lo que realmente quieres.

—Ojalá fuera tan fácil. Sé que a veces no lo parece, pero no confío en mí para nada. Creo que siempre intenté simular que tenía todo resuelto para que estén orgullosos de mí. El hermano mayor, el que marca el camino, el que debe saberlo todo. Me volví obstinado y soberbio, cerré los ojos y no presté la suficiente atención a lo que me rodeaba, y ahora camino sobre arenas movedizas dudando de todo.

—Date tiempo, Luc. Si tuvieras todas las respuestas la vida sería demasiado aburrida.

Él asiente y se levanta, luego se dirige hasta la puerta y se frena antes de abrirla.

Su rostro se voltea en mi dirección y sus ojos miran el suelo.

—¿Luc? —pregunto.

Observo como mi amigo se mueve velozmente hacia mí y me abraza.

Me duele todo ante su contacto, pero lo que esta demostración de afecto provoca en mí anula completamente todo lo físico.

Puede que él no lo sepa aún, pero su amistad es lo más real que tengo.

CAPÍTULO VEINTICUATRO

Somos varios los que nos encontramos reunidos y a punto de establecer la comunicación con Jim luego de tanto tiempo. Si bien Adrien había podido contactarse con él en dos oportunidades por la radio, ello fue solo por breves segundos y bajo código. Ahora, tras lo sucedido con Gastón, Jim envió una señal indicando un horario para poder hablar libremente, y eso nos dio tiempo para pensar lo que nos interesa indagar con él.

Aún estoy algo herido, solo han pasado unos días desde que fuimos tras una misión suicida y logramos volver, algo que no solamente repercutió en la esperanza de todos los rebeldes, sino que nos dio el indicio de que la unión hace la fuerza y que, nuestras pérdidas anteriores, se dieron por no actuar de manera colectiva. Si Anna y Luc no hubieran insistido en ir a darnos apoyo a la montaña, seguramente Kate, Aaron, Adrien y yo estaríamos muertos ahora mismo junto con Lilith y todos los secuestrados.

Entiendo que era imprudente movilizar a más personas teniendo en cuenta el poder de la Alianza, pero claramente teníamos que mejorar las estrategias y preparar golpes sorpresas para poder derrotar a un enemigo tan fuerte y es eso de lo que estamos por hablar con Jim y Lena, una joven soldado y amiga de este que apoya nuestra causa.

—Me alegra que por fin podamos hablar de manera más fluida —nos dice Jim—. Lena se encargará en estos días de alcanzarles dispositivos tecnológicos para poder mejorar nuestra comunicación diaria. También en ellos hay informes y datos de la Alianza, así que, por favor, tengan la debida precaución acerca de quienes pueden acceder a estos.

—Excelente, Jim. No te preocupes por eso.

—Bien. En cuanto al toque de queda y los apagones por la noche, los cortes de luz fueron programados por Gastón, pero no con la finalidad que ustedes creen. Sí, él hizo que todos pensaran que es para mantener al pueblo a raya, infundir miedo y acabar con ustedes, pero en realidad necesita mantener mejor la energía en la montaña.

Está fortaleciendo la torre de comunicación y, a la par, construyendo una pista de aterrizaje para recibir aviones de Ignis.

—Eso no puede ser bueno —dice Adrien

—No lo es —responde Lena.

—¿Ignis es donde tienen el ejército más osado y temerario? —pregunta Ian.

—Así es, señor —responde Jim antes de que otro pueda hacerlo—. A su vez, han decidido definitivamente no enviar más personas a Infundio, por lo que ya no vendrán más barcos.

—Quieren encerrarnos aquí —afirma Adrien —Por eso los aviones.

—La orden es tomar prisioneros rebeldes, sacarles información y luego matarlos. Lo mismo aplica para cualquier desertor de los campos de reeducación que están comenzando a formarse aquí o para las pequeñas villas o comunidades que crearon. Si algún ciudadano de Tyrdem se pasa de la raya es enviado a los campos, y si ni allí les es útil entonces…—no acaba la oración, pero no es necesario.

—Lo que pasó el otro día no agradó demasiado. Gastón quedó mal posicionado con los lideres de Infundio y están cuestionando su accionar —agrega Lena —La orden fue clara, que todo esté bajo control y liquidar a quienes busquen alborotar la situación. Si no quedan ciudadanos en Tyrdem les importa poco. No quieren a la gente, solo la tierra.

La preocupación es creciente en la sala y los rostros de todos reflejan el miedo que tienen al entender que, si bien nunca les importó nuestra vida, ahora la meta es clara: acabar con nosotros a como dé lugar sin mediar palabra alguna.

—¿Qué debemos hacer? —pregunta William —Ahora el poder bélico lo tiene la Alianza, y es muy fuerte.

—Nunca les agradó en Infundio que aquí, en Tyrdem, hubiera un ejército. La idea inicial era que las personas cumplieran con un régimen obligatorio breve y luego no quisieran quedarse ni formar parte de la milicia. Cuando Zachary cambió las cosas por Anna algo cambió. Ya no estaba la imposición y las personas comenzaron a desear esto. La adrenalina, las pruebas, los beneficios, todo incentivó a que Tyrdem empiece a tener soldados leales y comprometidos. Las propagandas fueron idea mía, fomentaron todo eso, y fue todo con este propósito —nos dice Adrien con una sonrisa.

—¿Cuál? —pregunta Elliot y noto en él la necesidad de encontrarle una razón a su sufrimiento.

—Combatirlos. Sabía que esto podía pasar y quería que estemos preparados —responde Klein con convicción —Y lo estamos. Ellos no son tan fuertes como nosotros, simplemente tienen más medios, pero ustedes han sobrevivido en las sombras por años luchando contra un ejército comandado por mí y que, sin querer sonar como pretencioso, es millones de años luz más combativo que el de ellos. Sí, en Ignis los crían para ser letales y para no respetar la vida, pero son impulsivos y sanguinarios. Se dejan llevar por la emoción y, si bien aquí hay muchos rebeldes que no tienen entrenamiento, también hay muchos soldados entre nosotros que fueron capacitados por mí. Uno de ellos está aquí mismo, en esta reunión —finaliza clavando sus ojos en mí.

—Concuerdo —interviene Vicent —Tenemos un informante del lado enemigo, a un gran soldado como Theo Black de nuestro lado para entrenar a todos los que quieran sumarse en esta lucha y a muchas almas que están dispuestas a todo para terminar con esta guerra.

—No soy el único con las cualidades para prepararnos, pero estoy completamente de acuerdo en que debemos comenzar a planear nuestro ataque. No podemos simplemente limitarnos a buscar a Rick, debemos formar a los nuestros para la batalla, pensar estrategias como la que surgió en la montaña de manera espontánea, y aprender todo lo que la Alianza cree que desconocemos.

—A volar aviones, por ejemplo —dice Luc y hace que todos lo miremos.

—Es una excelente idea —responde Jim—. Me encargaré de enviarles lo necesario para que puedan aprender. Lena es una excelente piloto y quizás podamos ver la posibilidad de que ella vaya de vez en cuando a enseñarles.

—Esto puede resultar —dice Ian con una sonrisa increíblemente amplia.

—Va a resultar —afirmo—. Quieren acabar con nosotros y no vamos a dejar que lo hagan. Quieren quedarse con nuestro hogar, pero no permitiremos que les sea fácil. Vamos a dar pelea.

Se metieron con el sitio equivocado.

Segunda PARTE

"En este mundo de caos y de confusión, ambos nos encontramos rodeados de luciérnagas."

CAPÍTULO VEINTICINCO

Más de dos años después

Trydem en llamas. Así ha estado en este tiempo. Ataques y contraataques, aliados y enemigos por todas partes… una ciudad dividida y muriendo. No hay tiempo para sentir, para lamentar, para mirar al pasado. La acción ha tomado posesión de nuestras mentes, de nuestros cuerpos y, si bien deberemos en algún momento reflexionar acerca de lo que hemos hecho, no será ahora mismo.

Nuestro hogar se encuentra diferenciado claramente en dos partes: el bosque, las montañas y los campos, por un lado; las ruinas y la frontera por el otro. Los valles y la ciudad capital han quedado desiertos y no por motivos felices. La gente que allí vivía sufrió todo el peso de la Alianza. A muchos se los llevaron a las llamadas zonas de resguardo, mientras que, a los que no mataron de hambre, los exterminaron sin piedad. Solo una pequeña parte de la población que allí vivía logró escapar y refugiarse con los rebeldes. Millie es una de ellas, y es una de mis mejores aprendices, la más ruda y al mismo tiempo pensante. Perdió a toda su familia, y eso que era una numerosa. Casos como el de Millie hay por montones y, aunque suene terrible decirlo, la pérdida los ha motivado de una manera increíble para entrenar a sol y a sombra con un único propósito: acabar con nuestro enemigo.

Por más de dos años hemos estado arruinando los planes de la Alianza. Colocando bombas en sus camionetas, robándoles provisiones o armas, sacando personas de los campos de reeducación y trabajo, y haciéndole pasar a Gastón un suplicio en vida. Sin embargo, aún no hemos podido avanzar demasiado en cuando a Infundio se trata.

Anna, Phoebe y Kate se han ido hace unos meses a buscar a Rick. Al ser un grupo pequeño pueden escabullirse por varios sitios sin ser vistas, pero no han tenido éxito por el momento. Por mi parte, considero que mi tío debe estar muerto y, si bien todos aún tienen esperanza de que lo encuentren, nos hemos enfocado en la posibilidad de llegar a nuestro destino de otra manera.

Por agua o por el aire, esas eran las únicas alternativas. Esta primera opción se evaluó, pero tuvo que ser descartada al ver que ya no volvían los barcos y que no había forma de reparar los que habían sido abandonados hace tiempo en el viejo puerto donde aún tenemos una pequeña base de operaciones. En cuanto a la posibilidad de lograr nuestro cometido por aire, la Alianza construyó su propia pista de aterrizaje y esa es la única forma en la que se mueven por aquí.

Nadie entra ni sale de Tyrdem a menos que sea volando.

Por ello, Lena se ha convertido en nuestra mejor instructora de vuelo, o al menos para los que están dispuestos a aprender a maniobrar un avión. No es lo ideal y estamos seguros de que hay otra alternativa pero que aún no la hallamos, por eso también hemos estado armando un mapa con todos los lugares que ya hemos revisado. De todas formas, siento que, al no poder tener acceso a la montaña o a otros recovecos que posee la Alianza, nos estamos perdiendo de algo.

Lilith ha crecido mucho y se ha vuelto uno de nuestros mejores activos. Letal, pequeña, rápida y silenciosa. Aun muestra algo de dulzura cuando no está en deber, pero cuando sale del refugio se vuelve de acero. Junto con Millie forman un equipo al cual le confiaría mi vida, algo que ya he hecho en dos o tres ocasiones. Adrien e Ian son como un matrimonio de cincuenta años de casados, o al menos de esos complicados. Se pelean cada dos por tres, pero siempre llegan a acuerdos. Si no supiera que ambos pertenecieron a bandos contrarios jamás pensaría que alguna vez fueron enemigos. Elliot aún es el perro faldero de Adrien, aunque tiene un poco más de personalidad que antes. Su humor no ha vuelto del todo, pero por momentos aparece aquel joven que hacía reír a Hayley sin parar. Por otra parte, hemos logrado liberar a muchas personas que estaban bajo la guardia de la Alianza y esperaba que una de ellas sea Alison, pero me he enterado de que tomó la pastilla que Luc le dio antes de siquiera pensar en que podía salir de aquel calvario. He intentado que Adrien sea honesto acerca del vínculo que mantenían, pero cada vez que parece que va a decirme algo se echa atrás. No importa, de todas formas, sé que tarde o temprano lo descubriré.

Jim ha sido muy importante para nosotros, indicando todos los movimientos de la Alianza para evitar encuentros y dando ubicaciones de provisiones. Sabemos lo que ellos piensan de nosotros, cada paso que darán, e intentamos no hacer movimientos en base a esa información para no develarles el hecho de que tenemos un contacto entre sus filas, pero lo están empezando a sospechar.

Cosas positivas han sucedido también entre los nuestros. Camila ha dado a luz a una niña con el cabello cobrizo y unos increíbles ojos azules que es igualita a ella, algo que le ha dado un respiro. Luc la acompaña en la difícil tarea de criar un bebé en este mundo tan cruel, y realmente lo admiro por cómo ha aprendido sobre la marcha todo aquello. Si es feliz o no, no lo tengo presente, ya que no me ha vuelto a hablar acerca de Kate. Supongo que, al final, eligió su camino.

Adrien ha sabido acoplarse a todos y, si bien muchos aun lo miran con desconfianza y odio, su presencia se ha vuelto menos complicada. Él comprende que, cuando todo termine, van a pedir que se responsabilice por sus crímenes, pero no parece temer por ello. De todas formas, sigo durmiendo en la litera contigua a la suya para evitar que alguien atente contra su vida.

En cuanto a mí, en mis sueños aun sigo viendo a la joven de ojos verdes a la que extraño con locura, pero he aprendido a sobrellevar el dolor de haberla perdido. Mi deseo sigue vigente, y encontrarla encabeza mis objetivos, por eso mis acciones son siempre en pos de llegar a Infundio, pero sé que acabar con la Alianza también es uno de los caminos que me llevarán a su lado, aunque también temo volver a verla.

En un principio me preocupaba que le hayan hecho algo, que acabaran con su vida, pero ahora siento pánico al entender que el tiempo ha pasado, que la distancia es enorme, y que, seguramente, ya no somos las mismas personas que se enamoraron.

Mi corazón le pertenece, de eso no tengo duda, pero no estoy seguro de absolutamente nada más que de ese detalle. Otras mujeres se han acercado a mí, ya sea buscando algo carnal como también de manera afectiva, pero no he sentido la necesidad ni las ganas de estar con nadie. ¿Es por ella? No lo sé, quizás. No quiero que Hayley cargue con el peso de mis decisiones, solo sé que no me interesa estar con nadie más que no sea con ella, aunque comprendo bien que es posible que eso ya no sea reciproco. De todas maneras, de forma constante sueño con su cuerpo, con su mirada, con sus besos, y me consuelo como puedo con aquello, mientras que el tiempo pasa.

El tiempo, sí, es algo que me pesa. A esta altura ya esperaba que estemos juntos otra vez y entiendo que, con el correr de los días, meses y años, el reencuentro se siente más lejano y triste. ¿Cuál será su reacción si vuelve a verme?

Puede que no sea la que estoy esperando.

Su boca recorre mi cuello y se posiciona en mi oreja delicadamente por un momento, pero luego un mordisco débil y especifico revela que ella es más salvaje de lo que parece. Hago un gemido que parece potenciarla, y juro que jamás hubiera pensado que esta es su primera vez ni por asomo.

Nuestros cuerpos chocando se mueven de manera natural y encajan como si estuvieran hechos el uno para el otro, como nosotros.

La he saboreado entera, de pies a cabeza, y sentirla retorcerse mientras mi lengua jugueteaba entre sus piernas ha sido la mejor experiencia de mi vida, pero sé que es probable que no la vea por mucho tiempo y eso me entristece, me aniquila.

No quiero irme, no deseo dejarla, quiero vivir en ella por siempre.

Alejo un poco la cabeza, deteniendo el movimiento, y la miro a los ojos. Es tan hermosa, tan increíble, tan especial. ¿Será muy cliché si le digo en este momento que la amo? Es la pura e irrevocable verdad, estoy perdidamente enamorado de ella.

Hayley se ríe y se levanta un poco para besarme y, nuevamente, caigo rendido ante sus encantos. Disfruto nuestro contacto, muevo mis manos por su cuerpo, por su cadera, por sus pechos, y no puedo creer la suerte que tengo de estar así con ella.

CAPÍTULO VEINTISÉIS

Uno por uno pasa adelante para intentar derribarme, pero ninguno lo consigue y no puedo evitar pensar en aquella vez en la que Hayley lo logró fingiendo que la había lastimado en combate para que baje la guardia y me acerque a ella. Realmente me había asustado con la sola idea de ser responsable de generarle dolor y aquel día estaba cegado por la duda y la inseguridad. Ella me había besado de manera sorpresiva, dejándome completamente helado. Nunca antes había sentido algo así, y no quería hacerlo.

Amar nos vuelve débiles, propicia que hagamos locuras y no escuchemos a la razón, y no quería enamorarme si ello implicaba que pudiera perder la oportunidad de cambiarlo todo.

—Vayan a descansar —les digo a los presentes y noto cómo suspiran de felicidad ante mis palabras —Y recuerden que en una pelea es importante percibir de manera correcta a tu oponente para poder reaccionar rápidamente ante sus movimientos.

—Ya nadie te está escuchando, Theo —interfiere Lilith que entra en la sala junto con Millie y Luc.

—Ustedes tampoco lo hacían y mírense hoy —les digo gesticulando en demasía con mis manos y haciendo que se rían.

—Creo que, entonces, el mérito es nuestro —bromea Millie y me golpea el brazo.

—Auch —respondo fingiendo que aquello me ha dolido —¿Sucedió algo? No es que no me guste la presencia de los tres, pero raras veces vienen a visitarme durante los entrenamientos.

—Anna habló por la radio, pero perdimos la señal. Iremos hacia la frontera para ver si podemos alinear las antenas y, de paso, vigilar el perímetro. ¿Te apuntas? —pregunta Luc.

—Claro. ¿Ya has terminado con tus clases de hoy?

—Si, el simulacro que recreó Lena es útil, ya me estaba cansando de la teoría. Me sé de memoria todos los manuales para aprender a volar aviones pequeños de artillería y se vuelve un poco tedioso no tener uno para realmente practicar.

Trago saliva y él se da cuenta de esto.

—Algún día lo haré, ¿sabes? —me dice.

—¿Qué cosa?

—Pilotear un avión. De hecho, creo que tengo potencial para esto.

—Lo sé, Luc. Trabaja duro para ello y estoy seguro de que lo conseguirás, es solo que me preocupa. No entiendo del todo cómo es que algo que pesa toneladas puede mantenerse en el aire.

—Ya te lo expliqué, Theo. Te mostré toda la aerodinámica.

—Comprendo, pero todavía me es inconciliable.

—Bueno, ustedes dos —interfiere Millie —Dejen de hablar como si fueran novios y vamos saliendo que no tenemos todo el día.

Lilith la empuja y ambas comienzan a caminar delante de nosotros.

Luc pasa un brazo por encima de mi espalda y me obliga a emprender la marcha, dejando todo el tema de surcar los cielos atrás.

La frontera siempre había sido tierra de nadie. Si bien el ejército de Adrien creía que tenía el control, nadie reinaba allí. Rompíamos las cámaras, atravesábamos sus puntos de control mediante los túneles sin que nadie nos viera, y robábamos sus armas o provisiones que pudieran servirnos cuando decidían asentar sus campamentos para controlarnos.

Ahora eso ha cambiado y es que conocemos tan bien este lugar que se ha vuelto territorio rebelde por excelencia. Hemos plantado minas terrestres, electrificado nuevamente la cerca, y posicionado nuestras propias cámaras y puestos para observar el área.

Cada vez que alguien de la Alianza quiere acercarse explota en pedazos o es acabado a la distancia. De hecho, me he vuelto increíblemente bueno como francotirador y me he postulado en varias ocasiones para quedarme en los viejos edificios abandonados resguardando la zona desde la altura usando un fusil de cerrojo monotiro con mira telescópica.

Estar solo, depender de mí mismo y escuchar el viento rugir por la altura es algo que me encanta, que me da tranquilidad y calma. Nunca he sido la persona más social del mundo y cuando quiero escapar del ruido que augura una rebelión es esta la mejor manera.

Quitar una vida no es fácil, pero no voy a mentir, a la distancia, ante un enemigo que amenaza con dejarnos vacíos y con la rabia que me atraviesa, no siento nada al jalar el gatillo.

¿Me arrepentiré en un futuro? No lo sé.

—Ustedes revisen la antena, nosotros vigilaremos ante presencias no deseadas —les indica Luc a ambas y, cuando se van, comienzo a reír sin parar.

—¿Presencias no deseadas? —bromeo.

—Lo sé, estoy empezando a hablar como mi padre —sonríe.

—Un poco.

Noto como la mirada de Luc se pierde en el horizonte y una melancolía se apodera de su humor festivo.

—¿Viste algo? —pregunto utilizando la mira de mi arma para buscar intrusos.

—No, es solo que, esto era lo que yo hacía para nuestro ejército. Venía a este sitio con un grupo, revisábamos la zona y nos llevábamos rebeldes.

—Si es que encontraban alguno.

—Algunas veces lo hacíamos, Theo. Y ahora pienso en esas personas que yo arrastraba por las calles, metía en camionetas y escoltaba hasta las montañas sin importarme sus destinos. ¿Cómo fui capaz de eso? ¿Acaso ahora estoy haciendo lo mismo?

—Me haces acordar a tu hermana —respondo sin pensar y él dirige sus ojos hacia mí.

—Ella se cuestionaba todo, y puede que tengamos que pensar un poco más las cosas antes de hacerlas.

Ladeo la cabeza.

—Fuiste capaz de todo aquello porque no sabias a quien te enfrentabas o el motivo exacto. El desconocimiento te llevó a esa situación de la cual ahora te arrepientes, pero no estás haciendo lo mismo. La Alianza nos quiere muertos para quedarse con todo. Esclavizaron a gran parte de los que conocemos, mataron a un centenar de personas y no tienen la intención de rendirse.

—No creo que todos sean así, solo sus lideres. Estamos asesinando peones, como también nosotros lo somos.

—Lo fuimos, ya no más.

—Quizás tu no lo seas, pero el resto sí. Ian no quiere ponerte en peligro porque eres valioso, tanto para Hayley como para todos. Te siguen, ven en ti a un líder abnegado y fuerte, pero los demás somos prescindibles.

—Cada vida cuenta, Luc. No valgo más que nadie y pelearé como todos.

—¿Entonces te subirás a un avión conmigo? —dice sonriendo nuevamente.

—Ni de broma.

—¡Te subes a edificios destrozados de más de cincuenta pisos!

—Confío más en estructuras que están pegadas al suelo que en metales flotantes —respondo y consigo que me empuje.

—Si que eres un cabeza hueca.

Lilith y Millie se escuchan a lo lejos y hacen que nos volvamos a comportar como los adultos responsables que se supone que somos.

—Prueben establecer el contacto —dice Lilith cuando ya está cerca nuestro —Alineamos las antenas así que debería funcionar.

Enciendo la radio y establezco la frecuencia de Anna con la espera de volver a escuchar su voz, pero es otra persona la que responde.

—Hola Kate —le digo al reconocerla.

—¡Finalmente! ¿Qué demonios sucedió, Theo? —dice ella.

—Que boquita que tienes —se mofa Luc.

—¿Luc? ¿Dónde están?

—Vinimos a la frontera. La tormenta de anoche seguramente desestabilizó alguna estructura y no lográbamos establecer el contacto con ustedes —le explico.

—Lo dices como si tú hubieras hecho el trabajo —me dice Millie riéndose y recibe un codazo de Lilith.

—Genial, entonces no nos disparen que estamos por llegar. ¿Sumaron alguna mina nueva? Tengo anotadas todas las existentes al momento que nos fuimos, pero si muero porque agregaron más los vendré a molestar desde la ultratumba —responde Kate y hace que todos nos quedemos callados.

Lilith toma mi fusil y utiliza la mira para buscar a las tres mujeres que salieron con una misión y prometieron no regresar hasta cumplirla.

—¡Chicos! —grita Kate—. ¡Respondan que no quiero volar en pedazos!

—No —dice Luc—. No hay ninguna nueva. ¿Cómo es que están volviendo? ¿Por qué solo hablas tú por la radio?

—¿Acaso no quieres que vuelva? —responde Kate y hace que

todos nos miremos incomodos—. Phoebe y Anna tienen las manos un poco ocupadas.

—Kate, ya basta de suspenso —digo molesto.

—Bien, lo siento. Estamos por ingresar por el este, Theo. Tenemos a tu tío, tenemos a Rick Black.

CAPÍTULO VEINTISIETE

Está vivo. ¿Cómo es eso posible? ¿Cómo ha logrado esconderse por tanto tiempo de la Alianza y de nosotros y, al mismo tiempo, sobrevivir? Es algo que no puedo comprender.

Me acerco hacia él en cuanto nos encontramos cara a cara con el grupo conformado por Anna, Phoebe y Kate, y no puedo evitar sentirme extraño al ver a Rick después de tantos años.

Su rostro luce cansado, sus labios están agrietados y una cabellera que se mezcla con su barba blanca me hace percibir su deterioro. ¿Qué le ha pasado?

—¿Rick? —le digo mirándolo a los ojos.

Kate se acerca a mí y pone una mano en mi hombro.

—Creo que tiene demencia, Theo —me explica.

—Es decir, que no nos servirá de mucho —agrega Millie y hace que nuestras miradas se centren en ella con enfado.

—Te pasaste —le dice Lilith.

—Lo siento, pero es la verdad. Lamento que sea tu tío, Theo, pero él era el único que podía ayudarnos a encontrar la forma de ir hacia Infundio.

—Ey, no todo está perdido —dice Anna con tono conciliador — Vamos a llevarlo al refugio y que alguien lo atienda.

—Rick —insisto, pero nada sucede —Soy Theo, tu sobrino.

Luc se posiciona a mi lado y mira a Kate.

—¿Hace cuanto que lo encontraron?

—Dos días.

—¿Y no dijo nada en todo ese tiempo?

Ella niega con la cabeza.

—Oigan, no quiero ser aguafiestas, pero deberíamos volver — Phoebe intercede y nos hace ponernos en marcha.

Sujeto a mi tío de un lado, mientras que Luc me ayuda desde el otro, y caminamos de regreso a la camioneta para volver al refugio en completo silencio, sintiendo como la esperanza se evapora con cada paso que damos.

No es posible que Ian me pida esto. No a mí, no cuando se trata de ella.

—Es claro que Luc no era la persona que pensábamos y entiendo que sea tu amigo y que lo aprecies, pero no conseguiste absolutamente nada con relación a él desde que te uniste a la causa —me dice nuestro líder y le doy la razón.

—Él es muy unido a su padre y a la idea del ejército. No es fácil introducirlo en este mundo, en esta realidad —explica Vincent que, como siempre, salta en mi defensa.

—No estoy culpando a Theo —responde Ian —Si fuera así no le pediría algo tan delicado como esto.

—Es que no entiendo, porque no ubicas a algún recluta de su edad para que se acerque a ella. ¿Por qué crees que yo puedo hacerlo? —pregunto sintiéndome extraño con la idea de que alguien más se aproxime a Hayley con estos fines.

—Luc y ella son muy unidos. Ella lo adora, aun mas desde que él se enlistó. Tu eres el mejor amigo de su hermano y, sin duda alguna, si él confía en ti, ella lo hará también.

—No creo que Hayley sea ese tipo de persona. Me da la sensación de que analiza todo y no se entrega tan fácil al resto —le digo y noto como su gesto cambia.

—Justamente porque sé que eres bueno leyendo a la gente es que necesito que hagas esto, Theo. Ponte en un rol de amigo con ella, de protector si así lo consideras. Sé su hermano mayor, que crea que te preocupas porque Luc es tu amigo.

—De hecho, él me dijo que estaba preocupado por la adaptación de Hayley y que necesitaba que lo ayude a cuidarla.

—¡Perfecto! Eso justifica tu acercamiento a la joven —interfiere Vincent.

—No sé si quiero hacerlo, Ian.

—¿Por qué?

Porque me gusta, porque hay algo en ella que me hace perder la cabeza y no puedo pensar claramente cuando estoy a su lado — pienso.

—¿Acaso ya no crees en lo que hacemos aquí? —me pregunta y aquello me ofende.

—No, Ian, no tiene que ver con eso.

—¿Entonces?

—Es muy joven. ¿Cómo esperas que intercepte y meta a alguien de diecisiete años en este mundo?

—Dieciséis. Cumplirá los diecisiete en poco tiempo —acota Vincent.

—¡Con más razón! —grito.

—Tenemos reclutas en nuestra causa que tienen muchísimos años menos que ella, Theo. Además, mejor si es influenciable.

—Que sea joven no la vuelve alguien fácil de manipular, Ian. La edad no es condición.

—Bien, lo siento. Sin embargo, la necesitamos de nuestro lado. Que la joven hija de Adrien Klein nos apoye cambiaría el curso de nuestra historia.

Inhalo... tiene razón y lo sé muy bien.

—Bueno, si no lo haces tú, entonces enviaré a alguien más, pero no creo que maneje la situación de igual manera —dice Ian alejándose.

—Espera.

Él se frena y se voltea a verme.

—¿Cuál es la misión?

—Mostrarle lentamente lo que pasa, responder todas sus dudas acerca de lo que vio en la Feria y que ella, por voluntad propia, quiere acabar con su padre —responde con un tono que podría congelar la sangre de cualquiera, pero no la mía.

—¿Y luego? La expondremos al peligro, la posicionaremos en la mira de su padre y ¿qué?

—¿Acaso te preocupa que algo le suceda?

—Tú lo dijiste, es la hermana de mi mejor amigo.

—La cuidaremos, Theo. Nada le sucederá —responde Vincent.

—No, no voy a mentirle —dice Ian —Esto es un día a día, vivimos como podemos, intentamos no morir y nos enfrentamos al peligro constantemente. Probablemente Hayley también lo haga, y no puedo afirmar que nada le pase, pero sí puedo asegurarte de que haremos lo necesario para que nadie la lastime. Al fin y al cabo, ella sería parte de nosotros.

Exhalo con brusquedad, pensando en todos los pros y contras de lo que estoy a punto de responder.

La quiero cerca, pero la quiero lejos de ellos y del peligro que todo esto conlleva.

Adrien y ella no se llevan bien y sé que eso puede servirnos, pero también comprendo que la pondría en el ojo de la tormenta.

—¿Theo? —insiste Ian.

Mente en frio, tú puedes con esto, te has enfrentado a cosas peores. Que un simple enamoramiento provisorio no detenga lo que hace tanto tiempo estás persiguiendo.

Ellos te necesitan y esta puede ser la oportunidad de que todo cambie.

—De acuerdo. Yo me encargo de Hayley.

Han estado revisando a Rick por varias horas, las suficientes para ponerme de mal humor. ¿Jamás algo podrá ser sencillo? ¿No podíamos simplemente encontrar a mi tío en óptimas condiciones y listo para decirnos todo?

—Ya terminaron de atenderlo. Lo bañaron, alimentaron y le colocaron suero para combatir la deshidratación —me dice Anna e intenta tomarme la mano.

Me alejo de ella casi por inercia y suspiro. No hemos solucionado las cosas, pero tenemos un vínculo cordial que estipula que ella no puede tocarme ni un pelo ni intentar hacerme sentir bien luego de todo el daño que me ha hecho.

Vaya, sí que estoy cabreado hoy.

—Ahora está durmiendo. ¿Por qué no aprovechas para descansar un poco? Sé que tuviste un día largo de entrenamiento.

—Prefiero quedarme a su lado y esperar que despierte.

—Theo, no es tu culpa que esté así. Lo sabes ¿verdad?

—¿Crees que es eso lo que me pasa? —respondo ofendido.

—Creo que te estás preguntando porque no fuiste a buscarlo antes de que todo estalle aquí.

—¿Tu siempre sabes todo? —le digo irónicamente —Él desapareció de mi vida cuando más lo necesitaba y lo único que me da bronca es que no esté cuerdo para preguntarle por qué fue tan miserable y egoísta conmigo.

Anna asiente con la cabeza, pero no emite más comentarios al respecto.

—¿Listo? ¿Ya ves que no todo lo que piensas es la realidad? —termino e ingreso a la habitación con Rick.

En cuanto me encuentro solo, sin contar al hombre que decía ser mi tío y que ahora se encuentra en un estado de sedación que no cuenta, me tomo de la cabeza y me deslizo hacia el suelo.

No quiero llorar, no debo llorar, pero no puedo evitar hacerlo.

Una canción se escucha en el ambiente y no sé si estoy soñando o si realmente esa melodía me rodea. Abro los ojos sintiéndome un desastre y con todo el cuerpo adolorido por la posición incómoda en la que me he dormido.

Nota mental: El suelo es demasiado duro, usa una manta para la próxima.

Mis ojos no pueden creer lo que ven y no consigo asimilar el hecho de que Rick se encuentra de pie deambulando por la habitación mientras canta una balada que me suena familiar.

—Tío —le digo sujetándome de la pared para ponerme de pie.

Él se detiene y me observa.

—¿Te conozco?

—Soy Theo... Theo Black —expreso pero no noto alguna diferencia en su mirada —El hijo de James y Vanesa Black.

El pecho de Rick comienza a moverse de manera estrepitosa y sus pupilas tiemblan demasiado rápido. No comprendo que le sucede, pero estoy seguro de que no es algo bueno. Me acerco a él e intento sujetarlo, pero Rick se pone violento y me empuja lejos.

—¡No me toques! ¡No me toques! —grita sin parar, haciendo que su voz retumbe en todo el lugar.

Dos personas ingresan e intentan contenerlo por las buenas sin éxito, por lo que terminan sacando una jeringa para tranquilizarlo.

Salgo de la habitación, sin poder tolerar ver esta escena y me detengo al encontrarme con Luc afuera.

—¿Qué haces aquí? —pregunto conteniendo la angustia.

—Sabía que ibas a necesitar un hombro amigo —responde.

Asiento, me aproximo a él y lo abrazo.

Su cuerpo recibe de forma extraña mi gesto por unos segundos y luego corresponde a este sin dudar. Es la primera vez que sale de mí algo así y se siente muy bien.

—Aquí estoy, Theo —me dice sin soltarme.

CAPÍTULO VEINTIOCHO

Perder a alguien no está relacionado con la muerte o el despecho. La pérdida se vincula íntimamente con la desaparición del vínculo, con darnos cuenta de lo que jamás tendremos y ansiamos recuperar.

Mi tío y yo no teníamos una relación fluida, sino que su gran perdición era mi hermana, Jenn. Él se pasaba horas enteras con ella contándole historias y haciéndola reír sin parar, y yo simplemente participaba a un costado, observándolos a ambos.

No es que Rick tuviera algo contra mí ni nada parecido, sino que, al verme, se percibía cierta tristeza. Él sabía lo que su hermano había hecho conmigo, lo había conversado en mi presencia delante de mi padre en una de las tantas noches en las que aparecía de repente con algunos tragos de más en su sistema.

Supongo que yo era el rostro que les recordaba lo horroroso de sus actos, lo que podían ser capaces de hacer por una idea. El ser humano y sus idealizaciones son, muchas veces, peligrosas, y esta era la prueba fehaciente de aquello.

Aun no teniendo el mejor de los vínculos, ver al hombre que hacía reír a mi hermana hasta que le doliera la barriga tan deteriorado me destroza, pero nunca he demostrado demasiado mis emociones, por lo que espero que nadie lo note. No toleraría escuchar a alguien intentando consolarme y diciéndome que todo va a estar bien.

—Admiro el trabajo que han hecho con este mapa improvisado —les dice Adrien al equipo que se ha encargado de plasmar todo Tyrdem en papel —Pero creo que deberíamos ir por unos más eficientes.

Ian se ríe burlonamente y esa es la rutina habitual entre ambos.

—¿Y de dónde quieres que saquemos algo mejor que esto? ¿Se los pedimos a la Alianza? ¿A Gastón en persona? —responde nuestro líder haciendo que varios sonrían.

—En mi oficina hay varios que podrían servirnos. Sé que anteriormente hemos barajado la posibilidad de ingresar en la vieja sede del ejército ya que está vacía y a último momento decidimos no hacerlo, pero creo que nos estamos quedando sin opciones —explica Adrien y comprendo por qué ha logrado tanto —También eso les daría el cierre a muchas historias aquí, ya que podría también obtener los nombres de todos los que perecieron en la montaña o lograron llegar a Infundio. Puede que este sea el momento para ir por todo ello.

Es, sin lugar a duda, un hombre inteligente y con una oratoria que asombra. No es que ahora me agrade, pero hay que reconocérselo.

—¿En qué nos cambiaria tener un mapa más sofisticado? —pregunta Jason.

—Nos ahorraría tiempo y tendría todos los detalles. Las cloacas, los túneles de la montaña, todo ello figura allí de manera específica. Creo que es lo más sensato y el camino a seguir al no tener a Rick habilitado para darnos más información —responde y, ante aquello último, me observa.

Mantengo la mirada, no planeo demostrarle que toda esa situación me tiene mal.

—Estoy de acuerdo —esbozo —Pero es peligroso ir a la ciudad. Si bien la Alianza abandonó el lugar para centrarse en las Zonas de Resguardo y en los campos de reeducación y trabajo, siempre patrullan para evitar que nosotros ocupemos más sitios.

—No estamos tan lejos. Podemos acercarnos por la noche, hacer un tramo con las camionetas de manera sigilosa y luego otro a pie. De esa forma podemos estar aquí nuevamente para el amanecer —nos explica él, decidido a ir.

—De hecho, no es una mala idea —agrega Vincent —Hay muchas cosas útiles en la Sede que estoy seguro de que la Alianza no ha encontrado.

—¿Cómo qué? —pregunta Ian.

—Armas, munición, además de los benditos mapas que Adrien supone que nos salvarán la vida.

—¿Realmente crees que eso siga ahí?

—Tenía esas cosas en algunos lugares secretos y difíciles de alcanzar.

Adrien lo mira y sonríe. No entiende cómo algo así fue posible bajo sus narices.

Ian toma aire y analiza lo mencionado. Hoy por hoy cualquier decisión puede costarnos caro, pero no es momento de ser tibios al respecto.

—Levanten la mano quienes están a favor de ingresar a la Sede —exclama Ian, haciendo que Adrien se ría por su accionar.

—Que viva la democracia —bromea él.

—Ya dejen de pelear —indica Luc y levanta la mano.

La mayoría se pronuncia a favor de la idea que Adrien ha propuesto, al igual que yo, lo cual quiere decir que, finalmente, volveremos a la Sede.

Tras varios días de planeación, de observar la rutina de la Alianza, de una increíble meticulosidad al respecto de los pasos a seguir, está noche nos dirigiremos a la ciudad con el objetivo de ingresar a la Sede que era de nuestro ejército, dirigirnos a la oficina de Adrien y llevarnos todo lo que necesitamos.

La idea es acercarnos con camionetas lo máximo posible, que estas se queden esperando que volvamos, mientras que algunos de nosotros continuaremos la travesía de varios kilómetros hasta la ciudad. Somos cuarenta los que nos alejaremos de los refugios rebeldes, pero solo diez los que avanzaremos. El resto nos cubrirá la espalda a la distancia y, de ser necesario, se dirigirá en nuestra búsqueda.

El ambiente se siente diferente, tenso, pero, al mismo tiempo, esperanzador. Cuando estás por bastante tiempo ocultándote y sobreviviendo es algo natural que cualquier modificación en la rutina tenga ese efecto, más aún cuando se trata de alguna acción que pueda cambiar el rumbo de las cosas.

—Bien, aquí nos dividimos —nos indica Adrien a quien es difícil distinguir ya que todos llevamos ropa negra, gorros y un pañuelo que nos cubre hasta la nariz, dejando únicamente visibles nuestros ojos.

Elliot y yo nos dirigimos por la parte trasera del edificio, Luc, Millie y William ingresarán por un lateral, Liam y Aaron por el otro y, obviamente, Jason, Ian y Adrien lo harán por la puerta frontal.

—Nuevamente juntos —me dice Elliot mientras avanzamos —Como en los viejos tiempos.

Sonrío.

—Pero esta vez del lado de la historia que corresponde —respondo.

Él esboza una sonrisa también.

En cuanto entramos observo el lugar y siento cierta nostalgia. Cuando me enlisté al ejército lo hice con determinación, con idealismo y creyendo que mi decisión era la correcta. Pensaba que haría algo bueno con mi vida, que sería importante y marcaría la diferencia.

Para un chico que vivió siendo un conejillo de indias esto era la libertad y, también, dada mi infancia, necesitaba destacarme por mí, no ser un número más. Resaltar, ser respetado y admirado, sé muy bien que eso buscaba.

Este sitio me dio años de felicidad, de camaradería y de disfrute extremo. Me permitió sentirme, por primera vez, una persona. Las mañanas entrenando con Luc, mostrando y probando mi valor, mejorando y perfeccionando mis técnicas, y viendo como otros me tenían estima, me querían imitar y aprender de mí. Si bien no fue tanto tiempo el que tuve antes de abrir los ojos y dirigirme por el camino contrario, ese tiempo de ignorancia fue completamente placentero y es que, cuando uno no sabe lo que se esconde detrás del arcoíris, es capaz de dejarse llevar por su brillo y esplendor.

Este lugar, a su vez, me permitió acercarme a Hayley, conocerla mejor, verla convertirse en una tormenta, capaz de arrasar con todo a su paso, inclusive conmigo. Estar aquí me remonta a todo aquello, a cada momento juntos, desde aquel día en el que intervine para alejarla de Reed hasta la noche que dormimos juntos en su habitación.

¡Que imprudente que fui, pero que bien que se sintió!

Había perdido la magia en mi vida, la capacidad de tener esos instantes de disfrute sin preocuparme por nada, y ella me devolvió todo aquello.

Hacía tanto tiempo que mi corazón no latía tan fuerte, que no se emocionaba en demasía, que no se expresaba.

Hayley, si supieras todo lo que has logrado conmigo, no te quedaría ninguna duda de lo devoto que seré por siempre a ti y lo dispuesto que estoy a darlo todo para que puedas experimentar, aunque sea, un cuarto de la felicidad que me has dejado sentir a mí.

CAPÍTULO VEINTINUEVE

Nadie nos ha interceptado ni hemos notado movimientos extraños que nos dieran el indicio de que la Alianza nos ha descubierto, lo cual es algo bueno, aunque también inquietante.

Que las cosas salgan bien siempre genera cierto temor que se percibe en el cuerpo.

—William, Jason, Millie, Liam y Aaron, a sus posiciones. Controlen que nadie ingrese e informen por la radio si detectan algún tipo de actividad —les indica Ian y noto como Adrien se muestra algo disconforme de no dar él las órdenes —El resto te seguimos —le dice a su ex adversario volteándose para verlo a los ojos.

Él asiente y avanzamos, dejando atrás el hall principal, junto a su fuente destruida y un sinfín de recuerdos que envuelven mi mente.

—Debo decir algo que quizás les parezca irónico o inclusive un poco hipócrita —dice Ian sin frenarse.

—No te preocupes por ello, todo lo que dices suena así —responde Adrien peleándolo como siempre.

Ian no le hace caso a su instigación y continúa.

—Siempre quise conocer este lugar. Si bien no hubo momento en que no estuviéramos en conflicto, el ejército me dio un propósito y tenía cierta intriga acerca de cómo era la sede.

—¿Nadie te contó de qué se trataba este edificio? —continúa burlándose Adrien.

—Sabes muy bien que no es lo mismo escuchar a alguien hablar de algo que verlo con tus propios ojos. Este lugar es familiar para ti, por eso lo transitas como si nada, pero a mí me genera ciertas sensaciones.

—No sé si familiar sea la palabra —responde y su humor ha cambiado.

Algún pensamiento lo ha sorprendido, y supongo que no es uno bueno, pero ha servido lo suficiente para que volvamos a la seriedad del momento.

—No soy el único que sabe el camino a mi despacho privado —plantea Adrien luego de unos minutos mientras camina delante nuestro —Theo lo conoce muy bien. De hecho, la llevó a Hayley a conocerlo hace un tiempo.

Ladeo la cabeza. Que innecesario aquel comentario demostrando que lo sabía todo, algo que ya me ha quedado claro anteriormente cuando él mismo me lo dijo.

—¿Cómo es eso de que llevaste a mi hermana? —pregunta Luc mirándome de costado.

—Theo tenía que acercarse a Hayley e introducirla en lo que sucedía realmente y, de paso, teníamos que obtener cierta información que Adrien poseía —le explica Ian.

—¿Así fue como comenzaste a salir con ella? —pregunta Elliot y reparo que su mirada luce furiosa.

—De esa forma nos fuimos conociendo más —respondo escuetamente.

¿En qué momento pasé a tener que dar explicaciones?

—¿Qué era lo que tenías que buscar en el despacho de Adrien? —pregunta Luc.

—Queríamos averiguar donde estaban los nuestros. Todos los que se llevaban de las fronteras o los que descubrían y secuestraban de sus casas o del mismo ejército —le digo teniendo en cuenta que él se encargaba, en parte, de aquello —Nos había llegado información de que todo eso estaba registrado. Necesitábamos saber adónde los enviaban y, en lo posible, evitar que tuvieran un terrible destino.

—Algo que no pudimos lograr —indica Ian.

Todos nos quedamos en silencio, sabemos muy bien que les hemos fallado a muchos.

—Supongo que esto te debe hacer evocar esos momentos —me dice Luc por lo bajo.

—Así es, y te juro que hay muchísimas cosas de las que me arrepiento, pero ese día le confesé a Hayley que era un rebelde. Tenía mucho temor y creí que ella me odiaba luego de decirle eso, pero no fue así. Ella quería escucharme, quería saber lo que sucedía y eso me quitó una tremenda carga. Quería ser honesto con Hayley, que me conociera y me quisiera por cómo soy.

—Y así fue —me dice él.

—Mi madre quería que me acercara a ella también —nos indica Elliot y hace que Adrien se detenga y lo mire.

—¿Cuándo? —pregunto.

—Ella sabía que Hayley era un espíritu libre y reconocía ciertos rasgos de su personalidad más inconformistas e insurgentes. Había enviado a personas de su confianza a seguirla, a conocer su diaria y, por ello, estaba al tanto de que ella iba constantemente al viejo puerto. Dado que se acercaba la Feria Anual decidimos ir unos días antes a las cercanías.

—Ustedes se conocieron en la que era mi casa —le digo.

—Exactamente, y no fue algo casual. Mi madre quería que ella me viera como un par, como alguien que era capaz de romper las reglas. Nunca pensé que mi vida correría peligro, que nos encontraríamos a alguien más allí.

—A Rick —agrego.

—Así es. La adrenalina que sentí en ese momento y el ingeniármelas para escapar de allí me hizo sentir tan vivo que dejé de tener dudas sobre mi futuro. Antes de eso era una persona que hacía todo lo que su madre le indicaba, pero luego algo cambió y pude ser mi verdadero yo. Lo mismo que te pasó a ti al poder confiarle a Hayley tu identidad.

Asiento al escucharlo y entiendo que Elliot ha vivido encerrado en sí mismo por mucho tiempo y que, tras esa sonrisa que mostraba, acarreaba una tristeza inmensa que propició que el daño que luego le hicieron fuera tan contundente.

—Cuando me encontré con mi madre esa tarde estaba tan extasiado que no me permitió ir a la Feria, pero no me preocupó demasiado porque sabía que, una semana después, me liberaría de ella para siempre para enlistarme junto con Hayley en el ejército. Ya no iba a tener que ocultar mi personalidad, ni tener que obedecerla a cada momento. Solo debía acercarme a la hija de Adrien y volverla mi amiga, y sabía que eso no iba a ser difícil ya que realmente me había agradado.

—Era reciproco —le digo recordando cuanto le dolió perderlo en la montaña.

—Lo sé, y por eso ahora también es mi prioridad ayudarla, Theo.

Adrien ha escuchado toda la conversación con el rostro duro como una roca. Creo que no estaba enterado de que Thorne había propiciado un encuentro entre sus hijos con anterioridad, y que esa verdad le explote en la cara ahora es, sin dudas, divertido.

De todas formas, aunque me agrade molestar a Adrien, me aterra un poco entender el lugar que Hayley ocupaba para muchos y lo metida que estaba en todo esto.

—Jamás me dijiste que la conociste previamente a enlistarte, pero sí estaba al tanto de que ella quería que te acercaras a Hayley, por lo que tuve que interceder también —le dice Adrien a Elliot—. Prometo que, eventualmente les hablaré de eso.

—Sé que nos dirás las cosas a tus tiempos, como yo también. En este caso, le juré a mi madre que no lo diría, que sería nuestro secreto. Quería honrar su memoria, pero creo que lentamente estoy abriendo los ojos. Sé que ella me quería, aunque sus formas de demostrar amor no eran buenas.

—Ella creía que la montaña te ayudaría, que no estabas siendo tú mismo y que el ejército te había afectado volviéndote imprudente y errático. Nunca se dio cuenta de que ahora eras feliz y que, finalmente, te estabas expresando —le explica Adrien —Creo que, de haberlo sabido, no habría dejado que te hagan lo que te hicieron.

—Tú le diste la alternativa de que no me sucediera nada. De hacer como si nada, de estar cerca de ti y olvidar el hecho de que fallé en la última prueba, pero ella no quiso eso. Su amor no era del bueno, y no quiero guardarme cosas por rendirle tributo, porque eso solo me haría más daño a mi —le dice él.

Adrien pone una mano en su hombro y noto que duda acerca de si abrazarlo o no. Es justo en ese instante donde me doy cuenta de que Elliot ha pasado a ser esa figura que era yo hace unos años, aquel joven indefenso al que Klein quería proteger y guiar y, por primera vez, entiendo el motivo por el que él se acercó en su momento a mí y ahora a Elliot, y es que él se reconoce en nosotros y, de alguna forma, intenta ser aquella persona que le faltó y que podría haber cambiado el rumbo de su vida.

No somos ni buenos ni malos; hacemos lo que podemos con lo que los otros nos han impuesto, considerando las experiencias que ellos mismos vivieron. Es una cadena interminable de acciones que forman personas, que propician acontecimientos y que marcan rumbos.

¿Cómo se le escapa al destino? ¿Cómo se cambia algo de este? ¿Cómo se altera ese círculo vicioso y eterno? Reconociendo todo aquello e intentando buscar la forma de romper con ese designio.

Adrien e Ian han ingresado en el antiguo despacho mientras que Elliot hace guardia fuera de este. En cuanto a Luc y a mí, nos han indicado que recorramos los pisos para ver si encontramos algo que nos pueda servir, por lo que nos hemos dividido acordando reunirnos en unos treinta minutos en el hall principal para irnos. Luc irá primero en busca de los lugares que Vincent nos indicó, mientras que yo iré más a ciegas, lo cual no me preocupa realmente.

He hallado en mi trayecto algunas armas, ropa que puede servirnos, chalecos antibala y comida, y los he puesto sobre un carrito para poder transportarlo mejor. Puede que venir aquí haya sido una buena opción y quizás deberíamos haberlo hecho antes.

Cuando llego al pasillo de las habitaciones para los nuevos ingresantes no puedo evitar entrar en la que correspondía a Hayley. Allí todo luce desordenado y destruido por lo que ha sufrido la Sede. Las paredes están agrietadas, el polvo abunda y algunos muebles están caídos. Me aproximo hacia la cama que le pertenecía a ella, donde una vez dormimos juntos, y la miro. El colchón está hecho trizas, y me permite notar algo debajo de este que se encuentra completamente inmaculado.

Un cuaderno con forro negro, estrellas plateadas y una etiqueta con su nombre me sorprende.

Es un diario, su diario.

Lo tomo entre mis manos y siento una curiosidad creciente. ¿Estará mal si lo abro? Es algo privado y de eso estoy consciente, pero me encantaría poder leerla luego de tanto tiempo sin tenerla a mi lado.

No puedes ahora mismo —digo en voz alta y lo guardo dentro de mi chaleco.

Luego salgo y decido dirigirme hacia mi habitación. No recuerdo nada de allí que nos pueda servir ya que libros, cuadernos, y cosas de ese estilo no son vitales, pero de todas formas prefiero sacarme la duda.

Camino solo unos pasos más cuando el sonido de un disparo atrae mi atención. Corro hacia uno de los ventanales para poder ver hacia afuera y distingo soldados de la Alianza rodeando la Sede.

Nos han descubierto.

CAPÍTULO TREINTA

Cuando llego al Hall principal vislumbro como ha comenzado un enfrentamiento entre soldados de la Alianza que, desde afuera, se encuentran disparando y lanzando bombas de humo.

—Debemos irnos —me indica Millie cubriéndose detrás de una columna —William y Liam están cubriendo la puerta trasera, pero han visto soldados ingresar por los laterales.

—Esto no es bueno. ¿Falta alguien? —pregunto intentando ver algo mientras mis ojos arden.

—Ian, Adrien y Elliot aún no van vuelto —me dice Aaron.

—Iré a buscarlos. Ustedes pidan por la radio que nos auxilien con camionetas. Necesitamos una huida rápida —les indico —Aquí les dejo las cosas que logré encontrar por si pueden sacarlas, pero no son la prioridad.

—Voy contigo —replica Luc.

—¿Están locos? No podemos perder tiempo —plantea Millie.

—Yo lo acompañaré —dice Jason —Luc, tú ayuda a que todos puedan escapar.

Él asiente y sujeta a Millie, mientras que nosotros nos dirigimos en sentido contrario a paso veloz sin mirar hacia atrás.

Escucho como ingresan soldados por las puertas traseras, como por fuera se está dando una disputa que intenta darnos algo de tiempo, y sé que si salimos vivos de esto será un milagro.

Antes de poder llegar al despacho nos encontramos con Adrien, Ian y Elliot que corren hacia donde estamos nosotros.

—Ya tenemos todo lo necesario. ¿Cómo salimos de aquí? ¿Estamos rodeados? —me pregunta Adrien.

—Así es, pero los nuestros están dando batalla. Les informaron por radio de la redada y vinieron enseguida.

—¿Luc?

—Está con los demás.

—Bien —finaliza.

—Estamos yendo a la salida —habla Ian por la radio y recibe la respuesta de que nos apuremos, que no podrán aguantar mucho más el combate.

—Avancemos —indica Jason tomando a Ian y haciéndolo caminar.

Un disparo nos sorprende y observo como nuestro líder cae al suelo por el impacto de la bala en su abdomen.

Me volteo y veo a Gastón apuntándonos. Jason se acerca a Ian y lo ayuda a ponerse de pie mientras este se sostiene la herida que no para de sangrar.

—¿Creían que no íbamos a darnos cuenta de su pequeño saqueo a este cuchitril? —nos dice Gastón con seriedad.

Ya no se ríe, ya no le agradan nuestros movimientos dado que ha dejado de tomarlos como actos que no llevan a ninguna parte y ha comenzado a ver un Tyrdem que no se deja vencer.

—Tardaron bastante en hacerlo —responde Adrien haciéndole frente.

Dos soldados se posicionan detrás de Gastón y no puedo evitar sentirme arrinconado.

—¿Eso crees, Klein? Puede que estuviéramos agrupándonos para acabar definitivamente con ustedes. Me parece una acción muy idiota que ambos estén aquí. ¿Creen que su patética rebelión sobrevivirá si mueren? —plantea refiriéndose a Adrien e Ian.

—Lo hará. Nuestro objetivo es más grande que las personas que forman parte de este —le dice Jason sin soltar a Ian.

—Ya lo veremos —insiste —Vaya, ¿tu sigues respirando? —me dice a mí.

—No es tan fácil sacarme de encima —respondo.

Adrien sonríe, supongo que recordando cuando me disparó.

Gastón le hace una seña a los soldados que lo acompañan y estos se acercan a nosotros.

Me preparo para defenderme cuando veo a los dos hombres caer y a Millie entrar en acción, golpeando a Espasa en la cabeza.

Él se defiende rápidamente, pero Elliot lo sujeta inmediatamente para evitar que le dispare a alguien.

—Que venga con nosotros, pero vámonos de aquí —nos indica Ian y comenzamos a caminar.

Millie va delante, por lo que yo me posiciono atrás de todos.

Cuando estamos cerca la salida vemos a varios soldados de la Alianza armar una barrera, bloqueando la posibilidad de escape.

—Diles que se alejen o te volamos la cabeza —le dice Millie a Gastón mientras Elliot aun lo sujeta.

Ian se está desangrando y tenemos que irnos de aquí de inmediato para que lo atiendan.

Gastón es posicionado por delante de nosotros, de cara a la Alianza.

—Vamos, dilo —insiste Millie.

—¡Solo quedan ellos adentro! ¡Destruyan todo! —grita Espasa y golpea a Millie para luego volver a meterse en los pasillos del recinto.

Ian y Jason lo siguen e intentan que no escape, mientras que los demás debemos escondernos rápidamente detrás de escombros para evitar ser alcanzados por las balas que comienzan a volar por todas partes.

—¡Debemos salir! —grita Adrien.

Apunto a un soldado y le disparo en cuanto visualizo que se acerca a nosotros. Hago lo mismo dos veces más, pero lejos está esto de acabar.

—¿Alguien me escucha? —habla Elliot por la radio.

—Elliot, estamos dando batalla en la parte trasera del edificio, pero no podremos resistir por mucho más tiempo —le indica Liam.

Los miro a todos, especialmente a Millie que luce adolorida.

—Adrien, sácalos de aquí. Yo les cubro la espalda —le digo.

—No voy a dejarte —me dice él y Millie asiente.

—¡Voy detrás de ustedes, pero necesito que me hagan caso! —grito entre tanto caos.

—¿Qué pasará con Ian y Jason? —pregunta Elliot.

—Dame la radio —le digo y la recibo por lo bajo.

Cambio la frecuencia para comunicarme con ellos, esperando que estén bien.

—Ian ¿me escuchas? —pruebo una y otra vez.

Adrien me clava la mirada y comprendo enseguida lo que piensa.

—Ian, Jason, ¿están ahí? —insisto.

—Theo, tenemos a Gastón —me dice Jason y suspiro de alegría.

—Vamos a intentar salir por atrás. Voy por ustedes —le digo y Adrien niega con la cabeza.

—No —responde Jason —Por favor, avísanos cuando estén fuera. Deben irse ahora.

—Aguarda, puedo sacarlos. Confía en mí.

—Niño —escucho la voz de Ian —¡Debes irte ya!

—¿Qué sucede?

—Confío ciegamente en ti. Estoy seguro de que lograrás que Tyrdem sea libre, que harás grandes cosas, por eso te pido que te vayas.

—¿Te estás despidiendo? ¿Qué rayos sucede allí?

—Gastón acaba de dar la orden de que, si no logran acabar con nosotros en diez minutos, vuelen la sede, aunque él esté aquí dentro. Nos arriesgamos demasiado al venir nosotros aquí, y por eso saben que es importante acabarnos de una buena vez —me explica.

¿Espasa sería capaz de dejar que lo maten para detenernos?

—Adrien tiene todo consigo. Es importante que salga de aquí —insiste —Ahora váyanse. ¡Es una orden!

—De acuerdo, Ian. Yo… —comienzo a decir, pero me interrumpe.

—Tú me reemplazarás de maravilla. Ya le he comunicado eso a los demás.

Trago saliva. Esto no es posible, no puede ser real.

—Dile a Kate que la amo, y a Will que me hubiera gustado tener más tiempo con él, pero que soy afortunado por haber tenido a mis dos hermanos juntos nuevamente.

—Lo haré.

—Cuídalos, Black, a todos —finaliza y la comunicación se termina.

Tomo aire y miro a los demás, que lucen acongojados con la decisión acordada.

—A la cuenta de tres salgan corriendo hacia la parte trasera. Cubriré sus espaldas e iré detrás —les digo.

Los tres asienten y comienza la cuenta regresiva que nos habilita a escapar de aquí y dejar a dos de los nuestros aquí para siempre.

Ellos corren, yo los sigo mientras disparo hacia el enemigo, hacia la Alianza que ha decidido acabar con nosotros.

Se escuchan los cuerpos recibir los impactos, el sonido de las balas, los gritos de dolor, de ira y de pena en el ambiente. El olor a sangre nos envuelve, y la adrenalina que surge en esta situación nos da la fuerza para cruzar la puerta y, sin mirar atrás, subir a las camionetas.

Los motores rugen, el polvo se eleva en el aire y la noche se llena de destellos cuando, ya lejos y habiendo derribado a quienes nos seguían, explota en pedazos la sede donde todo comenzó hace ya bastante tiempo atrás.

CAPÍTULO TREINTA Y UNO

El cielo nocturno se llenó de fuego y de pena, y los gritos de Kate al escuchar que su hermano se había ido retumbaron por todo el refugio haciendo que la tragedia inunde el lugar.

Sus manos sobre mi pecho, dándome golpes cargados de furia y tristeza, fueron algo que pude soportar, pero sus lágrimas me corrompieron. Jamás la vi llorar, ni mostrarse débil o vulnerable.

—Lo siento —le digo mientras aún sigue expresando su dolor contra mí.

William se acerca a nosotros y su rostro pálido revela su estado. Recién empezaba a conocer a su hermano mayor, y ahora ya no lo tiene.

—¿Jason tenía familia? —pregunto al resto.

—A nadie vivo, no —me explica.

—¿Cómo pudiste dejarlos? —me pregunta Kate.

—Era una situación imposible e Ian nos indicó que nos vayamos —le dice Luc, pero ella lo ignora.

—¿Qué hacemos ahora? —pregunta Thera mientras todos nos observan.

—¿Realmente eso es lo único que te importa? —le dice Kate y se acerca a ella con aire combativo.

—Detente —le digo y me posiciono entre ambas —Sé que esta es tu forma de responder cuando estás herida, pero no puedes reaccionar siempre con violencia.

—Ya está viendo quien suplanta a mi hermano y todavía no pasó ni una hora desde que murió —me dice ella con un hilo de voz.

—Ya tendremos tiempo para hablar de esto —interfiere Adrien —Ahora, vamos a dejar todo y a descansar un poco. ¿Les parece?

Todos asentimos y Kate, que aún está molesta, se aleja en sentido contrario.

Me debato si seguirla o no, pero luego veo a Luc ir detrás de ella, por lo que decido no hacerlo. Camila los observa, al igual que yo, y luego dirige su mirada a la mía.

—Me alegro de que estén bien —me dice y se retira.

Suspiro, "*bien*" no es exactamente la palabra que yo hubiera elegido.

Ni de cerca.

Darse una buena ducha no es algo que podamos hacer todos los días ya que la mayor parte del agua se hierve para ser bebida. Sin embargo, me he escapado al lago que logramos restaurar con Anna para tener un poco de tiempo en soledad y, también, para quitarme el olor a fuego y sangre de mí.

Este sitio siempre ha conseguido relajarme y brindarme algo de paz, pero en este último tiempo aquello me ha parecido más difícil. Aquí abundan recuerdos de todo tipo y algunos no son tan alegres. A su vez, cierta melancolía me persigue cuando pienso en Hayley, en su alegría cuando la traje aquí. Como me gustaría volver a aquel día y quedarnos aquí para siempre, juntos, lejos de todo.

Si hay algo que cambiaría es el no haberme alejado del caos con ella, pero de nada sirve pensar en el pasado.

Me sumerjo en el agua y escucho el sonido de la nada. Miro hacia arriba, hacia la superficie, y pienso en quedarme aquí, en no volver a subir a respirar, simplemente mantenerme en esta serenidad que me rodea hasta que mi corazón se dé por vencido, pero justo cuando estoy pensando en aquello veo una figura que me observa y me obliga a volver a respirar.

—Anna —digo en cuanto el aire vuelve a mis pulmones.

—¿Cuánto tiempo planeabas quedarte ahí abajo? ¿Ahora haces buceo?

—Que graciosa —respondo sarcásticamente.

—Veo que el malhumor de Kate también está presente en ti —me dice alcanzándome una toalla.

Me siento en la orilla y observo lo que me rodea. Los recuerdos me absorben, me poseen y no puedo entender cómo es que he atravesado tantas cosas en mi vida.

—¿Ella estará bien? —pregunto temiendo que la muerte de su hermano la consuma.

—Le dieron un sedante y ahora está durmiendo. Lilith está con ella junto con Perla.

Sonrío.

—Kate adora los perros. Siempre había querido tener uno.

—Lo sé. De hecho, se hace más cargo de ella que su dueña.

—Perla era de Hayley. Lilith la adora, pero está todo el tiempo en la frontera y no quiere ponerla en peligro. Kate está intentando mantenerse en el refugio así que es una mejor compañía para la perra.

—Comprendo. Supongo que no es lo mejor ir por ahí en sigilo con un animal que ladra y corre de un lado a otro —bromea —Yo soy más del tipo de persona a la que le gustan los gatos.

—Es por tu personalidad, no te gusta que nadie dependa de ti —respondo con cierta maldad en mis palabras.

—Nunca vas a perdonarme, ¿verdad?

Me quedo en silencio, meditando qué decirle mientras las luciérnagas se mueven lentamente y se reflejan sobre el agua.

—Cuando la encuentre —respondo.

—Cuando la encontremos —me dice sentándose a mi lado mientras observa conmigo el paisaje que ambos hemos logrado revivir.

Juntos.

Jim ha tardado varios días en volver a comunicarse con nosotros, por lo que creímos que algo malo le había pasado. Sin embargo, la falta de contacto se debió a que la muerte de Gastón generó cierta conmoción en la Alianza.

—No pensé que las cámaras de la sede funcionaran. En cuanto vi que tenían señal intenté arruinarlas, pero ya era tarde —nos explica Jim.

—Sabemos que no es tu culpa. Has hecho muchísimo por nosotros —le dice Adrien.

Miro a Kate, luce abatida y cansada. Lleva a Perla encima y la acaricia sin parar.

—Lamento lo que sucedió con Ian —agrega.

—Gracias —responde William —No será fácil seguir sin él, pero no nos rendiremos y cumpliremos con la misión de su vida.

Su hermana se levanta y sale de la reunión antes de que podamos frenarla. Anna me hace una seña para que la siga, pero Lilith y Luc me ganan de mano.

—¿Qué es lo que está sucediendo en la Alianza con el deceso de su líder? —pregunto con frialdad.

Perdimos a dos de los nuestros, pero varios salimos con vida y ahora tenemos lo que necesitamos. Sé que hay un ambiente trágico que nos rodea, pero debemos seguir.

—Están alborotados. Momentáneamente está al mando Ferguson, quien era la mano derecha de Gastón, pero no será por mucho tiempo. Sé que en Infundio están bastante enojados por cómo están las cosas aquí, así que pronto se tomarán medidas —nos explica Jim.

—Perfecto, nosotros no nos quedaremos de brazos cruzados —respondo —¿Ya tenemos el inventario de todo lo que pudimos traer? —le pregunto a todos.

—Si, ya está hecho. Armas, munición, comida, ropa, entre otras cosas que nos van a ayudar a salir adelante—me responde William —Además, se ha pasado la lista a todos para que vean el paradero de sus familiares.

—Bien, necesitamos entonces enfocarnos en revisar los mapas y reforzar también el perímetro. Dupliquemos los francotiradores en las fronteras y en los edificios abandonados. Debemos estar preparados por si nos atacan.

—Ian quería que tu fueras nuestro líder en su ausencia —me dice Thera —Él me lo dijo en varias ocasiones, pero no sé si tuvo la oportunidad de expresártelo a ti.

—Se lo dijo antes de morir a través de la radio. Estaba a canal abierto así que todos los que estaban en las camionetas lo escucharon —responde Adrien por mí.

—¿Estás dispuesto a tomar su lugar? —pregunta ella.

—Creo que es algo que deben elegir todos, que no puede ser la decisión de una persona, ni siquiera de Ian.

—De acuerdo. Convocaremos una reunión esta tarde para decidirlo —indica Thera y se da por finalizado el encuentro.

Vincent pasa por detrás de mí y me da unas palmadas en el hombro, William me sonríe, y sé muy bien qué significa eso.

En cuanto me acerco al escondrijo escucho a alguien gritar mi nombre. Me volteo rápidamente para ver cómo Lena se acerca a mí y, de manera efusiva, me abraza.

—Temí lo peor. Me alegra que hayas salido con vida de ese desastre —me dice sin soltarme.

—Raras veces demuestras afecto —le digo sonriendo y recuperando la independencia de mi propio cuerpo.

—Lo mismo digo de ti.

—Recién hablamos con Jim. No nos dijo que estabas en camino.

—Me escapé en cuanto pude. Estos días no han sido fáciles.

Tomo su mano con delicadeza.

—Lo siento, me imagino que debes estar pasando momentos bastante terribles con la Alianza.

—Todos estamos sufriendo. Sé que les está siendo difícil mantener los cultivos y que las provisiones no alcanzan.

Suspiro. Nunca fue fácil mantener este lugar en pie, pero desde la Alianza eso se ha vuelto casi imposible.

—Por cierto, lamento lo de Jason y también lo que sucedió con Ian. ¿Ya se ha decidido algo con relación a ello?

—Esta tarde tendremos una asamblea para decidirlo.

—Sabes que todos te quieren como su líder, ¿verdad?

Líder.

Es una palabra demasiado grande y una carga inmensa.

—No todo lo que haces es por ella —agrega al notar mi silencio —No eres egoísta, Theo.

—Supongo que no.

CAPÍTULO TREINTA Y DOS

Todos nos hemos reunido para decidir algo tan trivial como necesario: quien será el cabecilla en esta rebelión en la que estamos inmersos. Las miradas en mi espalda son innegables, pero también hay otros que podrían ocupar el lugar que Ian dejó.

—Gracias a todos por estar aquí —inicia Thera con aire sabio —Sabemos bien que Ian jamás podrá ser reemplazado y que su huella siempre vivirá en nosotros. Él nos dio un lugar seguro, nos ayudó a creer que la libertad sería posible y nos permitió convertirnos en lo que hoy en día somos, una comunidad fuerte y valiente.

Percibo en los presentes melancolía, cierta tristeza y felicidad entremezcladas al recordar al hombre que sacrificó hasta su vida por la rebelión.

—Kate, William, su hermano era una gran persona. Para mí fue un querido amigo al que, junto con Jason, extrañaré hasta mis últimos días.

Los Voltur no lloran, sus lágrimas ante la multitud se esconden, pero en su rostro se expresa el dolor que sienten… Kate por perder a la figura paterna con la que creció, al joven que la salvó de su propia casa y le dio un hogar, mientras que William duela al hermano al que empezaba a conocer y admirar, sabiendo que se ha esfumado la oportunidad de ser más cercanos.

—Por favor, hagamos un minuto de silencio por Ian y por Jason —finaliza y todos enmudecemos.

Miro a Adrien, que se encuentra junto a Luc a unos metros de mí. Tiene la cabeza gacha, los hombros poco pronunciados y la mano derecha en su corazón.

Ian no era su enemigo, los rebeldes tampoco, pero recién ahora lo veo.

—Gracias a todos por su muestra de respeto y de afecto —indica Thera retomando su discurso —Ahora, el tema que nos convoca hoy es la búsqueda de la persona que nos pueda guiar en este sinuoso camino que estamos recorriendo. Varios nombres han surgido en estos días, pero me gustaría que todos aquí tengan la libertad de alzar la voz y puedan expresar lo que les parece.

—Theo Black —dice rápidamente Kate y me deja estupefacto.

Dirijo mi mirada hacia ella e intento responder, pero alguien más se pronuncia.

—Apoyo a Kate. Theo Black —plantea Vicent.

—Ian pidió que él fuera su sucesor —agrega William.

Más personas comienzan a apoyar la moción, a exclamar mi nombre y a posicionarme en un lugar en el que mis deseos individuales dejarán de ser importantes en relación con los colectivos.

—Theo —llama Thera mi atención—. Es claro que muchos aquí, por no decir la mayoría, creen que tú eres la persona indicada para esta tarea. ¿Qué piensas de esto?

Todas las miradas se enfocan en mí y sé que no es momento para dudar. No tengo miedo de ser un referente, sé que eso inclusive puede permitirme con mayor facilidad cumplir mi cometido, y es justamente aquello lo que me preocupa, tomar decisiones por egoísmo, y no por el bien de todos.

—Les agradezco el voto de confianza. Sé que muchos aquí lograron conocerme mejor en este último tiempo, pero que otros me han dado un espacio desde el primer día que llegué a este lugar hace casi diez años. En ese entonces era un joven asustado, que había perdido a su familia y no entendía muy bien el mundo que lo rodeaba. Sé que siempre hay intereses de por medio, que no todo es blanco o negro, que las diferencias no son malas, y necesito que comprendan que ese fundamento es parte de mí. Si me aceptan teniendo en cuenta esto y sabiendo que no soy perfecto y que, como con todo, deberé aprender junto con ustedes, entonces accederé con gusto a la tarea que quieren encomendarme.

Thera sonríe, al igual que muchos a mi alrededor. ¿Acaso dije algo gracioso?

—¿Qué sucede? —pregunto sintiéndome un bicho raro.

No me gusta hablar en público, ni ser el foco de atención, y es justamente por esto.

—Acabamos de confirmar con tus palabras que hemos tomado una excelente decisión —me responde colocando su mano en mi hombro.

—Mi hermano estaría feliz de ver que aquel chico al que recibió lleno de dudas se convirtió en alguien tan importante para nosotros —esboza Kate con ojos temblorosos —Yo lo estoy.

—¡Por Theo Black! —eleva la voz Vicent y todos lo acompañan.

Debería estar pensando en Hayley, en la misión, en la rebelión o en la guerra en la que estamos metidos, sin embargo, estoy pensando en mis padres, en si estarían orgullosos de mí, de lo que he logrado, en parte, por ellos.

En la mesa se encuentran los mapas que logramos sacar de la Sede del ejército hace unas semanas. Hemos revisado cada rincón de estos minuciosamente, pero aun no entiendo bien qué es lo que Adrien pensó que se podría encontrar aquí.

Hemos continuado con los entrenamientos y con las tareas que se realizaban a diario. Millie y Aaron se han vuelto buenos amigos desde aquella misión en la que todos casi perdemos la vida, y eso es algo que nunca nos hubiéramos imaginado. Anteriormente evitábamos que ambos estuvieran en una misma habitación ya que mezclarlos propiciaba una batalla campal y, si bien todos sabemos que el motivo de ello es Lilith, ninguno lo ha hecho explicito jamás.

La frontera es vigilada las veinticuatro horas, salimos por provisiones constantemente y hemos empezado a preparar mochilas con todo lo necesario para un gran viaje como suponemos que será el que nos lleve a Infundio.

—Ben ha mejorado bastante —me dice Luc ingresando a la sala de reuniones.

Adrien nos ignora completamente y continúa revisando quien sabe qué.

—¿En serio? —pregunto sin dejar de mirar uno de los mapas, el cual tiene mayor detalle que el resto.

—Ya no se le cae el arma —bromea.

—Algunos jamás habían tenido una en mano —digo pensativo y con cierta culpa por ello.

—Lo sé.

—Es muy chico, tiene solo diez años —insisto —El otro día me comentó que ya casi no recuerda su vida antes de esto. Él vivía en los Valles, tenía una infancia feliz, pero ahora solo posee algunas imágenes de aquello.

—Theo, no es tu culpa. Debemos prepararlos para el mundo, para lo que hay ahí afuera.

—Comprendo eso, es solo que, yo odié a mis padres por ello, a Adrien por lo que le hicieron a Hayley, y siento que estoy replicando sus acciones.

—No es así.

—¿Hasta qué punto? ¿Dónde se traza el límite?

—En lo valedero de tu objetivo, del motivo por el cual tomas la decisión de enseñarle a un niño a portar un arma —nos sorprende Rick.

Esta semana ha tenido breves avances, pero ninguno realmente significativo, por lo que no entiendo cómo es que está aquí, siguiendo la conversación de manera fluida.

—Tío —le digo colocándome de pie y acercándole una silla.

—¿Por qué quieres que sepan disparar?

Trago saliva, es tan extraño estar hablando con él de esta manera.

—Quiero que sepan defenderse para que nadie pueda hacerles daño —respondo.

—¿No lo haces para que peleen por ti? —pregunta.

—No, no quiero que se enfrenten con nadie. No tienen misiones, no salen de este refugio y no tienen permitido llevar armamento aquí.

Él sonríe.

—Eso te diferencia, Theo.

Escucharlo decir mi nombre me genera un nudo instantáneo en la garganta y es que eso me lleva a aquellos días en los que Jenn y yo nos colocábamos a su lado y le prestábamos atención a todo lo que él tenía para enseñarnos.

—¿Estás mejor? —pregunto temiendo perderlo por tan solo cuestionar al respecto.

—Sé que estás haciendo lo mejor que puedes por mí. La medicación, la buena comida, las horas de descanso, todo ello me ha ayudado, pero debes entender que no soy la persona que conocías.

Asiento con la cabeza.

—¿Qué fue lo que te pasó?

—Mi mente me jugó trucos sucios tras ver a mi hermano y a su familia arder. Esa imagen, la de las llamas envolviéndolo todo, y sus gritos desaforados vivirán siempre en mí.

A pesar de no haber estado allí, revivo en mi mente lo que cuenta. He visto y escuchado miles de veces a mis padres y a mi querida Jenn sucumbir, algo masoquista pero imposible de evitar.

—Fue una muerte muy cruel que se debió a que James iba a exponerlo todo. Adrien —se dirige a él —sé que tu fuiste el que mandó a algunos peones a cometer aquel terrible acto, pero también estoy al tanto de que la orden vino de más lejos.

—Heard odia la traición —responde él.

—Ese malnacido no es ejemplo de nada. Él mismo fue el que le informó a Zachary acerca de Víctor. Su odio hacía él era tan fuerte como para quererlo muerto, pero ni así logró quedarse con Anna.

—¿Estás seguro de que fue Heard quien lo delató? —pregunta Adrien y noto en su rostro una preocupación elevada.

—Aun con los pensamientos destrozados y delirios propios de una vida de miseria sé que él fue el culpable.

—¿Qué sucede? —pregunto entendiendo que su temor se ha acrecentado.

—Heard es quien me ayudó con Hayley en Infundio. ¿Recuerdan?

—Claro que sí, pero dijiste que jamás le haría daño a la hija de Anna ya que está enamorado de ella —comenta Luc.

—No lo sé. Me gustaría tener alguna forma de confirmar que lo que me dijo de Hayley es verdad —se limita Adrien a decir.

—Infundio —interfiere Rick y se acerca a la mesa —Ese lugar infernal.

—Tío, necesito que nos ayudes con esto. Sé que no es fácil, que tu mente está confusa, pero te pido por favor que te enfoques en el mapa. Tenemos que saber cómo ir hacia Infundio. ¿Cómo es que tú lo hacías? ¿Cómo podemos hacerlo nosotros?

Su mano acaricia la tela que recorre geográficamente Tyrdem y solo cuando su dedo índice se detiene es que eleva su mirada hacia la mía.

—Por debajo de la tierra —dice y una sensación invade la habitación.

Esperanza, terror, decisión y necesidad.

La mente de Rick Black se ha aclarado en el momento indicado para marcarnos el siguiente paso a dar de manera decisiva.

Finalmente sabemos qué camino andar.

Infundio, allí vamos.

CAPÍTULO TREINTA Y TRES

Lo que ha hecho va a perseguirla por siempre y pensará en aquella joven a la que le ha quitado la vida hasta la eternidad.

No quería esto para ella, no quería que tal peso y tristeza sean parte de su ser, pero supongo que no podía evitarlo.

Me dirijo con velocidad a la enfermería en cuanto puedo luego de que las evaluaciones terminan y ruego porque siga allí para poder verla.

La ansiedad me supera a tal punto que toco la puerta, pero no puedo aguardar a que me autorice a ingresar para hacerlo.

Necesito verla, necesito...

Me detengo en cuanto noto quien la acompaña.

No es Elliot, ni Camila, ni ninguno de sus amigos, y eso me enerva la sangre.

¿William?'

¿Qué demonios hace él aquí? ¿Y por qué está tan cerca de ella?

—Teniente, ya me estaba retirando. Solo quería ver como estaba la señorita Klein luego de la evaluación —me explica, pero me limito a mirar a Hayley demostrándole a William la furia que llevo por dentro ante su avance sobre ella.

Él se retira, pero el enojo aun recorre cada fibra de mi cuerpo.

—¿Qué quería? —pregunto bruscamente.

Hayley no responde, simplemente se limita a mirar mi boca como si no entendiera bien lo que deseo saber.

—¿Te estaba acosando? —le digo acercándome a ella.

—No, nada parecido. Solo quería saber cómo estaba.

Sus ojos, su postura corporal, todo en ella me indica que me está mintiendo.

—No te creo nada —respondo y me acerco aún más hacia ella, amedrentándola.

¿Quiero darle miedo? ¿Estoy poniendo en práctica mis habilidades para que me diga todo?

Detente Theo —me digo a mí mismo—. No la fuerces, que sepa que estás de su lado.

—No debes protegerlo ni sentirte intimidada por él. Puedes decirme las cosas sin miedo.

Ella medita sobre mis palabras y percibo en su expresión una leve sorpresa ante mi apoyo. Puede que deba dejar de comportarme como un imbécil a su lado para que vea que realmente quiero apoyarla, ayudarla, contenerla.

—Vino a felicitarme —responde escuetamente.

Lanzo un bufido iracundo de tan solo pensar que este es un intento más de hacerle creer a alguien que asesinar es correcto. Alabar el acabar con una vida... ¡me enerva la sangre!

No, no quiero que la transformen en una maquina más del ejército, en una persona que no se cuestiona lo que es correcto y que está dispuesta a todo.

No puedo permitir que la arruinen, que destruyan toda su bondad.

—¿Y qué te importa? —me dice gritando y se levanta rápidamente de la camilla al mismo tiempo que hace una expresión de dolor con el rostro.

La sujeto en ese mismo instante, sintiendo su cuerpo temblar por los golpes que ha recibido, por los cortes que la han penetrado y por todo lo que soportó en la Arena.

Está herida y yo solo he logrado que su aflicción sea peor.

Ella me mira, sus ojos verdes se clavan en los míos y no soporto más la tensión de tenerla tan cerca de mí y no poder hacer nada.

—Me importa —le digo manteniendo el contacto visual, no siendo capaz de alejarme de ella e intentando aliviar un poco su malestar —Me importa mucho, Hayley —reafirmo.

¿Debería decirle esto? No debe saber lo que genera en mí, no puedo ser tan evidente.

—Realmente lamento lo que acabas de vivir y no quiero que William te traiga más dolor —aclaro sintiéndome un idiota por ello.

Hayley hace una mueca y no distingo si lo que acabo de decirle le causa gracia o si está decepcionada por mi cobardía.

—No podría generarme más dolor del que ya siento, créeme —me dice y comprendo que está destrozada por dentro por lo que acaba de hacer.

Eso, en cierto punto, me hace sentir mejor. Si bien no deseo que esté mal, creo que es algo necesario.

—Disculpa si no fui de más ayuda hoy. Pensé que te daba asco o que me odiabas por lo que te confesé —digo sin pensar y una sensación de ahogo se apodera de mí.

¿Qué acabo de decirle? ¿Cómo puede ser que ella haga que le revele absolutamente todo?

Su respiración se vuelve irregular y comienzo a pensar que tal confesión puede alejarla completamente de mí cuando, de repente, su mano se posiciona en la parte inferior de mi cuello y su rostro se aproxima al mío.

¿Acaso va a...?

Noto que, de repente, se encuentra a más altura y, sin vacilar, me besa.

Sus labios sobre los míos se sienten increíblemente suaves y me paralizan.

¿Debería corresponder a su afecto? Tengo ganas de mover mis manos hacia sus caderas, presionarla contra la pared y recorrer con mi lengua cada centímetro de su boca, pero no debo hacerlo.

Sus ojos, que se habían cerrado con el contacto de ambos, se abren de repente al mismo tiempo que se aleja de mí.

Siento un vacío en el pecho que me angustia al darme cuenta de que necesito que no se desprenda jamás de mi lado, pero no emito comentario alguno al respecto. De hecho, no muevo ni un musculo.

Hayley me observa detenidamente, pero tampoco dice nada. Ambos permanecemos en silencio limitándonos a mirarnos por unos segundos que parecen eternos y luego, con una velocidad que me deja atónito, sale corriendo de la habitación.

Tengo la urgencia de gritarle que no se vaya, que mi falta de palabras no se debe a indiferencia ante su beso, sino todo lo contrario. Siento una completa e irrevocable devoción hacia ella y lo que más temo de ceder ante mi deseo es saber que, eventualmente, renunciaría a todo por ello.

Rick nos ha dicho, tomándose su tiempo, que hay unos túneles subterráneos que conducen de manera directa a Infundio. El camino es largo, de varios días, y es algo imposible hacerlo a pie sin volverte completamente loco.

¿Quizás eso también contribuyó a su estado actual? No lo sé. Aunque supongo que vivir como un vagabundo en los buques, con cierta paranoia al entender que han asesinado a tu única familia, seguramente fue el elemento esencial para arruinarlo.

Luego de darnos algunos consejos comenzó a titubear y a perderse de nuevo, pero me aseguraron que solo necesita descansar y que, probablemente, se seguirán viendo los efectos del cambio de vida que estamos propiciando en él.

Sé que no debo aferrarme a la esperanza de tenerlo conmigo, pero es la única familia que me queda, y no puedo simplemente rendirme.

En fin, ya estamos cargando varias camionetas con provisiones para emprender el largo trayecto, pero nos preocupa aun el hecho de que la torre de comunicación siga siendo un impedimento para nosotros.

—Entre siete a diez días —le indica Adrien a Liam que anota con empeño todo lo que escucha —Ese es el tiempo que Rick comentó que podría llevarnos la travesía en camionetas.

—Seguro habrá que abandonarlas en algún punto para no hacer ruido al llegar al extremo final del recorrido —les digo a todos—. Por lo que estimen que todo esto pueda alargarse un poco más.

—Aunque no dijo la velocidad a la que podríamos ir en los túneles —agrega Elliot.

Todos lo miramos, tiene razón, pero no creo que sea prudente ir rápido en un lugar que puede convertirse en una tumba en pocos segundo.

—Hay que ser precavido —me limito a responderle —Ahora, el tema de la torre de comunicación, Jim dijo que es importante derribarla para comunicarnos con rebeldes de Infundio. Según él, ellos nos superan ampliamente en número, además de que están conectados con otros de los demás continentes.

—Concuerdo, pero ya lo hemos intentado con anterioridad, Theo —me indica Thera y el ambiente cambia por unos segundos dejando a todos mudos y solemnes, percibiendo el recuerdo de la muerte a nuestro alrededor,

—Eso fue antes, cuando Espasa estaba a cargo —le digo.

—¿Crees que su muerte lo vuelve más fácil? Tienen el lugar completamente asegurado por la importancia que tiene para ellos el hecho de aislarnos —insiste.

—Es hora de usar todo lo que estuvimos aprendiendo —se mete Luc entre nosotros y, junto con Elliot, se acercan más a la mesa.

Luc toma un marcador y hace un redondel cerca de la zona donde estaba la casa de Hayley y donde, ahora, hay una base aérea.

—Aún no han piloteado un avión real, Luc —le digo siendo algo aguafiestas.

—Lena nos ha hecho practicar con simulacros. Estamos preparados para esto, Theo. Ellos no están al tanto de que nosotros sabemos usar los aviones y es por eso por lo que no protegen en demasía el lugar. Estuvimos chequeando la zona, los horarios de guardia, los momentos en los que hay menos personas, y creemos que será fácil tomar el sitio.

—¿Cuál sería el plan? —pregunto prestando atención a su idea.

—Limpiar el lugar de soldados de la Alianza, tomar los aviones, que, por cierto, son bombarderos, y volar la torre —explica Elliot entusiasmado.

Miro a Adrien, él asiente con la cabeza y entiendo que piensa, al igual que yo, que esto podría funcionar.

—De acuerdo. Ultimemos los detalles para hacerlo. Puede que, inclusive, aquello nos sirva como distracción para, al mismo tiempo, dirigir a los túneles al grupo que vaya a ir a Infundio —les digo a todos.

—También será necesario que, luego de volar la torre, los aviones sigan de largo hacia Ignis —plantea Adrien.

—¿Por qué? —pregunta Thera.

—De allí vinieron los aviones que destruyeron Tyrdem hace unos años. Seguro, en pos de evitar la rebelión, vuelvan a intentar acabarlo todo. Es mejor avanzar primero, teniendo el elemento sorpresa.

—Bien. Tiene sentido —respondo—. Que Rick, en lo posible, nos señale la mejor ruta hacia Ignis.

—Theo —habla Kate por primera vez en toda la reunión—. Entiendo que vamos a dividirnos de acuerdo con el objetivo, ¿verdad? Algunos irán a Infundio, otros hacia la montaña, mientras que los que piloteen aviones se dirigirán luego a Ignis.

—Así es.

—¿En qué grupo estarás tu? —consulta.

—Creo que es obvio —responde Adrien por mí.

Lo miro con cierta molestia.

—Iré a Infundio, Kate.

Ella asiente.

—Iré contigo.

Luc abre la boca para decir algo, pero Adrien lo detiene.

Estoy por dar finalizada la reunión cuando Liam atraviesa las puertas con el rostro enrojecido y sudor en la piel.

—¿Qué sucede? ¿Nos están atacando? —pregunta Thera con preocupación.

Él intenta recobrar la respiración para poder hablar, pero está muy agitado.

—¡Demonios, Liam! ¡Habla ya! —le grita Kate.

—Ha llegado…—nos dice aun con la voz resquebrajada—, ha llegado un barco… un barco de la Alianza —sentencia y aquello hace que todos, con pánico, nos miremos.

¿Quién será la persona que está a punto de descender en nuestras tierras? Y, más importante, ¿qué es lo que busca?

CAPÍTULO TREINTA Y CUATRO

Dos días sin novedades, sin saber qué significa específicamente la primera llegada en años de un barco de la Alianza a nuestro puerto. No hemos sabido nada de Jim, y Lena no ha vuelto al refugio.

No sentimos miedo, o al menos no del todo, sino que lo que nos rodea es la intriga. No podemos temerle a algo que desconocemos, a algo que no sabemos en qué puede afectarnos.

He intentado enfocarme en nuestros planes, en la idea de viajar a Infundio, de destruir la torre y de tomar Ignis. No son objetivos simples, pero valen la pena sin lugar a duda.

A su vez, he estado escribiendo en el diario que encontré en la Sede del ejército, aquel cuaderno que siempre pertenecerá a Hayley pero que, ahora, ha recibido a un intruso.

No he leído nada de su mundo privado, porque tampoco ha puesto demasiado, pero sí he visto un dibujo de mi rostro allí. No es que estuviera espiando, ni mucho menos, pero intentaba llegar a una página en blanco para contarle a Hayley mi día a día y me he topado con aquello.

Debo confesar que me sorprendió que, desde que ingresó el ejército, no escribiera nada, que todo fuera previo a aquel día, como si algo hubiera cambiado. Sin embargo, me alegró ver que, aunque no tuviera nada que decir al respecto de su estadía en la ciudad, si creyera importante hacer retratos de algunos rostros que, por algún motivo, no quería olvidar… el mío incluido.

—¿Sabías que tenía ese don? —me sorprende Anna por la espalda.

—Vi dibujos de caballos en su habitación, pero no lo asimilé en ese momento —respondo.

—Es algo increíble. Parece una fotografía de tu rostro —me dice alegre.

Asiento, aunque creo que me ha hecho mucho más agraciado en el papel.

—Víctor también hacia bellísimas ilustraciones, pero de paisajes. Supongo que es algo que ella heredó de él.

—De seguro así es.

Anna sonríe ante ello, supongo que eso la hace sentirse feliz.

—Estuve pensando mucho en ella últimamente. Siempre lo hago, pero estos últimos meses aún más —le digo sin mirarla.

—Yo también, especialmente me detuve en el hecho de que mi hija ya tiene veinte años.

—El día de su cumpleaños me fui al lago e intenté no derrumbarme al entender que me he perdido tanto de ella, pero no pude evitar sentirme marchito.

—Cuando se reencuentren el tiempo no importará.

—No estoy tan convencido de eso. Ambos seguramente cambiamos mucho, yo sin dudas lo he hecho. El contexto, la vida que llevamos, nos hace crecer y transformarnos a pasos agigantados.

—¿Y eso crees que puede alejarlos?

—Por mi parte, no, pero Hayley era muy joven cuando empezó lo nuestro y puede que ya no sienta lo mismo por mí. ¿Qué tal si conoció a alguien? ¿Si se dio cuenta de que yo fui solo algo transitorio?

—Me parece que no debes hacerte esas preguntas. No podrás responderlas y solo te causarán angustia.

Suspiro.

—Lo sé, pero me entristece saber que me perdí tanto de su vida.

Ella asiente.

—Te entiendo completamente.

Miro sus ojos cafés, la tristeza que conllevan y, quizás por primera vez en mucho tiempo, empatizo con lo que a Anna le tocó vivir, con el dolor que conlleva perder a tu hija, la posibilidad de ser su madre.

—Lo siento, Anna —le digo tomando su mano.

—Tú me devolviste a Hayley, así que no lo sientas. Sé que vamos a recuperarla, que tendremos muchos años juntos. Es así como debemos encarar todo lo que se aproxima.

Sonrío, entiendo que es su energía, su forma de avanzar, la que le permitió sobrevivir todo este tiempo.

—Le escribí una canción, ¿sabes? En su diario, he estado contándole mi día a día en él para que, cuando volvamos a vernos, pueda saberlo todo —confieso con las mejillas enrojecidas por la vergüenza.

—Eso es algo hermoso, Theo, y el que le hayas escrito una canción me parece muy dulce. ¿Podrías enseñármela? —me dice con un brillo especial.

Abro el cuaderno y paso sus páginas hasta llegar a aquello que he compuesto para ella.

En lo profundo del bosque,
tu nombre siempre escucharé.
Aquello que juramos juntos,
jamás lo olvidaré.

Susurros siguen nuestra historia
y los muertos nos acompañan también.
Pero todo está en la memoria
y allí viviremos siempre.

Guerras, armas y fuego.
Dolor y pesar por doquier.
Pero algo se mantiene sereno,
la esperanza de volverte a ver.

No importa el tiempo que pase.
Ni el comenzar a envejecer.
Jamás dejaré de amarte,
y de ansiar contigo volver.

El rostro de Anna se llena de lágrimas y, por un segundo, me arrepiento de haberle mostrado aquellos sonetos que surgieron de la nada. Sé que no es la típica serenata que alguien le dedicaría a su amada, pero Hayley y yo lejos estamos de ser esa clase de pareja. Nos rodean un sinfín de momentos ambivalentes en los que lo único que nos permitió avanzar era nuestro sentimiento mutuo.

—¿Qué es esto de aquí abajo? —me pregunta señalando el punto final en la letra que, lejos de ser eso, se transforma en un infinito.

—Es una tontería, un punto infinito, algo que, cuando vea a Hayley, quiero decirle.

Ella sonríe.

—Es trágica y, al mismo tiempo, especial, como ustedes —me dice con relación a la canción y comprendo que tiene razón en ello—. Algún día me gustaría escucharte tocarla en el piano.

—No sé si me sentiré tan cómodo con eso.

—¿Por qué?

—El piano es parte de mi niñez. Mi madre me dio a elegir entre ese instrumento y el harpa. Y debo decir que este segundo no me hacía pensar en cosas demasiado positivas —bromeo.

—No debes dejarlo simplemente porque crees que es algo que les pertenece a tus padres. ¿Te gustaba tocar?

Pienso en ello, en la increíble sensación de las teclas en mis dedos, en las melodías que envolvían el ambiente y en cuanto disfrutaba esos momentos.

—Si, mucho. Era una forma de descargar mis emociones.

—Entonces, cuando tengamos un piano enfrente, deberás interpretar esta canción.

—No me obligues, Anna. Hace tanto que no toco que no creo que recuerde cómo hacerlo.

—No voy a forzarte, sé que intuitivamente lo harás solo.

Ladeo la cabeza.

—Siempre fuiste así conmigo —le digo.

—¿Cómo?

—Desafiante de manera implícita.

—Solo quiero que seas feliz y que no te prives de nada.

—Lo sé y entiendo que, parte de quien soy, es gracias a ti. Puede que no hayas tenido injerencia en la crianza de Hayley por motivos que ya conocemos y que se escapaban de tus posibilidades, pero si has sido parte de la mía, Anna.

—¿Puedo abrazarte? —me pregunta con voz apenas audible.

No respondo, directamente me acerco a ella y la rodeo con mis brazos.

Anna rompe en llanto y yo, sin más, me libero también.

CAPÍTULO TREINTA Y CINCO

Ingreso rápido en el refugio sintiendo cierto temor por haber recibido un mensaje de Luc por la radio acerca de que vuelva con urgencia. Anna se encuentra detrás de mí y me sigue el paso como puede.

Siempre he sabido controlar mi ansiedad, pero, este último tiempo, me encuentro con mayores complicaciones para hacerlo.

—¿Qué sucedió? ¿Están todos bien? —pregunto cuando llego hasta Adrien.

—Jim se ha contactado con nosotros. Nos ha dicho que alguien de la rebelión de Infundio quiere vernos.

—¿Vernos? No vas a decirme que un rebelde vino en el barco de la Alianza ¿o sí?

—¿Te parece algo tan descabellado? Tu estabas infiltrado también, ¿lo recuerdas?

—Supongo que ya de por si el que Jim esté en contra de su propio grupo y nadie lo note debería ser suficiente para que crea que esto es posible.

—Todo lo es.

Asiento.

—¿Dónde quiere que lo veamos?

—Lena lo llevará hasta la frontera. Ya hemos reforzado la zona y asegurado el perímetro. Creo que lo más conveniente es que nos encontremos con él en altura —plantea Adrien.

—Sabes que te cuesta bastante subir todas esas escaleras.

—No te preocupes por mí.

—No lo hago, solo no quiero que nos demores.

—¿Nos?

—Todo aquel que desee ser parte de esta conversación será bienvenido.

—No podemos dejar este lugar sin protección, Theo.

—No creo que sean muchos los interesados en acercarse a la frontera. Quizás podamos ir algunos y transmitir por radio lo que se hable.

—¿Estás seguro de eso?

—Quiero que todos estén al tanto de las cosas, que puedan tomar decisiones basadas en la información que tienen. Basta de mentiras y de secretos, que la elección sea realmente eso.

—De acuerdo. Si es lo que tú quieres.

—Era lo que Hayley decía y cada día me convenzo más de que tenía razón.

Adrien asiente y se coloca una bandana negra para cubrirse el rostro. Ya hace tiempo que, tanto cuando salimos del refugio como ante la posibilidad de encontrarnos con alguien, las usamos por protección. Hemos visto en dos oportunidades soldados acercándose para capturar imágenes de nosotros, y sabemos muy bien que preservar nuestra identidad puede servirnos… o al menos en algunos momentos.

Kate, Millie, Anna y Lilith van delante nuestro y nos llevan por mucho la delantera, mientras que Luc y yo nos encontramos detrás ayudando a Adrien a subir los cincuenta y siete pisos del edificio. Un grupo ya ha llegado a la cima y preparado todo para la reunión, y si bien estamos listos para esto, todos sentimos cierto temor por lo que pueda llegar a hablarse hoy.

—¿Saben qué es lo peor? —nos dice Adrien y luego aprovecha el suspenso para tomar un poco de aire —Que esta fue mi maldita idea. No sé por qué rayos pensé que debíamos vernos con quien sea que viene de Infundio en el edificio más alto de las ruinas.

—Estamos cerca de la frontera y en altura tenemos más control, así que fue una decisión estratégica —respondo un poco hablando en serio, pero otro poco burlándome de él.

—Vamos, papá, solo quedan dos pisos. Seguramente Lena nos está pisando los talones y no queremos que te vean así, todo agitado y destartalado —le dice Luc sujetándolo.

—Quiero verlos a mi edad.

—Si es que llegamos —responde su hijo y hace que Adrien se detenga.

—No bromees con eso.

—Vivimos en guerra, Klein. ¿Realmente crees que es una broma? —agrego volviendo a retomar la marcha.

Adrien no responde, simplemente se limita a seguirme.

La muerte nos acecha constantemente, y no voy a permitir que intente ignorar ese hecho ya que, saber que tu vida pende de un hilo, muchas veces es lo que te puede terminar salvando.

Todos llevamos aún puestas las bandanas que cubren la mitad de nuestro rostro. Sabemos que resguardar nuestras identidades es importante, no importa si la persona que quiere hablarnos es un aliado o no.

El sonido de unas pisadas comienza a escucharse en la escalera y todos nos preparamos para recibir a quien sea que se encuentre allí. En una primera fila se encuentra Adrien, quien manejará la conversación, luego estamos Luc, Kate, Anna, William y yo, mientras que atrás está el resto de los que se ofrecieron a venir, entre ellos Lilith, Millie y Elliot.

La figura de Lena es la que primero aparece, y es seguida por un hombre que tiene una edad similar a la mía, y lleva colgado un fusil de asalto. Todos nos ponemos alerta enseguida y Adrien, con voz dura, le exige que deje el arma en el suelo.

—Bien, bien, tranquilos —dice él obedeciendo.

Además del fusil, deja dos cuchillos y una Glock 19. Elliot se aproxima a tomar todo aquello y vuelve detrás de nosotros.

—¿Era necesario hacerme subir tantos pisos para vernos? —nos dice con una leve pizca de humor.

—Él es Thomas —lo presenta Lena.

—Es un soldado de la Alianza —dice Luc y hace que Adrien lo mire.

—Lo soy, sí —responde sin correr la mirada—. Al igual que Lena, pero veo que ella les agrada bastante.

—Se ha ganado nuestra confianza —le digo.

Él suspira.

—Ya veo. Miren, no tengo tanto tiempo como para sumar puntos con ustedes. No me fue fácil escabullirme y se supone que estoy reconociendo el área, así que deberé volver pronto a la base, pero tengo un mensaje para entregar de parte de la rebelión.

—Nosotros somos la rebelión —responde Adrien.

—La de Infundio, la cual está organizada junto con Scientia, Ignis y Terralis. Tenemos representantes en cada uno de los continentes y solo faltaba el contacto con Tyrdem para definir cuáles serán los pasos por seguir.

—No esperarás que hablemos contigo, así como así, ¿verdad? Bien podrías estarnos mintiendo —pregunta Adrien.

Thomas sonríe y mete la mano en su bolsillo. Enseguida volvemos a apuntarle, haciendo que se detenga.

—Tengo que sacar algo para ustedes. Ella sabía que no sería fácil establecer el dialogo y quizás esto me ayude a que sean menos hostiles conmigo —nos explica.

—¿Ella? —pregunto sintiendo mi corazón latir a una velocidad estrepitosa.

—Hayley —responde y mi pulso se detiene.

Adrien lo autoriza y él saca de su bolsillo dos cartas, una dirigida a Lilith y otra a Luc.

Me desanimo al darme cuenta de que no hay nada para mí, como era de esperarse ya que seguramente no sabe que estoy vivo, cuando Thomas muestra también el anillo que una vez le regalé a la joven de ojos verdes que cambió mi mundo.

Adrien se acerca a él y toma los objetos.

—Lena, llévalo un par de pisos más abajo. Necesitamos algunos minutos para ver esto ¿Sí?

Ella asiente y enseguida ambos desaparecen de nuestras vistas.

—Ten —me dice Adrien dándome el anillo el cual inmediatamente cuelgo en la cadena que llevo en el cuello —Ustedes, tomen las cartas —les indica a Luc y Lilith —Léanlo rápido y dígannos qué plantea Hayley.

Ellos abren sus respectivos sobres y comienzan a gesticular de diferentes maneras a la par que se encuentran con las palabras que su hermana les ha escrito a ambos. Siento intriga por saber qué dice allí, pero no me corresponde robarles este momento privado.

—¿Y bien? —pregunta Adrien con una notoria ansiedad y le agradezco por ello de manera interna.

—Como era de esperarse, Hayley está comprometida con la causa rebelde y forma parte de la revolución en Infundio al mismo tiempo que se ha infiltrado en la Alianza. Ha realizado una gira por los continentes, hablando con los rebeldes de todas partes para prepararlos.

—¿Cómo lo ha hecho?

—No lo sé, no lo explica, pero comenta que está bien, que quiere hacer todo lo posible para terminar con todo esto y volver a vernos. A su vez, quiere que Christine sepa que Ethan está con ella, que está vivo y ayuda a la rebelión.

Agacho la cabeza al escuchar eso y a mi mente viene la imagen del cuerpo sin vida de la joven. Ethan no me agrada, pero perder un hermano es terrible y empatizo con él en cuanto a ello. Todavía no he decidido ilusionarme en cuanto a lo que Adrien me ha dicho de Jenn, no podría soportar tal decepción de ser mentira. A su vez, ha pasado mucho tiempo y está en un lugar terrible, creer que volveremos a vernos solo puede causarme dolor.

—¿Algún otro dato? —insiste Anna.

—Dice que confiemos en Thomas, que la ha ayudado en muchas ocasiones y que, gracias a él, ella sobrevivió a los campos de reeducación y trabajo.

Me tomo de la cabeza, intentando no pensar en Hayley en esos horrendos lugares, pero no puedo evitarlo.

—Por último —continúa Luc tomándome del hombro—, plantea que sabe que estoy con los rebeldes ahora, que tenga cuidado porque nos están vigilando, y agrega que está feliz de que finalmente haya abierto los ojos y que espera ansiosa volver a verme y conocer a su sobrino o sobrina.

—¿Piensa que la hija de Camila es tuya? ¿Cómo sabe todo eso? —pregunto sintiéndome confundido.

—Tranquilos, lo averiguaremos. No se olviden que Thomas nos está esperando —nos indica Adrien—. ¿Lilith? ¿Tu carta aporta más información?

—Nada de valor, aun cree que soy una niña, aunque dice que también sabe que estoy con los rebeldes y que no puede creer lo fuerte que luzco —responde ella—. A pesar de ello, sus palabras hacia mi lejos están de hablar de la guerra, de la rebelión o de la muerte que nos ha rodeado. Me pregunta por Perla, por mi relación con Aaron y me dice que me extraña y adora, y que pronto volveremos a vernos. Me pide que me aleje del peligro, que necesita que esté a salvo. Está claro no sabe del todo lo que sucede aquí si cree que en algún lugar puedo escapar de una muerte segura.

Lilith luce triste al respecto, como si esperara que su hermana la envalentone a pelear, pero la Hayley que conozco solo quería protegerla, y sé que sus palabras buscan exactamente aquello.

—De acuerdo. Elliot, ve por Thomas. Todos vuélvanse a poner las máscaras —ordena Adrien.

CAPÍTULO TREINTA Y SEIS

Thomas nos cuenta hasta el último detalle de lo que sucede en Infundio, pero no da nombres y es que, al igual que nosotros, protege la identidad de los suyos hasta las últimas consecuencias. A su vez, nos habla de Hayley, de cómo llegó a sus costas como forastera, su paso por los Campos de Reeducación y Trabajo y cómo se destacó allí, lo que hizo que él tuviera que buscar a alguien bueno para que la acogiera luego. Adrien suspira aliviado de ver que lo que Heard le comentó la última vez que hablaron no era mentira. Sin embargo, no se lo ve feliz al entender que, quizás, Thomas ayudó más a Hayley que su hombre de confianza. Por otra parte, nos informa también que Ciel se enteró de que es la hija de Adrien y que, por ello, comenzó a formar parte de esa familia, dejando de ser una forastera y sumándose a la Alianza.

Me extraña que esa mujer acepte como a uno de los suyos a una rebelde, forastera e hija de Adrien que es ahora un traidor. ¿Qué se oculta allí?

—¿Heard no ayudó en nada? —pregunta Adrien con indignación.

—¿Christopher Heard? ¿Por qué lo haría?

—Adrien Klein le solicitó que la cuide —responde él mismo y el ver cómo habla en tercera persona me produce cierta gracia.

—Supongo que al principio lo hizo. Pasó desapercibida en los radares de Amber y, de no ser por su placa y su personalidad avasallante, no me hubiera enterado jamás que era una Klein.

—¿Y cómo fue que se delató? Si los combates no expusieron su apellido… ¿qué lo hizo?

—Un guardia de seguridad la interceptó en la calle y, con el lector biométrico, se activó su información.

—¿Lector biométrico? —pregunta Elliot asombrado.

—La tecnología en Infundio va un paso más adelante que aquí. Por eso es por lo que creo que en eso Hayley tuvo ayuda. Permaneció mucho tiempo allí sin que nadie supiera de su identidad.

—¿Cómo es que Ciel la aceptó como una más cuando se enteró de quién era? —esbozo finalmente.

—Tengo entendido que ella conoce bien al Teniente General y supongo que, en parte, es por eso —responde él y noto cierta duda en ello.

—¿Algo más? —insisto.

—Ella es más importante viva que muerta —responde Thomas—. Sé que Hayley se convirtió en un símbolo aquí, pero también lo es en todos los demás continentes. Se corrió la voz de un intento de rebelión en Tyrdem y de la figura de una joven que, siendo hija del líder del ejército, se posicionó en contra de su familia para luchar por lo que es correcto. Ciel necesita que todos crean que Hayley está de su lado y no del de la rebelión.

—¿Y cómo pretende hacer que todos crean eso?

—Ingresándola en su ejército como primer movimiento y, luego, permitiendo que su hijo se case con ella —responde él y no puedo evitar apretar los puños.

—¿Hayley va a casarse? —pregunta Adrien y se saca la bandana.

—Señor Klein —dice Thomas atónito ante la presencia del hombre que cambió de bando.

—¿Entonces? —insiste.

—Sí, va a casarse con Killian Ciel. Ellos están juntos desde hace un tiempo y es algo que nos conviene a todos.

¿Qué les conviene a todos? ¿A qué se refiere con eso?

¿Hayley sabrá que estoy vivo? Si sabe de Camila y de su embarazo todo es posible. También está al tanto de que Luc se ha sumado a la causa rebelde ¿No me habrá enviado una carta por algo en particular? ¿Me estará devolviendo el anillo porque va a casarse con otro?

No, detente. Tú no eres así, Theo.

—De hecho, Killian está aquí —nos informa Thomas—. Él ha sido enviado por Amber para ver si es posible calmar la situación en Tyrdem.

—Supongo que, entonces, pronto vendrá a buscarnos para hablar —responde Adrien y me observa.

Sabe que en mi mente se juegan los peores escenarios, que conocer a este hombre será posiblemente demasiado para mí, y que debo enfriar mis pensamientos.

—Eso es lo que se está ideando en la base, ver la forma de que él pueda establecer contacto con ustedes. Y, hablando de eso, es importante que puedan sumarse a la comunicación con los rebeldes de otros continentes. Probé utilizar una radio satelital que traje de Infundio para hablar con las personas de allá, pero no funcionó —nos dice Thomas.

—Ello se debe a la torre de comunicación que oficia como barrera para mantenernos aislados —le explico aun sintiendo rabia en mí—. ¿Jim no te comentó nada?

—No tuvimos demasiado tiempo. El contacto con Jim lo hizo uno de los míos, que se encarga de infiltrar información, pero cuando llegamos nos encontramos con la noticia de la muerte de Gastón Espasa y eso generó un gran revuelo.

—¿Es decir que no vinieron por eso?

—No, no estábamos al tanto. Los soldados que se encontraban aquí ocultaron esa información. Tenemos entendido que Ciel nos envió al tener inconvenientes para comunicarse con Gastón y porque necesitan calmar las aguas ya que todo se salió de control.

—Bien, nos alegra oír eso —indica Adrien.

—Señor, sé que esto puede no sonar bien entre todos ya que usted era el líder del ejército en Tyrdem y se encargaba de evitar cualquier rebelión aquí, pero debo decirle que no puedo creer que finalmente lo conozco en persona.

—Me extraña que lo digas tan alegremente… ¿Hayley no te habló mal de mí?

—Sí, lo hizo, y millones de veces me remarcó que ser una Klein no le agrada demasiado por todo lo que acarrea su apellido. De hecho, me contó del trágico deceso de Zachary.

—Trágico —repite Anna—. No se sintió así, niño.

—Lo lamento. Sé que aquí hizo las cosas mal, pero a Infundio le devolvió el poder y lo liberó de Scientia. El problema fue lo que se hizo después con eso —responde Thomas—. Les traje esto —nos dice y nos da un libro —Uno de los nuestros creyó que les serviría saber lo que sucedió en caso de que Adrien no les haya contado de su linaje.

—Algo saben —responde Klein.

—Bien… en cuanto a la torre, quizás podamos hacer algo al respecto en conjunto —nos dice él.

—Hemos intentado llegar hasta ella, pero no hemos tenido éxito. De todas formas, tenemos algo planeado para derribar ese impedimento de una vez por todas —responde Anna.

—¿Disculpe?

—Hemos organizado un último levantamiento, uno que pretende tomar el control de todo y, para ello, eliminaremos la torre de comunicación. A su vez, un grupo se dirigirá a Infundio, por lo que, de ser posible, que sus rebeldes se preparen para recibirnos.

Adrien la mira de mala manera, pero no creo que lo que haya dicho esté mal. No les contó el cómo, sino lo que haremos, y puede ello sernos útil.

—¿Cómo harán eso? —pregunta Thomas —¿Cómo llegarán a Infundio? ¿Planean tomar el barco en el que llegamos? Créanme que eso es imposible.

—No te preocupes por eso. Lo importante aquí es que se preparen para nuestra llegada. Intentaremos comunicarnos con ustedes cuando ya no exista la barrera.

El soldado sonríe, se lo ve feliz por esto.

—Perfecto. Ahora, necesito el anillo de Hayley. Prometí devolvérselo.

—¿Ella te pidió que lo regreses? —pregunto y entiendo que no debería delatarme así.

—Sí.

Adrien se pone delante de mí.

—Te lo daremos antes de que regreses a Infundio. Por el momento será nuestra garantía de tu lealtad hacia nosotros y hacia Hayley.

—No sé cuándo será eso, Señor.

—Killian no se quedará en Tyrdem para siempre, mucho menos ante un levantamiento, por ende, volverás a Infundio. Confía en mí.

Thomas asiente y, cuando está por comenzar a descender por las escaleras, se escuchan tres disparos que provienen de la frontera.

Tomo un fusil con mira y me acerco al borde del edificio para ver mejor.

Cuatro camionetas negras se han detenido en el enrejado y varios soldados, que se han bajado de los vehículos, rodean la figura de un hombre de tez oscura y cabello rapado. Han dado disparos al aire para llamar la atención y lo han logrado.

—¿Ese es Killian? —le pregunto a Thomas que se asoma.

Elliot le acerca unos binoculares para que pueda ver mejor.

—Sí, es él.

Acaricio el arma, especialmente el gatillo, mientras apunto a su rostro con discreción.

—No lo hagas —me dice Adrien posicionándose detrás de mí y tomando la precaución de no decir mi nombre.

No sé si todavía me importa ocultar mi identidad, quizás quiero que Hayley sepa cómo me ha puesto el saber que su prometido se encuentra delante de mis narices y que un solo movimiento de mi parte puede acabar con su vida.

—Tú no eres así —esboza Kate.

¿No lo soy?

Suelto el arma y me pongo de pie. Percibo la mirada de Thomas sobre mí y sé que, probablemente, está intentando descifrar quién soy y porqué me he puesto de esta manera.

Esto podría haberme delatado, y sé muy bien que actuar de manera impulsiva y vengativa no me llevará muy lejos.

CAPÍTULO TREINTA Y SIETE

Solo algunos hemos decidido acercarnos a las inmediaciones de la frontera en camioneta, mientras que el resto se ha quedado cuidándonos las espaldas desde los edificios.

Adrien ha intentado convencerme de no conocer a Killian ya que teme que, con mis acciones, nos exponga a todos, pero le he prometido que me comportaría. Si bien los rebeldes me han elegido su nuevo representante, no he tomado decisiones solitarias en ningún momento ya que creo que todos debemos estar al tanto de todo y que, también, la mayoría siempre debe elegir. Claro está que en situaciones de vida o muerte las votaciones quedan anuladas dado que uno debe decidir de manera veloz y confiando en el instinto, pero en otros casos es necesario que haya un común acuerdo.

Aun así, en esta ocasión, no iba a permitir que nadie me prohíba conocer al hombre que, al parecer, va a casarse con Hayley.

En cuanto nos bajamos de la camioneta puedo observar bien a Killian. Sus ojos profundamente azules me llaman la atención enseguida y su porte formal y casi aristocrático me disgusta.

—Adrien Klein —dice el joven al verlo.

Él sigue siendo el único que tiene el rostro completamente descubierto.

—Killian Ciel —responde Adrien, haciéndole notar que nosotros también sabemos quién es.

—Vaya, las noticias vuelan rápido en Tyrdem. ¿Acaso me conoce?

—Te vi nacer, niño. Conozco bien a tu madre y, en menor medida, a tu padre.

—Él falleció hace unos años. En cuanto a Amber, ella también dejó muy en claro el vínculo que tenían.

—Era bueno, pero supongo que ahora ya no lo es.

—La traicionó posicionándose en contra de la Alianza, por lo que no.

—Ya veo. ¿Ese es el motivo de tu presencia en la frontera? ¿Dejar en claro que Ciel nos declara la guerra?

Killian ladea la cabeza mientras esboza una sonrisa implacable.

—Todo lo contrario, Adrien. He venido a Tyrdem con la idea de terminar la rivalidad entre ambos grupos. La verdad es que nada me gustaría más que tener al padre de Hayley en nuestra boda.

—¿Disculpa? —pregunta Klein haciéndose el desentendido.

—Ella y yo vamos a casarnos, y sé que su presencia ese día sería algo bueno, por eso este conflicto sin sentido debe terminar.

No puedo evitar inhalar con brusquedad al escucharlo y Adrien lo nota.

—¿Y cómo propones hacerlo? Porque la Alianza ya ha matado a varios de los nuestros y también hizo lo mismo con civiles que no tenían nada que ver con esta disputa.

—Entiendo que no será algo fácil, pero quizás podemos establecer nuevamente una sociedad que sea afín a los intereses de todos.

Adrien se voltea a mirarme. Asiento con la cabeza ante lo que me pregunta implícitamente. No nos vendría mal escuchar alguna propuesta de tregua si eso nos evita seguir perdiendo gente.

Killian percibe nuestro cruce sin palabras y avanza unos pasos hacia mí. Algunos rebeldes que tengo a mis espaldas levantan las armas, haciendo que los soldados de la Alianza los imiten.

—Tranquilos todos —dice Adrien intentando que no haya un derramamiento de sangre innecesario.

—¿Tú quién eres? —me pregunta el joven acercándose a mí.

—¿Acaso eso importa? —respondo.

—Adrien Klein acaba de confirmar contigo el paso a seguir, por lo que entiendo que eres alguien que se destaca. ¿Eres su líder?

—¿Qué lo sea cambiaría algo? Tomamos las decisiones de manera colectiva, por lo que no hay una persona que dirija al resto.

Killian saca de su bolsillo un papel y, antes de que pueda entregármelo, este cae al suelo. Me agacho rápidamente a tomarlo y, al levantarme, me doy cuenta de que el colgante de mi cuello se ha salido por fuera de mi remera.

Él lo ve enseguida y no le toma ni un segundo dirigir sus ojos al anillo de Hayley, lo que me hace dar cuenta de que lo conoce a la perfección.

Intento ignorar este hecho y observo lo que hay en el papel que me ha dado.

—Ese eres tú ¿verdad? —me dice Killian al mismo tiempo que develo que el papel es una fotografía mía con los datos de Roan Miller—. Los ojos dicen mucho de una persona.

Adrien se posiciona a mi lado enseguida, en un acto protector que me asombra.

—Espasa le dijo todo a mi madre acerca del tiempo que fingieron su lealtad en la montaña y las cosas que hicieron. Sé que no eres quien dices ser… ¿Cuál es tu verdadero nombre? —pregunta.

—¿Acaso no lo sabes?

Killian se muerde los labios con cierta ira que no logra disimular.

—¿Cómo es que tienes el anillo en tu cuello? —pregunta el joven con gesto serio.

—Viniste a buscar que lleguemos a un acuerdo, que haya paz y se acaben los enfrentamientos. ¿Qué rayos te importa un anillo y mi identidad?

—Eres tú, ¿no es así? Ella ya te olvidó, pero, por lo que veo, tu no pudiste avanzar.

Formo un puño con la mano y me acercó hasta el rostro de Killian, teniéndolo tan cerca que puedo sentir su respiración en mi piel.

—Me voy a casar con Hayley y en su dedo ya tiene una alianza mucho mejor que esa que ahora posees. Lo que me pregunto es cómo llegó hasta ti —me dice sin echarse atrás.

—Ey, ya paremos con esta tontería —indica Adrien y pone una mano sobre Killian y otra sobre mí.

Un soldado se aproxima velozmente hacia él, lo toma del hombro y lo tira al suelo. Luego apunta con el arma hacia su cuerpo. Me posiciono delante de Adrien para evitar lo peor justo cuando escucho un disparo y el grito de una joven a la distancia que nos petrifica.

—¡Theo! —exclama Lilith.

El cuerpo del soldado que estaba apuntándonos cae al suelo en ese mismo momento.

Killian eleva la vista hacia los edificios que se encuentran lejanos y percibe el destello propio de una mira de francotirador. Enseguida se echa hacia atrás y se oculta entre las camionetas.

—¡Mi intención era calmar las cosas, pero veo que no les interesa! —nos grita.

Ayudo a Adrien a ponerse de pie y me dirijo hacia el joven.

—Tú tienes tu protección, nosotros la nuestra, y fue tu soldado el que amenazó la vida de uno de los nuestros —le digo mientras su escolta me apunta.

Él saca un arma también, dispuesto a asustarme con eso.

—Adelante, hazlo. Quizás Hayley se haya olvidado de mí, pero nunca te perdonaría que acabaras con mi vida.

—No lo haría, no soy esa clase de persona —me responde y me deja perplejo—. No quiero esto, no quiero que nos matemos entre nosotros.

—Dile a tu madre que deje Tyrdem en paz, que la Alianza se vaya y quizás colaboremos con ustedes por las riquezas que tiene esta tierra.

Killian niega con la cabeza.

—Eso no es posible. La única forma aquí es que se elija a un representante de ustedes que haga sus peticiones a la Alianza e ir haciendo cambios de esa manera. Darles más libertad para las decisiones que están relacionadas con Tyrdem.

—Es decir, vendernos la ilusión de que tenemos algún tipo de control.

—Theo —indica mi nombre y eso me preocupa—. Mi madre puede mandar aviones a bombardearlo todo en segundos. De hecho, si estas negociaciones no funcionan y ustedes siguen generando caos, será la única solución.

—¿Has visto lo que le están haciendo a la gente? ¿Por qué no le cuentas a Hayley como mataron personas de inanición? ¿O le dispararon en la cabeza en un paredón a quienes consideraban aliados a los rebeldes?

—Esas cosas suceden estando en una guerra, pero si se rinden, si aceptan la tregua y viven como ciudadanos bajo las normas de la Alianza, nada más sucederá.

—¿Esperas que te crea? ¿Eso es lo que viniste a ofrecernos? ¿Dejar todos nuestros avances bajo la premisa de que sus leyes nos serán beneficiosas?

Él no responde, sabe muy bien que es ridículo lo que propone.

—En Infundio matan a los nuestros o los esclavizan bajo el nombre de forasteros. Eso está mal, esto está mal, y nosotros vamos a cambiarlo.

—Van a morir todos aquí por sus ideales. ¿Estás seguro de que eso es lo que quieres? —me dice de manera temblorosa.

—Claro que no, pero prefiero que ese sea nuestro destino antes que tener una muerte lenta y agonizante siendo manejados por personas que solo velan por sus propios intereses.

Killian suspira.

—Intentaré encontrar otra posibilidad, pero perder Tyrdem no es una opción para la Alianza.

—Bombardearlo todo los llevará a eso y no creo que sea la meta que buscan ¿verdad? —le digo y me alejo paulatinamente hacia Adrien.

Las camionetas de la Alianza arrancan, llevándose a Killian en ellas y a la premisa de que, si él no logra convencer a los demás de dejarnos Tyrdem, no habrá vuelta atrás.

En el refugio todo es tensión y nerviosismo. Hemos dado la orden de que no haya vigilancia hoy en los edificios dado que, con el grito de Lilith, se anoticiaron de nuestras formas de resguardar la frontera.

—Jim interceptó una comunicación entre Amber y su hijo —me dice Thera ingresando en la sala—. Esto no es bueno, Theo. Ella no quiere ceder ni un poco.

—No le quedará otra opción —respondo soberbiamente y Vincent se da cuenta de eso, haciéndomelo notar dándome unos golpecitos en el hombro.

—¿Pueden dejarnos solos unos minutos? —pregunta Anna y todos asienten.

El silencio recorre la habitación por unos segundos hasta que ella finalmente habla.

—No creerás que Hayley te olvidó, ¿no es así? —me pregunta sentándose a mi lado.

—Va a casarse con ese… con ese…—comienzo a decir, pero el insulto perfecto no aparece en mi boca.

—¿Estirado? ¿Lamebotas? ¿Humanoide sin personalidad?

Sonrío al escucharla decir esos pseudo insultos.

Alguien llama a la puerta e ingresa sin esperar a nuestra respuesta, poniéndonos a ambos de nuevo con cara de pocos amigos.

Adrien se asoma, nos ve e ingresa.

—¿Es una charla acerca de lo imbécil que fuiste al exponerte así? —me dice de golpe.

—Vaya, ¿así le hablas a alguien que te salvó la vida? —respondo enfadado.

—Técnicamente fue Lilith quien lo hizo disparándole al soldadito de pacotilla que me empujó.

—Entonces, la próxima vez, irás con ella.

—Ya basta los dos —nos grita Anna —. Entiendo que ambos están algo molestos con lo que sucedió esta tarde y con las nupcias de Hayley.

—¿Cuál creen que sea el motivo por el que lo hace? —pregunto sintiéndome decepcionado.

—Es obvio que es para estar en el circulo interno del enemigo, Black —me dice Adrien con soberbia—. No te olvides que ella fue entrenada desde niña. Además, ¿acaso tu no hiciste lo mismo?

—No, no fue así.

Y espero que tampoco se trate de ello ya que, en mi caso, yo me enamoré de mi objetivo. ¿Acaso ella ama a este hombre? De no ser así, ¿sería capaz de casarse con alguien por segundas intenciones?

—Tu al menos tienes una ligera duda de si ella no te envió nada porque cree que estás muerto en lugar de saber efectivamente que es porque te superó, pero a mi decidió deliberadamente no decirme ni una palabra. Tiene sus motivos, eso es obvio, pero esperaba que el tiempo curara esa herida —plantea Anna con pena.

—El anillo te pertenecía y ella lo sabe. Puede que sea un mensaje para los dos —respondo y no sé si ello nos anima o nos deprime aún más.

Adrien se acerca a mí y se sienta del lado contrario a Anna.

—Las acciones de Hayley tienen un propósito. No te olvides de lo que te digo y no dejes que la impulsividad se apodere de tu mente —me dice y mira a su hermana, ella le sonríe y creo que es la primera vez que lo hace.

—Él sabe quién soy —le digo a Adrien.

—Lo sé, pero creo, si bien lo sospechaba, se terminó de anoticiar de ello con el grito de mi hija a lo lejos.

—¿Eso puede traernos algún problema?

—No lo creo. No estoy al tanto de si Ciel sabe de ti y, por lo poco que vi de su hijo, no creo que vaya a decirles al respecto, al menos no a Hayley.

—¿Por qué?

—Está inseguro. Su ataque hacia ti, sus palabras, me dejaron eso en claro —me explica—. Sé que no lo ves porque estás enojado, pero te entrené para que percibas estas cosas y controles tu carácter.

—Lo sé.

—Vuelve a enfocarte, Theo —me dice y se pone de pie.

Tomo la cadena en la que cuelga la placa de Roan Miller y observo el anillo que se encuentra a su lado como una forma de recordar que todo sacrificio vale la pena y que debo mantener la compostura… por ella.

CAPÍTULO TREINTA Y OCHO

Cuando el primer edificio explotó lo supimos… no habría ninguna tregua. Algunos de los nuestros perecieron por no llegar a evacuar las calles a tiempo o por no acatar nuestras ordenes de abandonar el lugar. ¿Los culpo? Claro que no, los únicos culpables de ello son quienes decidieron continuar la confrontación.

Algunos días es difícil distinguir lo que nos une y este es uno de esos. Los gritos de quienes quieren ya destrozar todo contra los que quieren esperar y no derramar más sangre se mezclan en el refugio, haciendo que el caos se apodere de la escena.

—Ha vuelto Thomas —me dice Liam.

—Eso no puede ser bueno ¿verdad?

—No sabría decirte, pero está esperando en la parte trasera del edificio azul.

—¿Cuántos quedaron en pie?

—Unos veinte de los cincuenta que eran. Algunos ya estaban muy arruinados por el paso del tiempo más el abandono y los conflictos que se dieron.

—Bien. Veinte es un buen número.

Es la edad actual de Hayley… ¿puede ser una señal?

No soy creyente de nada, pero necesito encontrar algo que me haga seguir.

Lo que sea.

Thomas luce bastante preocupado cuando nos ve ingresar y sé que ello no se debe solo al ataque que vivenciamos hace algunas horas.

—¿Qué sucedió? —le digo avanzando hacia él.

—Deben ocultarse todo lo que puedan. Van a darles con todo lo que tienen para demostrarles que las cosas son como la Alianza dice a como dé lugar.

—Ya nos han bombardeado antes, Thomas.

—Van a mandar soldados a la frontera —agrega Adrien—. Por

eso volaron la mayor cantidad de edificios que pudieron, para que no podamos detener su avance.

—Así es.

—Tenemos otras sorpresas preparadas tras esas rejas, Thomas, pero agradezco tu preocupación.

—Por favor, no se lo tomen tan a la ligera. Serán varias semanas infernales y ellos esperan que se queden sin alimento, que tengan que salir a pedir ayuda y matarlos. Es muy probable que cerquen el perímetro para que no tengan escapatoria.

—Vaya que a Ciel le molestó nuestro encuentro —bromea Adrien.

—¿Qué nos recomiendas? —le pregunta Anna a Thomas.

Su voz casi es imperceptible a través de la bandana.

¿Será por eso o por fin ella le teme algo?

—Escóndanse. Háganme caso en esto. Resistan el ataque, esperen a que se alejen y luego clávenles el puñal por la espalda.

—¿No nos conviene movilizarnos ahora? —pregunta Adrien.

—Están esperando eso, por lo que no les serviría de nada. Realmente vinimos armados hasta los dientes.

—De acuerdo… ¿Cuánto tiempo será?

—Tienen proyectado que los ataques duren unos cuarenta y cinco días no continuos, pero no me extrañaría que sea un poco más. Quieren hacerles creer que cesó el fuego y luego volver a activar el protocolo cuando menos lo esperan.

—Entonces, vamos a prepararnos para estar dos meses resguardados —indica Adrien y sale junto con los demás.

—Ten —le digo sacando el anillo de la cadena —Aquí tienes.

—Me lo darás cuando tenga que volver a Infundio, como dijo Klein, hasta entonces quédatelo. Sobrevive lo suficiente para volver a verme, Roan —responde y arqueo una ceja.

Claro, ha leído la placa y se ha creído el fraude. ¿Killian no habrá comentado nada? Al menos en la conversación con su madre no mencionaba nada de ello, pero… ¿por qué?

—No diré tu identidad, no te preocupes por ello, pero deberías esconder mejor tu información —me dice guiñando un ojo.

—Gracias, Thomas —le digo con honestidad, y no por esto, sino por los riesgos que está tomando por nosotros—. Espero que volvamos a vernos.

Él asiente y se retira, dejándome la sensación de que lo que nos espera nos hará salir de una manera diferente, nos pondrá a prueba y cambiará todo.

Ya van cinco semanas soportando las bombas nocturnas y el pánico, si bien ha disminuido, sigue presente en el ambiente. Hemos escuchado también camiones explotar a lo lejos por las minas terrestres, gritos de los propios soldados de la Alianza heridos y pidiendo ayuda desesperados, personas que nos buscan en cada rincón y un sinfín de sonidos que no nos permiten pensar en otra cosa más que en el terror de ser descubiertos.

Algunas cámaras aun funcionan, por lo que nos permiten ver por momentos lo que sucede afuera, pero hemos tenido que aislar esa información para que solo pueda ser conocida por algunos pocos ya que, si todos vieran lo que la Alianza está haciendo, muchos querrían salir corriendo a sus muertes.

Han armado puestos de control a los alrededores, colocado sensores de movimiento y traído a cientos de soldados para que, ante el mínimo indicio, se pongan en acción. Eso ha hecho que sea difícil dirigirnos a otros asentamientos, pero la comunicación con estos es fluida y, ante lo peor, al menos seguirán habiendo rebeldes dispuestos a todo.

—¿Cómo saldremos de aquí? No van a abandonar este lugar en ningún momento. No nos creen muertos, sino que saben que estamos ocultos —les digo a los demás mientras estamos reunidos.

—Por lo que indicó Jim, Killian sigue aquí, y está pendiente de lo que sucede, pero ya han bajado un poco la guardia. Las bombas cada vez son menos y los soldados están algo descuidados. Beben alcohol y bromean cuando no hay ningún superior cerca —comenta Vincent.

—Aún quedan algunos edificios en pie, y gran parte de estos tienen acceso de manera subterránea, por lo que podríamos intentar llegar a ellos y atacar desde el aire —agrega William.

—Sería algo muy peligroso —respondo—. Enviarían aviones para acabar con la edificación en pocos segundos.

—¿Y qué propones, Theo? ¿Qué esta sea nuestra tumba? —me dice Elliot en quien se pueden notar los efectos del encierro.

—Si bien tenemos nuestras huertas con luz artificial y nos quedan algunas conservas, eventualmente no podremos alimentar a todos —explica Anna.

—Tenemos varios lanzacohetes gracias a lo que pudimos llevarnos cuando estábamos infiltrados en la Alianza. Quizás podríamos salir algunos de incognito y derribar sus puestos —les digo—. Luego de hacerlo volveríamos a escondernos y ver cómo se movilizan.

—No es una mala idea —indica Adrien —Es arriesgado también, pero podría funcionar. Hay tres puestos más alejados, por ende, más complicados de eliminar sin ser percibidos, y otros siete a nuestro alrededor, por lo que necesitaríamos veinte personas voluntarias para que sean diez grupos de a dos.

Lo miro, realmente sabe lo que hace y, aunque me moleste aceptarlo, lo admiro por eso.

—Veamos cuantos están dispuestos a sumarse a esta misión. Por mi parte, yo me ofrezco para ser parte de un grupo —respondo.

Todos los presentes también se ofrecen, pero no sería sensato que todos seamos parte de esto.

—Adrien, Thera y Lilith, no creo que ustedes deban participar —les digo y veo como la más chica de los Klein se levanta enojada.

—¿Nosotros por qué no? —pregunta Thera.

—Eres referente, al igual que Adrien, y si algo me sucede prefiero que ustedes sigan con vida —les explico.

Ellos asienten.

—Me gusta el plan, pero, aun así, creo que nos sería ventajoso tener a alguien en las alturas controlando la situación—plantea William —Yo me ofrezco si les parece para eso.

—No te ofendas, William, pero no eres tan bueno en el oficio de francotirador —le dice Luc y veo como ese comentario le resulta molesto al hermano de Kate.

—Tu deberías hacerlo, Theo —indica Millie—. Aunque creo que es demasiado arriesgado y eres importante para nosotros aquí.

—Todos lo somos y cualquier posición de esta misión es peligrosa, así que, por mi parte, no tengo problema en que ese sea mi puesto si así lo desean.

—Supongo que no nos queda otra opción… —dice Adrien—. Pero, ante la mínima impresión de que se viene un ataque aéreo, te vas de allí. ¿De acuerdo?

—Sabes que estoy bien entrenado —respondo haciendo que él suspire.

—Bueno, mañana veremos bien los detalles. Ahora tenemos una fiesta a la que asistir —nos recuerda Anna poniéndose de pie.

Carraspeo al escucharla y todos lo notan.

—Kate estuvo organizando este evento por varios días y ayudará a que todos dejemos de pensar en lo que está sucediendo en la superficie al menos por algunas horas —me regaña ella.

—Solo no creo que sea momento de festejar algo —respondo.

—Entonces no lo tomes como un festejo, Theo. Piensa en esto como un evento para que las noches no sean eternas, para que todos dejen de tener el miedo en la sangre y puedan relajarse un poco. La idea es que todo sea menos lúgubre aquí.

—La gente extraña el sol, la risa, los buenos momentos —me aclara Adrien—. Ser líder no se limita simplemente a salvarles la vida, sino a permitirles disfrutar de esta.

—Solo intentemos que todo no se salga de control ¿Sí? —les imploro.

No toleraría que, por un error, podamos arruinarlo todo.

CAPÍTULO TREINTA Y NUEVE

Algunas guitarras, elementos de percusión y las voces de varios de los nuestros retumban en las paredes del escondrijo mientras, por primera vez en mucho tiempo, se escuchan risas y diversión en el ambiente.

Los observo a todos a una distancia prudente, controlando que el jolgorio se mantenga sereno y que no suceda nada que nos perjudique, cuando Kate se acerca a mí.

—Podrías bailar, aunque sea, una canción. ¿Sabes? —me dice sentándose a mi lado.

—No es lo mío.

—Vamos, Theo. Debes dejarte llevar alguna vez y permitirle a tu cuerpo liberar la tensión que siente.

—En un rato quizás lo intente.

Ella lanza un bufido y me hace reír.

—Me exasperas.

—Lo sé.

Observo a Luc a la distancia bailando con Camila y su pequeña hija a la que llamó Aure en honor a Hayley. Sus diminutas pisadas y sus movimientos descoordinados me generan cierta alegría que no logro disimular.

—¿Te gustan los niños? —me pregunta Kate.

—Me encantan.

—¿Y por qué nunca te acercaste a ver a Aure? En un principio pensé que podría tratarse de tu enemistad con Camila, pero ahora tengo mis dudas.

—¿Enemistad? No tengo ningún conflicto con ella. Sé que ya aprendió de sus errores y en verdad creo que ha cambiado mucho.

—¿Entonces?

—No quiero encariñarme demasiado con nadie, mucho menos con una criatura que lleva el segundo nombre de la persona que amo y a la que más extraño.

Ella se muerde el labio al escucharme.

—¿Qué? —pregunto mirándola sin entender.

—Me asombra el efecto que tuvo Hayley en ti. No te lo digo como algo malo, ni estoy celosa o algo parecido. Sé que lo nuestro no tenía futuro, pero nunca te expresaste así por nadie.

—Creo que, con todo lo que pasó, empecé a exteriorizar un poco más mis sentimientos.

—Puede ser, aunque sigues siendo el hombre calculador que maneja todo en su mente.

—Es necesario para sobrevivir.

—Exacto, por eso lo entiendo, pero sé que, cuando esto termine, podrás sacarte esa coraza.

—¿Y tú?

—¿Y yo qué?

—Luc y tú.

—¿Te diste cuenta? —me pregunta ella con el rostro ruborizado—. No ha pasado nada entre ambos, pero realmente me gusta como es y, aunque sea hijo de Adrien, no puedo evitar sentirme atraída por él.

—Creo que ese detalle no debería alejarte de una persona.

—Lo sé, pero mucho tiempo intenté negar lo que me pasaba. A su vez, él estaba con Camila y eso complicaba las cosas. Si bien ella tuvo un mal inicio con nosotros, debo aceptar que me agrada.

—¿Estaba?

—Si, se separaron hace unos meses. ¿No te lo dijo?

Niego con la cabeza.

—Ella ya se había alejado de él, pero, cuando se unió a nosotros, intentaron estar juntos. Sin embargo, no iba bien eso, y Camila decidió terminar la relación y que ambos mantengan una amistad más que otra cosa. Pensé que, al estar soltero, se acercaría a mí con otras intenciones, pero creo que todo estaba en mi cabeza.

—No lo está, Kate. Él sentía algo por ti cuando se enteró de que Camila estaba embarazada y decidió no decirte nada, pero estoy seguro de que eso no ha cambiado. Luc está siempre a tu lado, se preocupa por ti y te mira de una manera especial.

—¿Y porque no ha hecho nada para demostrarme lo que le sucede?

—En su mente pueden pasarse diferentes escenarios que lo desmotivan. Quizás podrías tu dar el primer paso.

—¿Tu estarías de acuerdo con eso?

—Claro que sí, Kate. No debes darle explicaciones a nadie ni pedir permiso para seguir a tu corazón. Eso es algo que aprendí hace un tiempo.

Ella sonríe.

—Como te dije, esa chica hizo maravillas contigo —responde y se levanta—. Ahora, vamos a bailar.

—Primero tú... Si te animas a acercarte a Luc, entonces bailaré.

—Es un trato —me dice acercándome la mano.

Aproximo la mía también y la estrecho con la suya.

—Lo es.

Aure se mueve mejor que yo a pesar de que ha aprendido a caminar hace no tanto y cualquiera puede aseverarlo. Nunca he sido de las personas que pueden bailar improvisadamente sin problema alguno, lo mío es más bien un baile de salón o algo rítmico y controlado. Aburrido para algunos, seguramente, pero no para mí.

Kate cumplió con su palabra y, ahora mismo, se ha escabullido con Luc lejos de la fiesta que ella misma organizó.

No importa demasiado, el ver a todos felices y despreocupados realmente me llena el alma de felicidad y es que nunca había percibido lo mucho que necesitaban tener unas horas de paz, de disfrute, de armonía. Vivimos automatizados, pensando en cada movimiento que debemos dar, luchando por sobrevivir, por cambiar las cosas, y así nos olvidamos poco a poco de lo que nos gusta, de lo que nos hace bien, porque solo nos enfocamos en seguir respirando, pensando que es más importante ello que suspirar por alguien, que recuperar el aire luego de bailar alocadamente, o exhalar de alivio al entender que, lo único que necesitamos, es estar rodeados de las personas que amamos.

Dos semanas más de planificación y de observar el movimiento de la Alianza con mucha precaución. Hemos estado anotando sus cambios de guardia, la cantidad de armas que se visualizan y estudiando el tiempo que puede llevarnos acercarnos a una distancia prudente a cada punto de control, hacerlo volar en pedazos y regresar enteros sin que nadie nos siga.

Ese es el punto más importante, resguardar el refugio, no darles bajo ningún punto la posibilidad de que encuentren el acceso a nuestro lugar seguro.

Ser capturado, escapar o morir, son las alternativas que tenemos en mente antes que guiarlos hacia los nuestros y, si bien todo el plan es arriesgado, ninguno de los voluntarios tiene miedo.

—En la base del edificio tendrás un grupo de cinco personas velando por ti, Theo —me dice Adrien y aquello me resulta molesto.

No soy tan importante, podrían seguir sin mí, pero creo que lo que pasó con Ian y esos momentos de incertidumbre es algo que no desean repetir.

—Los protegeré desde la altura, tal como indicó William al mencionar esta idea —les digo a todos los presentes—. Así que, si veo que están complicados, abriré fuego.

—Pero en caso de que detectes que hay movimiento aéreo… —comienza a decir Kate, pero la interrumpo.

—Abandonaré mi posición. Tranquila, lo tengo presente.

—Bien.

—Luego de sacar a la Alianza de nuestro perímetro, deberemos reagruparnos y, sin dejar pasar más tiempo, pasar a la siguiente fase del plan —les recuerdo.

—Ya tenemos preparados a los pilotos para robar los aviones, al equipo que irá de manera terrestre a la montaña, a cuatro grupos que se encargarán de liberar a las personas de las Zonas de Resguardo y a dos que se ocuparán de los Campos de Reeducación y Trabajo —indica Vicent.

—¿Y los voluntarios para ir a Infundio? —pregunto al notar que no ha mencionado aquello—. Serán varios días bajo tierra y sé que muchos no quieren pasar por eso debido a que este tiempo encerrados les ha hecho daño.

—Estás son las personas que irán contigo, Theo —me dice Luc acercándome un papel.

—Bien, entonces, empecemos.

CAPÍTULO CUARENTA

Subo por última vez los interminables pisos que me llevan hasta uno de los puntos más elevados del edificio y con mejor vista de toda la frontera. Prendo la radio e informo mi posición, haciendo que la operación comience en ese instante.

Con la mira observo a los nuestros, dirigiéndose con mucha cautela por las abandonadas calles de las ruinas hacia sus objetivos.

La sensación en este momento es compleja ya que, si bien se siente increíble estar tan cerca de la recta final, abunda cierto temor relacionado con el pensamiento de que quizás no lo logremos.

—Grupo uno en posición —dicen Luc y Kate por la radio.

Lo siguen varios más y esperamos hasta que todos se reporten para avanzar. Miro los puntos de control, a los soldados despreocupados y en mi surge un leve remordimiento por el hecho de que acabaremos con sus vidas en un abrir y cerrar de ojos tomándolos completamente por sorpresa.

Son ellos o nosotros, eso quedó claro cuando decidieron arrinconarnos, pero no es algo fácil de digerir.

—Ya estamos todos con los objetivos en la mira —indica Liam.

Observo una vez más antes de dar la orden y, armándome de valor, respondo:

—Fuego.

El ruido del disparo que ejercen los lanzacohetes se percibe en un silencio de muerte, y las llamas revelan el hecho de que hemos dado en los blancos.

—¡Todos regresen! —les digo por radio a la par que los vigilo en altura.

Todo va bien... los grupos volverán al refugio y mañana comenzaremos con la segunda fase del plan... Todo saldrá excelente —me digo para bajar las pulsaciones.

Un grito y el estruendo de un arma atraen mi atención, haciendo que mueva la mira hacia su origen para encontrarme a Vincent y Maggie siendo perseguidos por algunos soldados que, evidentemente, no se encontraban en su puesto.

Apunto hacia la cabeza de uno y disparo. Hago lo mismo con otro, luego con otro y así hasta que cinco cuerpos forman un camino de muertos. Dos soldados logran esconderse de mi alcance, pero no avanzan, permitiendo así que los nuestros escapen.

Elevo la vista al cielo y, a lo lejos, noto un avión cobrando altura y dirigiéndose hacia la frontera.

—¡Theo! —escucho por la radio—. Debes salir de allí —insiste Adrien.

Bajo piso por piso casi saltando los escalones y a una velocidad que hasta a mí me asombra. La adrenalina maneja mis piernas con total precisión y mi mente me repite una y otra vez que debo apresurarme.

—¡Theo! —continúa por la radio, pero no tengo tiempo de pararme a responder.

El sonido de un avión acercándose me hiela la sangre, pero mi piel está caliente y encendida. El choque de ambas temperaturas se siente de manera extraña en todo mi cuerpo, pero nada me hace detener.

Cuando por fin veo al grupo que se encuentra en la base del edificio salimos corriendo y, en ese instante, un estruendo nos hace trastabillar.

No tenemos tiempo para volver por el camino inicial, por lo que corremos por las calles sin mirar atrás y a toda velocidad.

Un escombro cae a mi lado y me obliga a girar en dirección contraria al grupo, pero mis pies no dejan de andar.

Pedazos de edificación se dispersan por todas partes y cierran caminos al mismo tiempo que abren otros.

—¡Regresen! —hablo por la radio—. ¡Que nadie me espere!

—¿Dónde estás, Theo? —escucho a Lilith hablarme del otro lado.

¿Por qué no es Adrien quien responde?

—Resguardado. Por favor, que todos vuelvan al refugio.

—Theo…—me dice y se detiene.

—Si algo me pasa, dale el anillo a Thomas.

—Nada te sucederá.

—¡Lilith! ¡Te dejé la cadena por algo! ¡Necesito que Hayley recupere el anillo!

—¡No pensé que por esto! Creí que querrías que la cuide, pero de ninguna manera aceptaré que estabas pensando en tu muerte al dármelo —responde enojada.

Tomo aire y medito al respecto. No quiero que, si esta es nuestra última conversación, terminemos enojados el uno con el otro.

—Lo lamento, Lilith —le digo y escucho como las paredes que tengo a mis espaldas se quiebran por el peso del edificio que se ha venido encima de ellas.

Es difícil respirar con todo el polvillo que me rodea y siento como mis pulmones arden.

Camino un poco más, pero la estructura cede y, de un segundo a otro, me lleva consigo.

Su sonrisa aniñada se escucha con eco haciéndome abrir los ojos de par en par.

—Arriba dormilón, hoy es el gran día —me dice con su personalidad demandante.

—¿Jenn? —pregunto algo confundido.

—¡Lo sabía! Ayer no dormiste nada por los nervios y ahora pareces un muerto viviente, pero no voy a dejar que pierdas el autobús.

Observo lo que me rodea con detenimiento.

Paredes de color azul oscuro, un saco de boxeo en un rincón, un teclado arriba de un escritorio ordenado y pulcro y un bolso preparado de manera meticulosa sobre una silla.

Mi habitación.

Jenn me toma del brazo y me obliga a salir de la cama sin dejar que me despabile.

—¡Vamos!

—Me subiré al bus en casa de Luc. Di esa dirección para que me recojan —le explico a mi hermana menor que ladea la cabeza sin entender por qué hice aquello.

—¿Qué?

—Es que quiero darles un presente a sus hermanas.

—¿Por qué?

—Para agradecerle a la familia Klein la ayuda que me brindaron y el incentivo para que sea parte del ejército.

—¿Y yo qué?

—A ti te estoy dejando mi teclado, Jenny.

—No sé tocarlo —responde con un puchero.

—Aprenderás, así cuando vuelva a verte me sorprendes con una canción.

—Bien... ¿Y a ellas que vas a darles?

—A Trueno —le digo y me preparo para el berrinche.

—¡QUÉ! ¿Por qué?

—Nuestros padres no te dejan montarlo, y Luc me dijo que su hermana, Hayley, adora los animales. Además, les vendría muy bien tener un caballo.

—Deberías regalarle algo a Adrien Klein o a Luc, no a otras personas.

—¿Quieres que te deje a Trueno? ¿Prometes cepillarlo? ¿Darle de comer? ¿Andar en él?

Ella lanza un bufido, comprendiendo que un caballo es una gran responsabilidad y que, lamentablemente, nuestros padres no la ayudarán con ello.

—Espero que lo cuiden bien.

—Estoy seguro de que lo harán.

Jenn agacha la mirada, luciendo triste y acongojada, y sé que nada de eso se refiere al caballo.

—Tu querías que me enlistara al ejército, Jenny.

—Sí, porque te destacarás ante todos y serás el mejor soldado del mundo, pero eso no quiere decir que no vaya a extrañarte.

—Volveré por la canción, como te acabo de decir.

Ella suspira.

—Entonces practicaré mucho para ti. Ahora, vístete que vas a llegar tarde.

Sonrío al escucharla y siento la necesidad en el pecho de decirle lo mucho que la quiero y que también la extrañaré horrores, sin embargo, no lo hago.

CAPÍTULO CUARENTA Y UNO

Abro los ojos sintiéndome algo abatido justo cuando una luz blanca me ciega, por lo que coloco la mano delante para terminar con tanta hostilidad.

—¡Ya despertó! —escucho la voz de Luc exclamar y miro hacia mi derecha para comprobar si realmente está aquí.

—¿Luc?

—Nos tenías preocupados. Creo que claramente tu cuerpo es de acero porque soportas todo, Theo.

—Me duele hasta el dedo chiquito del pie, por lo que no creo ser tan resistente. ¿Qué sucedió?

—Le salvaste la vida a Vincent y a Maggie, pero, como era de esperarse, revelaste tu ubicación y un avión lanzó un misil hacia el edificio en el que estabas —indica Kate ingresando en la habitación.

—Lo sé. Logré salir a la calle.

—Así es, y quedaste encerrado por escombros. Uno de ellos te cayó encima y casi mueres aplastado, pero Adrien te encontró a tiempo.

—¿Adrien?

—En cuanto todo se descontroló salió a buscarte, Theo.

—Por eso empezó a hablarme Lilith en la radio —me respondo a mí mismo ese razonamiento.

Ella asiente.

—¿Cómo salió todo? —pregunto al pensar en nuestra misión.

—Lo logramos —responde Luc—. Liberamos la frontera y les dimos un tremendo susto a la Alianza por lo que no contratacaron.

—¿En serio? —pregunto sorprendido.

—Así es, pero ahora falta tirar abajo la torre de comunicación y liberar las Zonas de Resguardo y Campos de Reeducación y Trabajo, además de vaciar la montaña —me indica Kate—. ¿Cómo te sientes para eso? Estuviste inconsciente por casi tres días.

—Estoy preparado, o eso creo. ¿Me rompí algo?

—Por suerte, no.

—¿Y estuvieron todo este tiempo esperándome? ¿No era mejor atacar inmediatamente?

—No queríamos pasar a la siguiente fase del plan sin ti, dado que la misma incluye el comenzar a dirigirnos a Infundio.

La miro, es una persona asombrosa que siempre me ha demostrado que, si bien tiene un carácter difícil, su lealtad y honor son su esencia más valiosa.

—Gracias, Kate. Estoy listo.

—Bien. Hay algo más —dice y un carraspeo de su garganta me prepara para lo que está por enunciar—. Vino Thomas a verte.

—¿Qué sucedió?

—Volverán a Infundio. El barco está preparándose para zarpar dado que la situación claramente les terminó de dar una idea del panorama aquí —explica Luc.

Toco mi cuello y noto que nuevamente tengo puesta la cadena con la placa de Roan Miller, pero el anillo no está más allí.

—Lilith —esbozo.

—Hizo lo que le pediste —responde.

Suspiro.

—Me hubiera gustado hablar con Thomas un poco más. Saber de Hayley, de que es de su vida o cómo está. A su vez, iba a revelarle mi identidad, pedirle que hable con ella, que le diga que estoy vivo, que iré hasta el fin del mundo con tal de volver a verla.

—Lo siento, Theo, no sabía que eso era lo que querías. De ser así le hubiera contado todo. En cuanto a su situación actual, él logró hablar un poco con nosotros sobre eso —me dice con mirada triste.

—Ella sigue viva ¿verdad? Nada de lo que hice cambio eso ¿o sí? —pregunto sentándome en la cama de manera veloz y sintiendo el peso de mi acción impulsiva.

—No, calma. Es solo que, nos contó lo que tuvo que vivir en Infundio y eso nos dejó un gusto amargo en la boca. Lilith estaba destrozada.

—¿Qué sucedió?

—Matt está muerto, se suicidó —me dice la joven de cabello rubio ceniza desde el marco de la puerta.

Ha cambiado tanto en este tiempo y solo con verla puedes darte cuenta. Sus rasgos se han vuelto más rígidos, su mirada más fría y su cuerpo ha dejado de ser el de una adolescente para convertirse en el de una mujer fuerte y corajuda.

—Como ya nos anticipó Thomas, Hayley se ha hecho cargo de la situación en Infundio, se ha convertido en un símbolo para todos y ha acompañado a la Alianza en una Gira por los continentes para aprovechar y, de incógnita, conocer a los rebeldes de todas partes. Ha incentivado a las masas, pero ha pagado el precio por ello. El soldado me ha dicho que ella se ha vuelto una persona calculadora e inexpresiva, que ha abusado del alcohol y que necesita de pastillas para dormir, y que ve en ella la determinación de liberarlos, pero de morir cuando todo esto termine.

Cierro los ojos al escucharla y siento un dolor en el pecho tan fuerte que debo llevar mi mano a él. No puedo ni imaginarme que ella esté sufriendo así, que no aprecie su vida y desee que esta se acabe.

No me importa si va a casarse, no me importa si sabe que estoy vivo o no, si ya no me ama, no me importa nada de eso… solo quiero que sea feliz, que tenga muchos años por delante y muera en su cama, durmiendo en paz.

Podría vivir una existencia sin ella, pero solo sabiendo que sus días están rodeados de dicha y de satisfacción. Saber que está mal, que su corazón ansía detenerse, que sus pesadillas la están devorando, me aniquila a mí también.

—Ya estoy mejor —respondo asimilando que no hay que perder más tiempo—. Y es hora de la fase dos —sentencio.

Debemos hacer esto.

CAPÍTULO CUARENTA Y DOS

Algunos grupos ya han partido en dirección a los Campos de Reeducación y Trabajo, mientras que otros se han ido hacia las Zonas de Resguardo. La idea es sacar a la Alianza de allí, lo cual no debería ser muy difícil ya que, a la par, Luc junto con otros que han aprendido a pilotear aviones, irán a tomar la base aérea que se construyó en Tyrdem para poder, una vez que estén en los cielos, volar la torre de comunicación.

Me hubiera encantado verla de cerca, observar cómo explota sin más, pero en simultaneo yo me encontraré con otro grupo en dirección a Infundio.

Es el plan perfecto, todo en paralelo, no dejándoles pensar ni reaccionar con eficiencia, sin embargo, sabemos que muchas vidas se perderán en el proceso.

—¿Ya está todo listo? —le pregunto a Luc mientras él abraza a su hermana.

—Sí, en breve saldremos. ¿Ustedes?

—También —respondo escuetamente.

Si bien nuestros grupos harán el mismo camino hasta cierto punto, no será juntos para evitar correr riesgos.

—Cuídate, ¿sí? —le dice Camila dándole un beso en la mejilla mientras carga a Aure.

—Lo haré. Ustedes también —esboza Luc y luego despeina a la pequeña.

Lilith vendrá conmigo, y estoy seguro de que eso le alegrará mucho a Hayley.

—Los veo afuera —nos dice la muchacha pelirroja a Lilith y a mí.

En cuanto se aleja noto que Luc está a punto de hablar y lo detengo.

—No irán con nosotros, pero se ofreció a quedarse junto con Liam y Rick vigilando el túnel. Ellos van a cuidarlas a ambas y luego volverán a este lugar.

—¿Por qué no puede directamente no hacer nada? —pregunta él enojado.

—Quiere ser útil, Luc.

—Lo es. Siempre ha ayudado aquí a los enfermos, o con los quehaceres diarios. No tiene porqué enfrentarse al peligro ni exponer a la pequeña.

—Calma, hermanito. Necesita hacerlo, como tú también necesitas pilotear un avión y enfrentarte a todo esto —le dice Lilith con total seguridad y me hace sonreír.

Él suspira y asiente ante las palabras de su hermana. Sabe que no puede hacer o decir nada al respecto y que es una decisión tomada.

Kate y Elliot se nos aproximan y nos hacen una señal de que ya es tiempo.

—Aquí tienen dos radios para poder comunicarnos. Les avisaremos cuando hayamos tomado la base —me dice el joven amigo de Hayley.

—Siempre pensé que querrías venir conmigo a Infundio —le digo, sintiendo una ligera sensación de tristeza ante el hecho de que no me acompañe.

Me he acostumbrado a su presencia y a nuestras misiones juntos.

—No estoy preparado para eso. Quiero liberar Tyrdem y que su hogar esté de jolgorio para recibirla cuando vuelva —me responde con un gesto de alegría.

—Gracias, Elliot, por todo —le digo y abrazo de manera inesperada al joven que se emociona al recibir tal demostración de afecto—. Cuando necesité saber dónde estaba Hayley y hablé con tu madre, nada parecía tener efecto para que me diga algo, excepto tu.

Él se desprende de mí y me mira los ojos.

—¿Qué quieres decir? ¿La amenazaste con lastimarme?

—Nunca he confesado esto, pero la verdad es que eso no iba a funcionar. Vivimos en un contexto donde cualquier cosa podía matarte, por lo que le ofrecí algo mejor —respondo—. Lo que le dije al oído en ese momento fue que, si me revelaba la ubicación de Hayley, le prometía cuidarte aun si algo le sucedía a ella.

Elliot no puede evitar chillar al escucharme y las lágrimas comienzan a iluminar su mirada.

—Tu madre te amaba, a su manera, pero lo hacía —refuerzo—. Y estoy seguro de que se arrepintió por no habértelo dicho antes.

—Gracias por contármelo, Theo. De verdad necesitaba escucharlo.

Pongo una mano en su hombro al mismo tiempo que Lilith lo abraza.

—Lamento que nunca supieras quien acabó con su vida, pero, cuando todo esto termine, te ayudaré a descubrirlo.

—No es necesario, quiero dejar todo eso atrás. Ella tenía sus secretos e hizo muchas cosas mal. Entiendo que su destino, por más cruel que suene, era ese, pero gracias.

Observo detrás de Elliot y Lilith, y noto a Luc y a Kate despidiéndose el uno del otro con un profundo beso que me hace apartar la mirada.

—Está feliz —me dice Lilith al percibir que me he ruborizado—. Y, aunque siempre pensé que Camila y él estarían juntos por mucho tiempo, entiendo que ha pasado tanto en medio y que, cuando empezaron a salir, eran dos personas distintas.

—¿Kate no te agrada?

—La adoro. Ella me salvó la vida cuando bombardearon por primera vez Tyrdem, pero al principio no me fue fácil entender cómo es que el amor se acaba.

—¿Estás pensando en tus padres? —pregunto encontrando en su respuesta un poco de su historia familiar.

—En ellos, en que de un día para el otro dejé de sentirme atraída por Aaron, en Luc y Camila, y en cómo el corazón a veces cambia rápidamente de dirección.

—Deberías escuchar al tuyo y hablarle a la persona que lo hace latir sin parar. Nos enfrentamos a tantos peligros que no creo que guardarte esas cosas sea lo ideal.

—¿Qué sabes de mis sentimientos? —me responde de manera distante.

—Sé que te asustan —indico—. Tenemos un trayecto compartido con Millie y luego nos dividiremos. Te sugiero que aproveches esa oportunidad.

Sin esperar su respuesta tomo mi mochila y me dirijo a la salida.

El cielo luce despejado hoy y aprovecho mis últimos momentos de contacto con este ya que pasaré varios días bajo tierra, pero no me importa demasiado eso… Lo que me espera al final del túnel valdrá la pena.

Último tramo para verla, para llegar a ella.

Hemos determinado que el trayecto para llegar a los túneles indicados por Rick será un poco más largo para evitar la ciudad y todo lo que sucede en ella, por lo que bordearemos los campos hasta llegar a la base aérea. El grupo de Luc continuará hasta allá, mientras que el nuestro seguirá su curso hacia el bosque. Allí nos dividiremos otra vez, dirigiéndonos algunos hacia los túneles, mientras que otros se irán hacia las montañas a la espera de los aviones que derriben la bendita torre que tantos dolores de cabeza nos ha generado.

Dado que no pasaremos por medio de los campos, sino por la periferia, nos toparemos con un lugar al que hace mucho tiempo no regresaba… mi antigua casa, y creo que no podría haber mejor momento para ello que este.

—¿Es aquí? —pregunta Lilith.

Asiento con la cabeza.

Detengo la camioneta en cuanto nos encontramos delante de la edificación destruida, en gran parte, por el fuego, y les indico a los demás que me aguarden solo unos minutos.

Quizás sea la última vez que esté aquí, y quiero despedirme como corresponde.

Ingreso por la puerta principal, la cual antes era de un color de madera oscuro y tenía un vitral redondeado en el centro que daba una sensación de elegancia indiscutida. Hoy en día los vidrios yacen rotos en el suelo y la humedad la ha arruinado por completo, lo cual me entristece un poco.

Las columnas se ven bastante vulnerables y los ruidos que se perciben por el viento que ingresa entre las grietas es deprimente. Hay olor a moho y suciedad por doquier, dando a entender que el abandono también ha formado parte de su destrucción.

Camino por el gran comedor, donde una araña de techo me hace rememorar las noches con Jenn y su sonrisa encantadora que me obligaba a hacer cualquier cosa como ser su pareja en un baile de salón donde éramos los únicos invitados.

Trago saliva. ¿Seguirá viva? ¿Habrá logrado sobrevivir a Infundio? ¿Conocerá a Hayley? Son muchas posibilidades, aunque también es algo imposible que mis dos personas favoritas en todo el mundo se hayan cruzado en un lugar tan inmenso.

Ladeo la cabeza, obligándome a dejar de pensar en todo aquello, y subo las escaleras repletas de madera floja para llegar al segundo piso, en el que estaba mi habitación.

Recorro los pasillos, recordando momentos de mi infancia, travesuras y castigos, y me detengo ante algo que llama mi atención.

En un rincón de mi hogar, sobre una mesa que está recubierta por un mantel quemado y avejentado, se encuentra un libro que luce intacto, más allá de la suciedad y el polvo que son esperables con el paso del tiempo. Toco con mi mano el lomo y lo limpio un poco para ver de qué se trata.

Moby Dick, dice la cubierta.

No es posible que haya sobrevivido al incendio y que esté en tan buenas condiciones —pienso.

Unas pisadas se escuchan en el piso inferior y, tras unos segundos, una voz las acompaña.

—¿Theo? —dice Camila buscándome.

—Aquí arriba —respondo.

Una cabellera pelirroja se asoma por las escaleras y la veo trastabillar por un clavo salido con Aure en brazos. Me arrojo hacia ella y evito que ambas se caigan.

—Gracias. No suelo ser torpe, pero entre tanto escombro no vi bien —me explica.

—No es el mejor lugar para estar con una niña pequeña.

Ella asiente, supongo que cansada de que todos se metan en su vida y en lo que hace con su hija.

—¿Cómo estás con lo de Luc y Kate? —le pregunto y luego me siento un imbécil por mencionar ese tema.

Camila sonríe, como si hablar de aquello no le molestara.

—Todos creen que me derrumbaré por eso, pero estoy bien. Él no era feliz conmigo, los dos cambiamos mucho y yo necesitaba a alguien a mi lado, pero no a una pareja. Luc estuvo para mí, me ayudó muchísimo y se merece lo mejor —me explica—. Veía cómo la miraba a Kate y no me quería interponer. Sé que él es una gran persona y me alegra lo que tuvimos, pero tenía que dejarlo ir. Hoy en día Aure es mi prioridad y solo quiero que tenga un futuro mejor, lejos de tanta agresividad y muerte. Quiero que pueda tener una buena infancia y una adolescencia menos terrible que la mía.

—No éramos productivos para este sistema como niños, así que nos hicieron crecer rodeados de armas, entrenamientos y metas orientadas a la muerte —respondo y acaricio la mejilla de Aure.

—Lo peor de todo es que yo antes no lo veía así. Mi familia quería que yo sea parte del ejército, que siguiera los pasos de mi padre, y nunca me cuestioné nada de aquello.

—A todos nos ha pasado, Camila. No es fácil correrse del lugar en el que nos han puesto.

—Hayley lo hizo. Creo que por eso ella es especial ¿no? Digo, ella logró todo esto.

Pienso al respecto, claramente la joven de ojos verdes fue la que movilizó a la rebelión, pero ¿cómo?

—Tuvimos suerte de ser parte de su vida —continúa Camila—. Y ojalá algún día pueda pedirle que me perdone por las cosas que dije sobre Evanthe.

—Pronto podrás, volveremos a verla.

—Si la ves antes que yo, por favor, dile que la extraño mucho y que la admiro.

—Lo haré.

Ella observa el libro en la mesa y sonríe.

—Intentó hablarme en varias oportunidades de su disconformidad con el instituto, con lo que nos enseñaban, con la vida que estábamos obligadas a llevar, pero nunca quise escucharla. Una vez la encontré escribiendo sobre esto, pero no me interesó preguntar al respecto.

—¿Sobre este libro?

—Sí, me acuerdo porque el nombre me pareció peculiar. Nunca supe que se trataba de una novela ni nada, simplemente creí que estaba divagando, pero ahora veo que *Moby Dick* era parte de su mundo privado y secreto.

Miro el libro y no puedo evitar sentirme feliz al saber que este objeto fue parte de ella en algún momento. Su tesoro, los libros que antes eran de Jenn, que fueron un regalo de Rick, y que, luego, llegaron a sus manos.

—¿Sabías que mi madre murió durante las bombas? O al menos yo creo que fue en ese momento. Salió a buscarme y nunca volvió. Eso me dijo mi tío, a quien vi brevemente en una de las Zonas de Resguardo. Gastón se enteró de que él era mi familiar y lo usó para que yo estuviera obligada a hacer todo lo que él quisiera. La primera vez que me negué a cooperar le cortaron un dedo como demostración de lo que podían hacerle. Me comporté bien y obedecí, pero, cuando ustedes escaparon, lo asesinó. No había entendido porqué, ya que no había huido con ustedes, pero luego comprendí que era una forma de que jamás lo hiciera, de que el miedo me persiguiera y me paralizara. En un momento pensé unirme a mi madre, perecer y dejar todo esto atrás, pero luego llegó Aure como una señal de que todo iba a estar bien, y realmente creo que así es.

—Lamento todo lo que tuviste que vivir, Cami. Me hubiera gustado poder hacer más por ti en ese momento.

—Hiciste mucho, Theo. Además, cuando supe que estaba embarazada, algo en mí se destrabó y dejé de temer. Sabía que tenía que salir de allí, y tú lo hiciste posible.

—Ambos.

Ella sonríe.

—¿Por qué nunca quisiste cargarla? —me pregunta con relación a su hija—. ¿Es por su nombre? Lo pensé como un homenaje a Hayley, no se me ocurrió que quizás pudiera entristecerte.

—No lo hace y me encanta que se llame así.

—¿Entonces?

—Sé que no lo parece, pero me encantan los niños. El problema es que, en el contexto en que vivimos, las infancias no duran demasiado. Y no hablo solamente de que la muerte sea cercana, sino que, como bien dijiste hace unos minutos, lo que nos rodea hace que crezcamos a pasos agigantados. Eso me apena, me genera impotencia, y me es algo difícil de ver.

—¿Te gustaría tener hijos con Hayley?

Me sonrojo ante su pregunta y ella enseguida lo nota.

—Lo siento si es algo personal. Quizás no pudieron jamás estar juntos y mi pregunta está fuera de lugar.

Una vez —pienso —*Solo una vez y fue algo... mágico.*

—Si las cosas cambian, si el mundo se vuelve un lugar mejor, me encantaría formar una familia con ella.

—Si terminan de hablar y nos ponemos en marcha quizás eso se pueda conseguir —nos sorprende Kate en el rellano de la escalera.

Ambos salimos disparados detrás de ella y, antes de cruzar las puertas de la que era mi casa, miro una vez más hacia adentro, despidiéndome finalmente de mi pasado.

CAPÍTULO CUARENTA Y TRES

Cuando llegamos al bosque bajamos unos pocos para verificar el perímetro. Rick posiciona sobre el capot de una de las camionetas el bendito mapa, el cual tiene marcado el trayecto hacia el túnel que nos llevará a Infundio. El grupo de la montaña ya se ha ido a su destino y, por el momento, todo marcha de acuerdo con el plan.

—Tranquila, yo cuidaré bien a Perla —escucho a Camila decirle a Lilith y comenzando a despedirse de ella—. Aure y ella se adoran.

Miro a todas las personas que me acompañarán en esta cruzada y no puedo evitar sentirme extasiado. Realmente hemos logrado cosas inimaginables en este tiempo y estoy orgulloso por ello.

—¿Theo? ¿Theo estás ahí? —escucho en la radio la voz de Luc.

—Sí, aquí estoy —respondo.

Los que me rodean dejan de conversar y pasan a prestar atención a lo que sucede.

—En la base están armados hasta los dientes por lo que nos demoraremos un poco en conseguir nuestro objetivo. Ya me comuniqué con los demás grupos para que aguarden a que logremos tomar el lugar antes de atacar así no provocamos que salgan aviones a sus destinos, pero no logré contactarme con quienes se dirigen a la montaña. ¿Siguen con ustedes?

—No, ya nos separamos —respondo.

—Millie está en ese grupo —esboza Lilith preocupada.

Intento comunicarme con ellos sin éxito. ¿Qué rayos?

—Quizás están muy cerca de la torre y eso causa interferencia —pienso en voz alta.

—Estamos a pasos de la montaña. Puedo intentar alcanzarlos y advertirles —me dice ella.

—No creo que sea necesario. Debian esperar a ver los aviones bombardear la torre para tomar la montaña por lo que no avanzarán sin eso.

—Sí, pero también tenían ordenes claras de atacar si había acciones defensivas para proteger la torre. ¿Y si están todos preparados y esperándolos? —responde ella casi sin respirar.

—No creo que eso suceda, Lilith. Debes calmarte y enfocarte en esto.

—No puedo.

La miro sin entender qué le sucede.

—No le dije lo que sentía y no puedo irme sin hacerlo —aclara.

Kate se muerde el labio para evitar sonreír.

—No puedo esperar a que vuelvas —le digo—. Si te vas a la montaña, dejarás este grupo atrás y no irás a Infundio con nosotros.

—Lo sé.

—¿Entiendes lo que eso significa?

—Que veré a Hayley más adelante, eso es todo —responde de manera positiva—. Tú le dirás que su hermana la adora y que pronto volveremos a estar juntas. ¿No es cierto?

—Claro que sí. ¿Estás segura?

Ella asiente.

—Debo ir con Millie.

—Bien. Ve y diles que no estamos pudiendo establecer la comunicación con ellos.

—Lo haré… Y Theo, no te preocupes, volaré la maldita torre por ti.

—Por nosotros.

Lilith me abraza rápidamente y sale disparada en dirección a la montaña con el arma delante, lista para todo.

—Ya era hora —dice Kate acercándose a mí—. Lástima que eligiera este momento para encontrar el valor suficiente.

—Son este tipo de situaciones las que nos hacen ver la realidad de las cosas y nos fuerzan a actuar —respondo.

La radio vuelve a escucharse y la voz de Luc ahora suena bastante agitada.

—Ya saben que estamos aquí. Seguramente dieron aviso. Vamos a necesitar una distracción en la montaña para que no desplieguen sus defensas antiaéreas y podamos sorprenderlos —dice y escucho el sonido de disparos detrás.

—¿Ven a Lilith? —le pregunto al resto.

—No, ya se adentró en el bosque —responde Kate.

Dos camionetas se aproximan a nosotros. Adrien se baja de una y Anna de otra.

—¿Listos para partir? —me pregunta Klein.

—Están con inconvenientes en la base aérea. Les está siendo difícil apoderarse de ella y robar los aviones.

—Eso no cambia nuestra misión. Debemos ir hacia los túneles —ordena.

—Lo sé y eso haremos, pero sería apropiado esperar para ver que todo comience a funcionar aquí, ¿no crees?

—No. Aunque los demás no logren su cometido nosotros tenemos que cumplir con el nuestro —responde firmemente y entiendo su punto—. ¿Dónde está mi hija? ¿No iba a venir con nosotros?

—Lilith ha decidido ir a la montaña, dado que perdimos la comunicación con ellos —le explico.

Él niega con la cabeza, algo molesto por separarse de ella, pero no dice nada al respecto.

—¿Avanzamos? —pregunta Rick acercándose a mí.

—Sí. ¿Estás bien?

—Mejor que nunca. Necesito cerrar esta parte de mi vida —me dice con una mirada llena de recuerdos y pena.

—De acuerdo. ¿Por dónde vamos?

Rick nos guía, analizamos el camino para poder luego atravesarlo con las camionetas y no miramos hacia atrás. Luego de unos minutos puedo observar una vieja y pequeña edificación en la cara posterior de la montaña que luce como la fachada de una estación de tren. Pasa bastante desapercibida por el color gris de sus paredes y está recubierta por enredaderas y vegetación.

—¿Cómo vamos a meter las camionetas allí? —pregunto algo preocupado.

—Tendremos que hacer una pequeña explosión —responde Adrien.

—¿Qué? ¿Tú lo sabías, Rick?

—Sí. Yo siempre hice el trayecto a pie, lo cual me llevaba bastante tiempo, pero al ser tantos esta es la mejor opción, por lo que es necesario abrir un poco el ingreso —comenta él con completa seguridad.

—Hay dos problemas —les digo—. El primero es que la explosión, por más mínima que sea, alertará a la Alianza, dejará en evidencia este lugar y lo que estamos por hacer.

—Por eso esperábamos el ataque a la torre de comunicación para que no se percataran de nuestra presencia aquí —me indica Adrien—. ¿Cuál es el segundo conflicto?

—¿No hay posibilidades de que todo se derrumbe?

—Para esto estoy yo —escucho la voz de una mujer a mis espaldas.

—¿Lena? —le digo cuando la veo.

Ella sonríe.

—¿Acaso te olvidas de que soy experta en detonaciones? —me dice con una mirada divertida.

—Hasta donde tenía entendido eras una excelente piloto.

—Bueno, ahora sabes otra de mis cualidades.

—Aun así, seguimos teniendo el problema de la distracción —respondo arruinando el momento.

—Luc, ¿cómo va eso? —pregunta Adrien por la radio a su hijo —Necesitamos que ya hagan algo para poder abrirnos paso a los túneles.

No hay respuesta.

Miro hacia la montaña y veo el pico de la torre de comunicación al otro lado.

Vaya... Sí que es una estructura alta e imponente.

Me alejo un poco para poder apreciar mejor lo que tengo delante de mí. No llego a ver la base ya que esta está obstruida por la montaña, pero sí noto varios pisos de escaleras y percibo que la parte inferior es más pequeña que la superior.

—Es una especie de rascacielos invertido, teniendo una base más pequeña, varios pisos que solo contienen escaleras, y en la punta se encuentra todo lo importante como lo son las antenas y los controladores —me explica Lena.

—Es extraño pensar que eso es lo que nos separa de poder comunicarnos con Infundio.

—Pronto dejará de ser un obstáculo, así que disfruta del paisaje y despídete de él.

Sonrío, se toma todo de una manera muy liviana.

—Papá —escucho a Luc a través de la radio hablándole a Adrien —Ya tomamos la base y los grupos comenzaron a atacar a sus objetivos, pero no llegaremos a despegar todos a tiempo. De todas formas, enviaremos una distracción. En unos minutos ya debería estar llegando. Cambien la frecuencia a la cuatro.

—¿A qué se refiere? —pregunto acercándome a él.

Adrien ladea la cabeza, no tiene ni idea de qué se trata, pero obedece inmediatamente.

Unos minutos después observamos en el cielo una avioneta más pequeña que las militares.

—¡Ahí les va la diversión! —percibo la voz de Elliot en la frecuencia.

Una lluvia de papeles envuelve la zona y el joven hijo de Thorne recorre la montaña como un águila en libertad.

—Vamos, debemos colocar los explosivos —le dice Adrien a Lena.

Ella comienza a trabajar en ello, mientras que yo no puedo apartar la vista de la avioneta.

—¿Todo bien allá arriba? —le digo por la radio.

—Sí, es una pena que esta avioneta no sea bombardera y que solo esté llena de papelitos, sino ya estaría destrozando todo para ayudarlos.

Sonrío ante sus palabras.

—Veo al grupo de la montaña, están abriéndose camino entre la Alianza y han logrado acabar con dos de sus defensas antiaéreas —indica con felicidad.

—¡Bien! Eso es excelente —exclamo.

—Sin embargo, están desplegando una tercera.

Me congelo ante lo que dice y abro la boca sin saber qué decir, pero luego de unos segundos reacciono.

—¡Elliot debes irte de aquí! —le grito.

—No lograré alejarme a tiempo y los nuestros tampoco conseguirán desmantelar su defensa antes de que me derriben —responde con calma.

Trago saliva.

—¿Tienes paracaídas? ¡Salta de la avioneta!

—Salí muy rápido, no verifiqué que hubiera… y no veo nada aquí que pueda ayudarme.

—Elliot, intenta aterrizar en algún lugar. Por favor —le suplico.

Las explosiones que Lena ha colocado en la puerta detonan sin que me dé cuenta en un principio, haciendo que sienta un terror inmenso.

Miro el cielo y aun veo a Elliot surcando las nubes.

—Por favor —insisto.

—Dile que hice lo que pude por redimirme —me responde—. Que nunca quise hacerle daño y que la quise muchísimo.

—Elliot, no hagas esto. Tú debes decirle esas cosas.

—Voy a derribar la última defensa, Theo. Le abriré el camino a Luc y al resto para acabar con esta maldita torre. Están tan enfocados en el ataque que no se han dado cuenta de ustedes y eso debe mantenerse así.

—Va a estrellarse de manera intencional —plantea Kate con ojos cristalinos.

—Gracias por ser mi amigo, Theo —me dice Elliot—. Ahora sé lo que Hayley vio en ti. Eres una gran persona, un poco seria, pero increíble sin lugar a duda.

No puedo evitar reír a la vez que sollozar al escucharlo. Ese es el joven al que todos conocimos cuando se enlistó al ejército… aquel que era capaz de hacerte chillar de la risa con su humor absorbente y sin igual y, aunque pretendía que no me agradaba, su presencia irradiaba luz y bondad.

—Te quiero, Elliot —respondo—. Ella ya sabe lo increíble que eres, pero se lo diré en cuanto la vea.

—Gracias. Dile que me recuerde con una sonrisa, que no llore —comienza a decir y escucho de fondo el viento rugir, dando un claro indicio de que está yendo a mayor velocidad.

Miro al cielo y veo como la avioneta está descendiendo de manera clara a un objetivo.

—No sientan tristeza por mí, yo estoy feliz —finaliza y luego todo es silencio por unos segundos hasta que un estruendo y un haz de fuego se aprecian a lo lejos marcando el final de Elliot.

CAPÍTULO CUARENTA Y CUATRO

Una jaula se encuentra delante de mí y contiene un pequeño animal que mueve la nariz de manera graciosa y pintoresca. Su cabellera blanca, sus diminutos ojos y su cola alargada me parecen dulces y amigables. Sin embargo, percibo que a mi madre no le agrada demasiado nuestro invitado porque cada tanto su boca produce un gesto de asco que es indisimulable.

El pobre animal me observa, preocupado por estar encerrado a la merced de personas que solo lo ven como a un objeto.

Le hablo de manera amable y sonrío cuando sus orejitas parecen sintonizar mi voz.

—¿Realmente debo sujetarla? —pregunta Vanesa.

Mi padre, que se encuentra detrás de mí, responde afirmativamente, y es justo en ese momento cuando mi madre abre la jaula y saca a mi nuevo amigo de su encierro.

Mi corazón late de felicidad cuando veo que lo acerca a mí y las ansias por acariciar a la criatura crecen en mi interior.

Estoy sentado en unos almohadones en el suelo y extiendo los brazos ampliamente para disminuir la distancia entre ambos, cuando un sonido fuerte a mis espaldas me asusta.

Intento mirar hacia atrás para comprender el origen de aquel estruendo, cuando mi padre me sujeta la cabeza y me impide hacerlo.

Nadie me dice nada, no me contienen, no me explican la situación... nada.

Tomo aire y observo al animalito temblar. Acerco mi mano de manera lenta y, otra vez, el mismo ruido me toma por sorpresa, haciendo que el llanto surja en mí.

Lloro a moco tendido, pero a nadie parece importarle.

Luego de intentarlo una vez desisto con mucho temor, y es en ese entonces cuando mi madre prueba acercar el diminuto animal hacia mí. Me echo hacia atrás, pero ella insiste, haciendo que, sintiéndome nervioso y asustado, eleve mi mano otra vez para acariciar, esta vez sin ánimos, a la temblorosa fiera que ya no luce tan inocente o tierna.

El ruido vuelve a escucharse y no solamente yo me alejo velozmente, sino que el sonido también genera en el animal una reacción que desencadena que mi madre sea mordida por este, tiñendo el suelo de rojo.

Vanesa grita y lo revolea por el aire, haciendo que se golpee contra el suelo y quede allí, debilitado sin moverse.

Mi padre aparece por fin en mi campo visual y eleva un bastón que lleva consigo, dispuesto a matarlo.

Observo su mirada, sus ojos, su dolor... y no puedo quedarme mirando tal escena.

Me posiciono delante de James y detengo su acción.

El animalito sale corriendo y logra escapar de su triste final, mientras que mis padres, que se han quedado mudos, salen rápidamente de la habitación sin cruzar ni media palabra conmigo.

¿Acaso he hecho algo mal?

Me siento obedientemente en el suelo a esperar que vuelvan, pero los minutos pasan, como de costumbre, y nadie viene por mí.

Suspiro... la soledad tampoco está tan mal.

Las lágrimas recorren mis mejillas y siento una rabia en el cuerpo que se expresa bajo temblores involuntarios que intentan descargar todo lo que sucede en mí para evitar que mi accionar sea peor.

Escucho las camionetas avanzar y sé que están ingresando en los túneles, pero no puedo moverme. Sigo observando a lo lejos lo que ha sucedido y no logro asimilarlo. Él estaba mejorando, estaba recuperando su esencia y, finalmente, seríamos libres.

Yo podría haber sido Elliot… a ambos nos carcomieron la cabeza, a ambos nos destrozaron la mente con experimentos extremos y trucos sucios, y él no merecía morir para probar que aquello no había podido eliminar del todo su persona.

—Theo, debemos irnos ya —me dice Adrien poniéndose delante de mí.

—Elliot está muerto —digo con un hilo de voz.

—Lo sé, y créeme que me duele demasiado.

—Él ocupaba el mismo lugar en el que yo me encontraba hace unos años. Era tu aprendiz y tú lo preparabas para ser como tú, lo edificabas a tu imagen y semejanza.

—En ambos vi potencial y un buen corazón, Theo.

—Además de que los dos no teníamos una familia demasiado buena.

Kate se acerca a nosotros e intenta moverme.

—Ya tenemos que partir —nos dice ella.

El sonido de varios aviones comienza a acrecentarse, indicándonos que ya está por llegar el grupo de Luc.

—Tenemos un largo viaje por delante. Si no estás preparado puedes quedarte, pero nosotros debemos irnos ya —insiste Kate.

Asiento y la sigo hasta la entrada de los túneles que se ha transformado en un gran agujero que se hunde bajo tierra y nos conduce a unas vías que parecen ser interminables.

Me detengo y observo lo que nos espera, y un temor me recorre el cuerpo.

Vamos, Theo. Tú puedes —me digo por dentro, pero sé que lo que acaba de pasar me ha dejado compungido.

El ruido de un relincho de caballo hace que me voltee bruscamente y, en cuanto lo hago, me encuentro con una imagen que consigue petrificarme.

Trueno, con su pelaje negro y su porte sin igual, está allí, a varios metros de mí, observando toda la situación con detenimiento.

—Amigo —le digo—. Estás vivo.

Él se para en dos patas y, cuando vuelve a tocar el suelo, me mira a los ojos.

—La traeré de vuelta. Lo haré.

Trueno mueve la cabeza y sale corriendo en dirección al bosque sin parar, mientras que yo me adentro en el túnel sintiendo que todo aquello que acaba de pasar es un buen presagio de lo que este viaje nos deparará.

CAPÍTULO CUARENTA Y CINCO

Encontrar la forma de salir de la Sede de Seguridad de los valles fue demasiado complicado, casi tanto como convencer a Ian de que haga el enlace con Anna para poder acercarme a Hayley. Solo logré persuadirlo argumentando la necesidad de aprovechar su presencia en la montaña para acercarla aún más a los rebeldes y conseguir información de aquel lugar que aún sigue siendo un enigma para nosotros.

Ahora me encuentro aquí, atormentado en los túneles, siguiendo a Anna y rogando que este tiempo distanciados no haya sembrado dudas sobre lo nuestro, sobre sus sentimientos hacia mí, y me siento un tonto por sentirme así. ¿Desde cuándo soy esta persona insegura y diminuta? ¿Por qué me asusta tanto pensar que ella ya no me quiera?

No soy tonto, sé muy bien lo que Hayley ha logrado en mí. Ha conmovido mi corazón de piedra, que había sido destrozado por mi propia familia, y consiguió que volviera a latir, que se permita sentir amor otra vez, pero eso da miedo. Entregarte a otra persona es darle un poder sobre tu cuerpo y tu alma que puede llevar a la locura, que puede aniquilarte, y que requiere de una confianza que no creía tener. Amar implica creer en el otro, y eso es algo que jamás pensé que podría ser capaz de hacer.

El silbido de Anna me toma por sorpresa y el sonido de unas pisadas aceleradas me pone alerta. Una joven con unos profundos ojos verdes, una larga cabellera caoba y una figura esbelta me deja atónito. ¿Cómo es posible que esté cada día más hermosa? Es como un espejismo el cual tengo miedo de que se evapore de mi vista.

No puedo evitar mirarla con deseo, con pasión.

—Estás más musculosa, te sienta bien —le dice Anna con una sonrisa que, por dentro, me hace recordar la mentira que estoy amparando con relación al vínculo entre ambas.

Debería insistir al respecto, forzar a Anna a abrir la boca, darle un ultimátum, pero ha sufrido tanto que no se siente correcto.

—Entrené bastante en este tiempo, es lo único que podemos hacer: entrenar —responde Hayley con cierta timidez y enseguida me doy cuenta de que el comentario de Anna la incomodó.

—Te ves increíble —reafirmo y salgo de las sombras para que ella pueda verme.

Su mirada se intensifica al distinguirme y todas mis dudas se evaporan en cuanto se aproxima hacia mí de forma veloz y me besa tan apasionadamente que no puedo evitar sentir una electricidad recorrerme el cuerpo.

¡Contrólate, Theo! —me digo a mí mismo, pero es lo más difícil que alguna vez he hecho.

Como si ella pudiera escuchar mis pensamientos se despega de mí, haciéndome sentir el vacío en mis labios que reclaman por más.

—Debería desaparecer más seguido —le digo sintiéndome el hombre más feliz del mundo.

—Eso ni en broma— responde con una sonrisa.

—Los dejaré solos —plantea Anna y me hace reír al notar como Hayley se ruboriza por su increíble y hermosa demostración de afecto.

La tomo de la mano y la guio hacia un lugar más privado para aprovechar el tiempo que tenemos juntos. Me siento como un adolescente al sentir su tacto, al saber que está detrás de mí y que, seguramente, se encuentra igual de nerviosa que yo.

Entramos en el pequeño espacio en donde Anna suele resguardarse cuando viene a la montaña. Recuerdo que, la primera vez que estuve aquí, sentí una tremenda claustrofobia de solo pensar en dormir bajo tierra, pero con el tiempo me acostumbré a este sitio.

Anna no está todo el tiempo en este lugar, pero sí lo frecuenta seguido. Tengo entendido que los recuerdos más tristes se dieron aquí, y no comprendo por qué desea mantenerlos en su mente sabiendo que le causan dolor.

—Te extrañé —se me escapa aquello mientras me siento en la cama, dejándole un lugar a mi lado, aunque también manteniendo libre una silla a más distancia.

Hayley se aproxima y se coloca junto a mí, y no puedo evitar sonreír por dentro debido a su elección.

—Yo también, estar sin ti ha sido realmente horrible —me dice y no puedo aguantar más el disimular mi alegría.

Me acuesto rápidamente boca arriba como un último intento de calmarme.

¿Qué has hecho conmigo, Hayley?

Se acuesta a mi lado, redoblando la apuesta y haciéndome sentir como un niño.

La observo por el rabillo del ojo y noto como su rostro se torna rojizo mientras ella desvía la mirada en dirección opuesta a la mía. Desde aquí puedo ver percibir bien su respiración agitada, su pecho subir y bajar de manera veloz, y sus brazos jugueteando con su ropa con bastante nerviosismo. Me pongo de costado y, como un imán a un magneto, muevo mis labios hacia su cuello y mis manos a las suyas, las cuales dejan su remera y se apartan, haciendo que toque su estómago. Su cuerpo se acomoda al mío y un gemido de placer me hace entender que esto le agrada.

La acaricio delicadamente, sin dejar de recorrerla con mi boca y sintiendo un calor en mi pelvis que es difícil de sofocar.

Me asusta que se sienta obligada, que algo de esto no sea lo que quiere, por lo que subo hacia su oído y le susurro:

—Para mí también fue una tortura, me he dado cuenta de que ya no puedo estar alejado de ti.

Quiero que lo sepa, que comprenda lo que significa para mí, lo que ha logrado.

Acaricio su cabello, el cual emana un aroma que es exquisito, y cierro los ojos para disfrutar de ella.

Hayley se voltea a mirarme y no puedo creer lo afortunado que soy de tenerla de esta forma junto a mí.

—Creo que te amo —le digo sintiendo que toco el cielo con las manos.

—¿Crees? Hace un tiempo me dijiste que me amabas sin ese creo delante, ¿recuerdas? —pregunta con una sonrisa pícara que me hace dar cuenta de que está disfrutando de este juego entre nosotros.

—Definitivamente te amo, pero no estoy seguro de si debo decírtelo.

—Ah, ¿sí? ¿por qué no estás seguro? ¿algo ha cambiado en este tiempo sin vernos? —pregunta y noto como su sonrisa se ha apagado.

¿Acaso tenía el mismo miedo que yo?

—No, es solo que no estoy seguro porque tú nunca me lo has dicho —respondo rogándole prácticamente que me diga si lo que siento es correspondido.

Ella se echa a reír, haciéndome sentir un idiota por mis palabras. ¿Me ama? ¿No me ama? ¿En serio me he convertido en una persona tan endeble ante ella? Lo único que me falta es deshojar margaritas en su nombre.

Hayley se acerca aún más a mí y, como si escuchara mis tortuosos pensamientos, me besa profundamente, introduciendo su lengua problemática en mi boca y generando en mi cuerpo una sensación de placer irrefrenable.

Tomo su cuerpo y la atraigo hacia mí con furia. Sus manos recorren mi espalda y luego, en un acto rápido y seguro, sujeta mi remera y me la quita.

La miro, extasiado por su insinuación, y sonrío al verla radiante y libre.

—Te amo, quiero que lo sepas —me dice mirándome fijamente a los ojos y luego, sin dejarme responder, vuelve a besarme.

La sujeto de las caderas y la acuesto debajo de mí. Ella se ríe y aquel sonido es música en este momento para mis oídos. La miro y no puedo evitar morderme el labio al tenerla así, expectante, deseosa de que este momento suceda. Me toma del cuello y me aproxima a sus labios. Mi lengua la penetra, la vuelve loca, la excita. Mis manos se dirigen a su pantalón y lo desabotonan con premura.

Comienzo a bajar con mi boca hacia sus pechos y siento como su cuerpo se retuerce ante mi tacto. Sujeto con mis dientes su remera y la subo hasta dejar al descubierto su sostén. Su respiración es entrecortada, la mía es inexistente.

—Eres tan hermosa, Hayley —le digo mientras jugueteo con su piel, mojando la tela que recubre sus pezones y obligándola a pedir más.

Continúo el camino por su vientre, recorro su ombligo, el cual dejo rojo por la fricción y el crecimiento de mi barba y, analizando su rostro, me deslizo hacia su centro de placer. Bajo su pantalón, su ropa interior, y me encuentro con el objeto de mi deseo.

Me detengo a observar a Hayley, pidiéndole permiso para acceder a lo que tanto ansío. Sus ojos se clavan en los míos y un gesto asertivo me indica que tengo vía libre a mis anhelos.

Lentamente me aproximo a ella, sintiendo como se retuerce ante la expectativa. Mi lengua llega a su sexo, primero de manera tímida, delicada, pero luego de forma intensa, expeditiva.

Su mano se aproxima a mi cabeza y me pide por más, y no puedo evitar sonreír al darme cuenta de que esto le encanta tanto como a mí. La saboreo, la disfruto y, cuando los espasmos de su cuerpo me indican que ya he conseguido mi objetivo, subo nuevamente y, con mis dedos, preparo el camino para algo más.

—¿Estás bien? —le pregunto.

—Más que bien —responde como puede.

Saco la protección de mi pantalón y, luego de colocarla, ingreso lentamente en Hayley. Sus gemidos retumban en la montaña y los míos los acompañan.

Somos ella y yo en este momento, y el mundo no existe más allá de nosotros dos.

No me importa la guerra, los secretos, todo lo mundano que nos rodea... solo importa ella para mí, y estaría dispuesto que permitir que todo se derrumbe a nuestro alrededor si eso fuera lo necesario para seguir así.

Rick, Camila, Aure y Liam nos acompañan hasta cierto punto, pero luego deben volver. Es la última oportunidad de que, quien se arrepienta, pueda dar marcha atrás. Después no habrá camionetas a disposición para los que se quieran retractar.

Hace unos minutos que perdimos la comunicación de manera definitiva con el resto, y no sabemos si han conseguido derribar la torre, pero creemos que la interferencia se debe más a la profundidad en la que nos encontramos, la cual genera poca señal, por lo que es posible que hayan logrado su cometido.

—El plan está funcionando. La Alianza no está pudiendo contratacar tantos sitios a la vez. Están dispersos y eso los lleva al fracaso —nos indica Adrien—. Ahora debemos continuar sin pensar en lo que seguirá sucediendo en Tyrdem.

—Así es. Luc, cuando derriben la torre, irá inmediatamente a Ignis para volar en pedazos la base aérea de allí, y de esa manera evitará cualquier tipo de represaría contra nuestro hogar y nuestra gente —dice Kate—. Y eso es gracias a Rick y a Lena. Ambos fueron parte importante de esto. Rick dibujando un mapa de aquel continente y Lena enseñándole a varios de los nuestros a pilotear.

Asiento.

—Tienes toda la razón, Kate —afirmo—. No habríamos podido lograr esto sin ambos. Sé que no fue fácil para ninguno de los dos.

—Gracias, sobrino. Necesitaba hacer algo para ayudarlos y honrar la memoria de mi hermano —me dice Rick con un hilo de voz—. Lamento todo lo que sucedió contigo, y espero que logres encontrar a Jenn, que sea verdad que está con vida.

—Sigan desconfiando de mí —responde Adrien—. Ya les dije que la sacaron antes del incendio y que fue a Infundio.

—Si, pero ya pasaron varios años desde aquello y ese lugar no es muy amigable con quienes no han nacido allí. ¿Recuerdas? —le digo enfadado.

—Lo sé, pero intenté que le fuera bien allá. Confío en que siga con vida.

—Eso espero también.

Él asiente.

—Bien, ahora debemos irnos y ustedes deben continuar —me dice Rick tomándome del hombro.

—¿Estás seguro de que no deseas venir con nosotros? —le pregunto.

—No estoy en condiciones para ello y, además, ya no deseo volver a hacer ese trayecto. Esa parte de mi vida quedó atrás —musita—. Voy a quedarme con Liam, Camila y la pequeñita, y a asegurarme de que todo esté bien por aquí para cuando vuelvas.

—Y quizás podamos reconstruir la familia que tuvimos —le digo.

—Una mejor —responde—. Mereces una mejor.

Lo abrazo con vigor y siento sus manos envolviéndome con cariño.

—Yo iré con ustedes —exclama Lena.

Suelto a Rick y la miro.

—Pensé que te vendrías a Infundio.

—Prefiero quedarme aquí. Ayudar a Jim en todo lo que pueda. Ese chico se asusta hasta de una mosca volando —bromea—. A su vez, irás a buscar a tu novia, yo no tengo nada que ver allí.

Suspiro. Sé que Lena siempre esperó que algo diferente pasara entre nosotros, que dejara ir a Hayley, pero nunca le di la idea de que aquello podría suceder.

—Gracias por todo —respondo y ella entiende a la perfección el rol que ha tenido en mi vida.

Me volteo para mirar a todos los que se encuentran con nosotros, que son más de cincuenta personas.

—Tendremos varios días bajo tierra, respirando solo el oxígeno que circula por aquí e iluminándonos únicamente con linternas y las luces de las camionetas. No será un viaje sencillo y deberemos estar a la altura de la situación. Tengan en cuenta que, al llegar a Infundio, no todo será color de rosas. Iremos a mover sus estructuras, a ayudar a la rebelión de allí a tomar control de la situación, por lo que quiero que, sin ningún tipo de vergüenza, decidan ahora quienes querrán acompañarnos. Una vez que comencemos a adentrarnos no habrá vuelta atrás. No les daremos comida, ni transporte para volver —le explico a todos que se miran entre sí, viendo quien decidirá quedarse.

—Nadie los juzgará —afirma Kate—. Aquí en Tyrdem también será difícil, y se necesitará la mayor ayuda posible para evitar que la Alianza se reagrupe.

Un hombre se posiciona al lado de Rick, luego lo siguen dos personas más.

—¿El resto está seguro de querer continuar?

Todos afirman y comienzan a subirse a las camionetas de manera ordenada.

—Yo iré adelante —le digo a Adrien.

—Perfecto.

—Theo —me detiene Camila antes de que me vaya.

—¿Sí?

—Por favor, dile a Hayley lo que hablamos anteriormente cuando la veas.

—Lo haré. Tú cuídate y protégelos a ellos. Sé que eres increíblemente fuerte e inteligente para hacerlo.

Ella asiente y comienza a caminar hacia la salida junto con mi tío, Lena, Liam y quienes han desertado. Los veo irse, alejarse, y lejos de angustiarme por ello, me siento increíblemente entusiasmado por lo que está por venir.

CAPÍTULO CUARENTA Y SEIS

Las primeras horas no han sido difíciles ya que el entusiasmo nos dirigía sin cuestionarnos nada a través de los fríos túneles con vías que conducen hacia algún lugar. Sin embargo, con el correr del tiempo, las dudas comienzan a surgir y el temor de que este camino no tenga final se apodera de varios.

¿Qué tal si la mente de Rick le jugó una mala pasada y nos encaminamos hacia la nada misma? ¿O si no nos alcanza la comida? ¿O el agua? ¿O si el oxígeno comienza a agotarse? ¿Es eso acaso posible?

No nos hemos detenido en ningún momento, pero, tras diez horas de manejo continuo, cambiamos de conductores para descansar un poco, por lo que me he dirigido a la parte de atrás de una de las camionetas para intentar dormir un poco, algo que no logro conseguir por la excitación que siento.

—¿Temes por la reacción de Hayley al verte? —me dice Anna que se encuentra a mi lado y, al parecer, tampoco puede descansar.

Pienso en ello, pero no, eso no me asusta.

—Me preocupa que ya no me ame —respondo de manera honesta —¿Y a ti?

—La última vez que la vi estaba furiosa conmigo, así que me preocupa que siga odiándome. Tu temes que sus sentimientos hayan cambiado, y yo que se hayan mantenido.

—No era odio lo que ella sentía, sino frustración. Se sintió engañada, pero no solo por ti, sino por todos. A eso se le sumó que había perdido a Evanthe y que ella jamás le dijo la verdad.

—Me arrepiento de no haberme acercado antes, de haber perdido tanto tiempo, pero no quería que le hagan daño.

—¿Por qué no intercediste cuando Ian orquestó todo el plan para atraerla a los rebeldes?

—Porque fui egoísta, porque creí que eso finalmente me la iba a devolver, y no medí las consecuencias. Pasé de tenerla a la distancia para protegerla a aceptar que se meta en esto. Que tu fueras el encargado de estar junto a ella me dio cierta paz, sabía que ibas a cuidarla aun sin saber que era mi hija.

—No pude protegerla lo suficiente.

—Lo hiciste y, aunque me cueste admitirlo, Adrien también lo hizo. De quedarse en Tyrdem quizás la Alianza la habría lastimado. Ellos saben lo importante que es para la rebelión.

—Por eso aun no comprendo cómo es que está mejor en Infundio. Es decir, como es que, cuando descubrieron quien es, no decidieron terminar con…—me interrumpo, no puedo ni siquiera decirlo.

—A veces es mejor mantener cerca a tus enemigos, intentar manejarlos a tu antojo. Puede que este sea el caso.

—Una vez dudé de ella, de que pudieran manipularla, y ese fue un error. La Alianza está muy equivocada si cree que pueden cambiar quien es y sus ideales.

Anna sonríe.

—Ese será su fin —me dice—. Ahora, intentemos dormir un poco. Tenemos mucho camino por delante.

Recorro los pasillos de este lugar con temor de nunca encontrarla. Si bien Thorne me dio la ubicación exacta de dónde estaría Hayley, y estoy seguro de que mis técnicas para sacarle información no han fallado, siempre hay una leve pizca de duda de que haya sido una trampa.

Mientras troto para apresurarme, observo hacia todas partes por si algún soldado se presenta, pero mi visión está algo limitada por el moretón que llevo en el ojo, producto de confesarle a Luc lo que siento por su hermana.

Cuando estoy cerca del sitio indicado escucho una voz que me resulta familiar.

Elliot.

Me asomo por un costado y veo a Hayley detrás de unas rejas y al que era su amigo siendo ahora su carcelero. ¿Cómo puede hacerle esto? Me repugna.

Sé que le deben haber hecho cosas terribles para quebrantarlo, para transformarlo en un ente que solo cumple ordenes, pero ella era la joven con la que bromeaba, con la que se divertía, a la que metía en problemas.

—No, nos arruinaron. Míranos, mira cómo estamos. Antes éramos amigos y ahora no somos nada —le dice Hayley en un susurro.

Percibo que algo de sus palabras conmueve brevemente al joven, pero no sé qué tan profundo aquello puede penetrarlo.

Él se mueve de repente hacia ella, la toma de la nuca y dirige sus labios hacia los suyos. Aprieto las manos en forma de puño y estoy a punto de interceder cuando veo que Hayley se aleja de sus brazos al mismo tiempo que lo empuja.

—A eso me refiero —le dice Elliot.

—¿Qué quieres decir?

—Eres peligrosa, manipuladora, todos estaremos mejor cuando te vayas de aquí.

Él le da la espalda a la joven de ojos verdes y se marcha con un paso mecánico y firme. Me escondo entre dos columnas y lo veo caminar a mi lado para luego desaparecer. No llevaba llaves, ni nada que pudiera servirme, y creo que solo por eso lo he dejado ir.

—¡Elliot! —grita Hayley —¡Elliot! ¡Por favor!

Salgo de mi escondite y me dirijo hacia ella.

—¡Elliot! —insiste.

Con un sonido le pido que guarde silencio y me posiciono del otro lado de la reja. Miro a los extremos para ver si puedo sacar la puerta de su eje y liberarla, pero no creo que sea posible. De todas formas, voy a intentarlo.

Luce agotada, diminuta y triste, y ello produce en mí la necesidad de destrozar el mundo entero y alejarla de todo este caos.

—Pensé que me llamarías a mí, no a él —le digo intentando sacarle una sonrisa.

—No es lo que crees. Deberías irte, estar aquí es arriesgado.

¿Qué me vaya? Solo he venido hasta aquí por ella.

—No me importa, no pienso dejarte.

Hago presión sobre uno de los extremos e intento levantar la puerta para desengancharla de su estructura, pero no lo consigo.

—¿Sabes quién tiene la llave? —pregunto pensando en que esa es la única alternativa que nos queda.

Ella niega con la cabeza.

—¿Estás solo? —pregunta.

—No, tenemos todo el lugar rodeado. Vinimos por Adrien —

respondo intentando darle seguridad.

Sería algo suicida presentarme en este lugar sin tener más personas a mi alrededor. Quiero liberarla, no que nos maten a ambos.

Su mirada se oscurece y comprendo que algo de mis palabras la hieren. ¿Será que teme que lo lastimemos?

¿Sería capaz de matarlo? ¿De hacerlo delante de ella?

No lo sé, pero no es momento de pensar en ello, debo sacarla de aquí primero.

—¿Y Luc? —me pregunta.

—Lo encerraron, era evidente que no duraría mucho tiempo allí con todo su odio contenido. Además, le intenté explicar lo que hizo Adrien con él.

—Y no te creyó.

—No, y tuve la brillante idea de contarle de nosotros y fue mucho peor.

Ella sonríe al escucharme, pero no puedo acompañarla en su jolgorio ya que la maldita puerta me está presentando batalla.

—¿De ahí tu ojo negro?

—Así es —respondo y golpeo la reja enojado —¡Maldita sea! Voy a conseguir esa llave.

Ella asiente, algo asustada por mi reacción, y yo me dirijo de manera sigilosa en búsqueda de alguien que posea la forma de sacar a Hayley de allí.

Estoy por llegar hacia el lugar en donde Elliot dobló cuando escucho varios pasos acercándose. Me preparo para atacar a quienes se encuentren allí cuando me topo con Jason y varios de los nuestros.

—Ya nos abrimos camino. ¿Encontraste a tu chica? —me dice él.

—Sí, pero no estoy pudiendo liberarla.

—Vamos, te ayudaremos.

Cuando estamos llegando hacia las celdas escucho un ruido de pelea. Me dirijo hacia donde se encuentra ella y veo que la están atacando mientras que Elliot se limita a observar el panorama.

Lo derribo con un golpe seco en la cabeza y, junto con los demás, le sacamos de encima a los soldados que la estaban sujetando.

Tomo su brazo y la incentivo a que salga de allí y, un segundo después, ella pasa por encima de su amigo inconsciente sin vacilar.

Ambos corremos, dejando atrás aquella prisión donde la tuvieron por varios días, y la guio hacia el camino que nos llevará a la salida. Los demás pueden seguir buscando a Adrien, pero yo tengo que ponerla a salvo.

—¿Cómo supieron de este lugar? —me pregunta sin detenernos.

—La teniente Thorne soltó todo —responde como puedo.

Por favor, estoy demasiado nervioso. Quiero que salgamos de aquí ya mismo.

—Qué suerte —me dice y no puedo evitar lanzar un bufido.

—Sí, suerte —le digo de manera sarcástica.

Si bien no fue difícil hacer que hable, fue gracias a mí que lo conseguimos. La suerte jamás ha estado de mi lado, y he sabido valerme sin esperar que el destino obre a mi favor.

—¡Alto o disparo! —grita un hombre vestido de rojo delante de nosotros haciendo que nos frenemos violentamente.

Rayos, ¿de dónde salió este sujeto? Miro fijamente su arma, sus movimientos, esperando que flaquee, aunque sea un poco, para dirigirme hacia él y reducirlo, pero justo cuando creo que podré hacerlo el soldado abre la boca.

—¡Aquí están General! —grita.

Adrien aparece a su lado con varios soldados que lo respaldan y comprendo que somos menos en número y que, estadísticamente, será imposible zafarnos de esta.

—Llévenme a mí —les digo y me siento como un imbécil por intentar que la dejen ir a sabiendas de que les será muy fácil capturarnos a ambos, pero aun así tengo que intentarlo.

Adrien ríe.

—No me interesas tú. No haces nada por tu cuenta, no tienes ambición ni iniciativa. Eres solo un joven más que cree que tiene el mundo a sus pies.

¿Cree que puede lastimarme? ¿Qué es lo que pretende hacer?

—Antes no lo considerabas así —respondo con la frente en alto.

—Me diste pena, quise salvar tu vida en ese entonces.

El incendio vuelve a mi mente, la muerte de mi familia, de Jenn. Maldito.

—Mis padres...—comienzo a esbozar, pero él me interrumpe.

—Tus padres fueron visionarios en su momento, pero luego se

acobardaron. No puedes empezar algo y dejarlo a la mitad porque temes las consecuencias.

—¡Mi hermana también estaba ahí! —grito furioso.

Adrien sonríe y agacha la cabeza, y ese acto de soberbia produce en mí una ira que no puedo evitar por lo que, de manera impulsiva y poco calculada, me intento aproximar a él para golpearlo cuando algo me detiene... Hayley.

—Sepárenlos, no tengo todo el día —ordena Klein e instintivamente me coloco delante de ella para protegerla.

Golpeo a uno de los soldados y estoy a unos pasos de Adrien cuando otros dos de sus subordinados me alcanzan y me empujan contra la pared. Saco rápidamente el cuchillo que siempre llevo enganchado en mi cinturón y lo lanzo en dirección a Klein, pero solo consigo rozar su rostro.

Un soldado me golpea en el abdomen al ver lo que acabo de hacer, me posiciona de espaldas y me obliga a arrodillarme delante de él. Observo a Hayley, que también se resiste con fuerzas, pero, aunque ambos lo intentamos, no conseguimos liberarnos.

—¡Ya es suficiente! —grita Adrien. —¡Llévensela!

No, no puedo dejar que ello suceda. ¡Recién acabo de recuperarla!

Forcejeo, me muevo erráticamente sin importarme nada, y veo como intentan alejarla de mí, pero ella pelea al igual que yo.

Adrien se acerca a mí, saca su arma y me apunta, obligándome a dejar de ver a Hayley y levantar mi mirada hacia él.

Sus ojos cafés invaden los míos y mi odio hacia él crece al entender que va a quitarme a la única persona por la que estoy dispuesto a darlo todo.

—¡Dispara! Ya estoy muerto sin ella —le digo sin pensar, sin elaborar ningún plan mental, y simplemente expresando lo que mi corazón está sintiendo en este momento.

Por el rabillo del ojo veo como se la llevan, como la alejan de mí a pesar de que ella se resiste, y una sensación de ahogo me invade.

No lo hagas, no nos separes —pienso rindiéndome.

Adrien me guiña un ojo y luego, sin más, dispara, volviendo todo oscuro para mí.

CAPÍTULO CUARENTA Y SIETE

Es fácil perder la noción del tiempo cuando no estás al tanto del movimiento del sol y de la luna. Los días pasan sin pena ni gloria y todo se reduce a comer, hacer tus necesidades y dormir. La sensación de ahogo es bastante notoria y ello se debe al hecho de que sabemos que, ya sea que retrocedamos o avancemos, seguiremos teniendo por delante al túnel.

Según mis cálculos, ya debemos haber hecho la mitad del recorrido, y si bien eso puede parecer alentador, en realidad asusta bastante ya que nos costó muchísimo llegar a este punto, y saber que falta aún tanto por andar produce cierta claustrofobia.

Lo dije y lo repito, esto no es para cualquiera, y yo solo lo puedo hacer porque tengo presente la meta, que vale más para mí que cualquier cosa en este universo.

—Jacqueline está con vómitos, Pedro tiene falta de aire y, en general, a la mayoría le está empezando a ser insoportable el seguir —me dice Kate en una de nuestras paradas para cumplir con nuestras necesidades fisiológicas.

—Tenemos tubos de oxígeno y medicina —respondo.

—Creo que es algo más mental, Theo —plantea con un gesto sabiondo.

Suspiro.

—Rick dijo que nos daríamos cuenta cuando llegáramos a un punto intermedio al ver algo distintivo, y estoy seguro de que ya estamos cerca.

—Lo sé, pero el estar bajo tierra está generando estragos en todos. Quizás nos serviría detener la marcha y acampar por, al menos, unas horas.

—¡Theo! —escucho a Adrien llamarme a lo lejos.

—¿Adonde se había ido? —le pregunto a Kate.

Anna se acerca a nosotros y observa a la distancia a su hermano.

—Estamos en un túnel subterráneo a varios metros debajo del nivel del océano. No te preocupes demasiado por él, no va a irse lejos —responde Anna.

Adrien insiste en que vaya hacia donde se encuentra y su actitud me produce cierta gracia.

—Voy a ver qué sucede. Cuando terminen todos que suban a las camionetas.

—Theo…—me dice Kate.

—Cuando encontremos lo que dijo Rick nos detendremos a acampar. ¿Está bien?

Ella asiente.

Comienzo a caminar hacia Adrien cuando noto que él hace lo mismo en dirección opuesta, alejándose de mí.

¿Acaso planea matarme a escondidas? No me extrañaría.

Avanzo un poco más hasta que vislumbro una luz azulada y en movimiento a lo lejos.

—¿Adrien? —pregunto dubitativo.

La figura del hombre se percibe aun sin ningún tipo de luminaria dado que el túnel ha dejado de ser de concreto y una circunferencia de vidrio nos rodea y nos permite observar el océano en su mayor esplendor.

—¿Cómo es esto posible? —le pregunto cuando ya lo tengo a mi lado.

—Estamos más cerca de la superficie, por eso el vidrio, que debe ser de alta densidad, soporta el peso del agua. A su vez, el que haya algo de luz, implica que es de día.

Veo como varios cardúmenes pasan por encima de nuestras cabezas y no puedo evitar sonreír ante algo tan magnifico y único.

—Esta debe ser la mitad del recorrido. Rick dijo que sería algo distintivo y, indudablemente, esto lo es —le digo estupefacto.

—Lamento lo de tus padres, Theo —me dice Adrien tomándome por sorpresa con tal oración—. Y también me disculpo por todo lo que te hice sufrir. Mis acciones no se justifican, pero todas fueron con un propósito. La Alianza quería eliminar a James y a Vanesa porque ellos habían intentado exponer lo que sucedía realmente, y eso incluía la existencia de Infundio. Tu hermana no les importaba, pero a mí sí, y no tenía otra alternativa más que enviarla lejos. Sé que eso te destrozó y en lugar de ayudarte, de guiarte, te felicité y ascendí por buscar más dolor en los cuartos de AGONÍA. Veía cómo te lastimaban y eso me entristecía, pero nunca hice nada para detenerlo, sino que lo incentivé.

—¿Te importaba lo que me sucedía?

—Theo, te conozco desde que naciste. Tu madre, su pancita contigo dentro, todo eso está en mi memoria.

—No sabía eso.

—Lo sé. Pensabas que Luc fue el punto de encuentro entre ambos, pero no, tus padres lo fueron. Yo supervisaba todo lo que sucedía en la montaña, todo lo que te hacían, y no podía creerlo.

—Fue casi lo mismo que hicieron con Hayley en Infundio. ¿No es así?

—¿Y porque crees que, en cuanto pude, la saqué de allí? Veía a lo que te exponían y cuando supe que con ella sería igual moví cielo y tierra para traerla aquí. Zachary estaba enojado conmigo por insistir, me creía débil, pero yo no quería que le sucediera todo aquello que veía que hacían contigo.

Tomo aire y, al liberarlo, me armo de valor.

—¿Por qué no me mataste aquel día? ¿Fue solo porque me necesitabas para buscar a Hayley? ¿Por qué sabías que yo haría hasta lo imposible por acabar con la Alianza?

—No, o al menos no al principio. Cuando los vi juntos entrando a mi despacho me enfadé muchísimo, pero luego percibí una sonrisa genuina en tu rostro, algo que no había visto en mucho tiempo. Sabía que te habías unido a los rebeldes, que buscabas destruirme, pero lo tenía merecido, al menos de tu parte, y en cuanto noté que volvías a ser feliz, que estabas enamorándote de alguien, supe que no todo tenía que terminar mal. Lo primero que pensé cuando te apunté con el arma fue que tenía que hacer algo para que otro no acabara con tu vida ya que, por tu testarudez, por tu amor por ella, no entenderías que debían separarse.

—¿Por qué no nos enviaste a ambos a Infundio?

—No sabía cuál iba a ser tu destino, no podía arreglarlo como con Hayley. Podías llegar a terminar como Matt… No lo sé. No es que desconfíe de tu capacidad ya que muy bien sé que puedes fingir a la perfección y adaptarte a la situación, pero ella es tu punto débil, y juntos dejan de lado todo lo aprendido y se exponen al peligro. Además, es verdad que por mi cabeza se pasó la idea de que serías más útil aquí.

Tiene razón en ello.

—Creo que, si hubieras sido honesto con todos, nada de esto habría pasado —respondo.

—Puede que así sea, pero jamás podré saberlo. Lo único que nos queda es aprender de los errores e intentar avanzar.

Experiencia, memoria y aprendizaje.

Que aquello jamás nos falte.

—Ya que estás abriéndote conmigo, es hora de que me digas qué pasaba con Alison.

—¿Recuerdas que le dije a Elliot que sabía que su madre quería que se acercara a Hayley?

—Sí, y que te sorprendiste al saber que esa orden había llegado con anterioridad a que se enlisten al ejército.

—Bueno, Alison fue una enviada mía a vigilar la situación. Necesitaba que alguien sea intermediario allí, que tenga a Hayley cerca y me cuente todo lo que le sucedía.

—¿Todo?

—Sí, inclusive lo que pasaba contigo.

—Entiendo —le digo meditando al respecto—. ¿Y de dónde la sacaste?

—Infundio. Era una joven soldado de veintidós años que estaba aprendiendo del oficio de espionaje. La traje aquí con la idea de darle una misión y un propósito.

—Y luego la abandonaste a su suerte.

—No fue así. Le dije que se mantenga del lado del ejército, que no finja unirse a los rebeldes y no me hizo caso. Le intenté dar una lección, pero luego me fue imposible sacarla de allí.

—Y le conseguiste la píldora.

—En cuanto supe que la enviarían a los campos fui a verla y le prometí que haría lo posible para sacarla de ese lugar, pero no confiaba demasiado en ello y me pidió un plan B. Supongo que eligió ese camino al ver que me estaba demorando.

—¿Lo lamentas?

—¿Su muerte? Claro.

—Haberla metido en esto.

Él me observa.

—No, Theo. Era su labor y ella sabía que podía haber peligros. Si la gente que está hoy aquí con nosotros muere, ¿te arrepentirías de haberlos dejado venir?

—No lo sé.

—Es tiempo de que lo pienses, ya que estamos metidos en algo peligroso y es una posibilidad muy cercana —me dice y me deja solo meditando al respecto.

Todos tomaron una decisión y eligieron venir, tuvieron la oportunidad de arrepentirse de esto… ¿Soy responsable aun teniendo en cuenta ello?

CAPÍTULO CUARENTA Y OCHO

Hemos decidido acampar aquí, en los inicios del túnel vidriado el cual a más de uno le da cierto pavor. Comprendo que tener todo el océano encima de tu cabeza puede ser algo para alterarse, pero a mí me resulta tan increíble que no pienso en las posibilidades de que las cosas salgan mal y terminemos todo ahogados en el medio de la nada.

¿Quién rayos preferiría tanta negatividad?

Jamás he sido la clase de persona que ve el vaso medio lleno, pero tampoco me gusta el pesimismo. Prefiero analizar la información presente y, en base a ella, avanzar.

Esto ha estado aquí por muchos años, y no va a venirse abajo justamente ahora.

—Varios quieren volver —me dice Kate sentándose a mi lado.

—Lo lamento por ellos, pero ya es tarde para eso.

—Lo sé. Se los dije de una manera más amable.

Lanzo un bufido y ella lo nota, clavándome la mirada para que le dé explicaciones por mi gesto maleducado.

—Es solo que no entienden lo que está en juego y sus actitudes me parecen demasiado infantiles y egoístas.

—Hay cosas que no es tan fácil controlarlas, Theo. El miedo es una de ellas.

—No es algo imposible.

—Para una persona con tu entrenamiento, quizás, pero aquí todos están haciendo lo que pueden con lo que les enseñaron. Sé que les inculcamos muchísimo, pero no creas que pasar de la teoría a la práctica y estar en este contexto es algo sencillo.

Sé que tiene razón, lo sé… pero estoy molesto.

—Me agotan tantas quejas, tantos problemas… Entiendo bien que estar bajo tierra, en un lugar extraño, puede despertar cosas terribles en cada uno, pero necesito que comprendan lo importante que es llegar a Infundio.

—¿Y porque no se los dices?

—Deberían saberlo.

—¿Eso es todo? ¿Realmente quieres ser esa clase de sujeto? ¿De líder?

Kate se levanta, enfurecida por mi respuesta, y se aleja de mi lado.

Miro a Jacqueline, a George, a todos los que están transitando este trayecto con dificultad, y me siento terrible por ser tan imbécil y no estar ahí para ellos.

Me dirijo hacia un punto donde todos puedan escucharme y, en cuanto la atención de los presentes se centra en mí, comienzo a hablar.

—Sé que estos días fueron complicados, que las horas trascurren de manera extraña aquí debajo y que la incertidumbre nos rodea, y también comprendo que yo no he hecho nada para sopesar aquello.

Adrien me observa a la distancia y se cruza de brazos.

—Todos tenemos un motivo para transitar este camino, una brújula que nos orienta y nos dirige hacia nuestro Norte. En mi caso, no solo se trata de que la persona que amo se encuentra en Infundio, sino que, también, siento en mí la urgencia de buscar un futuro mejor para Tyrdem. Los rebeldes fueron mi salvamento, mi hogar cuando las paredes de mi casa se incendiaban y me quedaba huérfano. Abrí la mente y el corazón gracias a ellos, y observé por años las injusticias que se cometían hacia quienes pensaban diferente que los que gobernaban nuestras vidas porque creía que algún día algo sucedería. Estuve mucho tiempo fingiendo estar de acuerdo con los ideales del ejército y sentía que lo que hacía era poco, que nada sería suficiente, que seguiríamos viviendo de esa manera para siempre. Pero algo cambió de la noche a la mañana. Una chispa surgió y nos demostró que sobrevivir no alcanza, que agachar la cabeza no nos deja ver más allá que nuestro propio ombligo, y que alzar la voz, expresar lo que el alma quiere gritar, nos libera. Todos estamos aquí por algo… no dejemos que el miedo a lo desconocido, a la falta de certeza, nos haga retroceder ante todo lo avanzado. Es justamente lo distinto, lo nuevo, lo que nos permite romper con las barreras establecidas y crecer. Permítanse la sorpresa, abracen la incertidumbre y no se rindan jamás.

Nadie dice nada y el sonido del océano es lo único que se escucha en los túneles, hasta que, de repente, un aplauso contagioso retumba y es iniciado por la persona menos pensada para mí… Adrien.

Muchos se acercan a mí, me saludan afectuosamente, me abrazan, me dan palmadas en el hombro o demuestran lo emocionados que están por mis palabras, y cuando todo aquello termina no puedo evitar acercarme al hombre que más ambivalencias demuestra, haciéndome notar lo similar que es en ese aspecto a Hayley.

—¿Caminamos un poco? —me dice cuando lo alcanzo.

Asiento y lo sigo por los túneles, dejando atrás a todos mientras descansan.

—Eres un líder nato y siempre lo supe —plantea sin detenerse.

—Me mantengo alejado de la gente, tengo el contacto necesario con los demás y no hablo demasiado —presento tres afirmaciones que se alejan de su teoría.

—Víctor era igual —interfiere una voz armónica y dulce que se mezcla con dolor y recuerdos tristes—. Y, sin embargo, movía multitudes. No eres distante, sino que sabes hasta qué punto acercarte a los que te rodean, y no hablas por los codos, pero dices las palabras justas, Theo —indica alguien a mis espaldas.

—Anna —digo sin siquiera verla.

Ella sonríe.

—¿Puedo acompañarlos? —pregunta.

—Me extraña que desees estar cerca de mí —responde Adrien marcando la rivalidad que ambos hermanos tienen.

—Perdí demasiado tiempo por estar enojada contigo, y ya no quiero seguir haciéndolo. Nunca podré perdonarte por lo que hiciste, pero entiendo tus motivos.

—Anna, yo no maté a Víctor.

—Lo sé.

—¿Entonces? No creo que Zachary te importase demasiado como para odiarme por su deceso.

—¿Realmente crees que es por eso? —pregunta y lo mira arqueando una ceja.

—Anna, tú te apareciste gritándome, odiándome sin dejarme explicarte nada.

—¿Qué había que explicar? Adrien, yo te admiraba… No sé si acaso eres tonto y no te diste cuenta, pero elegí el nombre de Aure para Hayley en honor a ti y a todo lo que estabas haciendo por nosotras —le cuenta Anna—. Por eso, cuando Camila le puso ese nombre a su hija por Hayley me sentí muy feliz, como si aquello fuera parte de un legado, pero claramente ya no me siento igual contigo. Tu no me defendiste cuando todo se vino abajo. Es verdad que estuviste durante mi embarazo y me ayudaste hasta que nuestro padre nos encontró, pero cuando él murió, cuando lo mataste, te convertiste en su copia.

—Eso no es verdad. Me culpaste por sus muertes, me llamaste monstruo, me amenazaste.

—¡Adrien, estaba dolida! —responde ella llorando—. Ese día fue el más triste de mi vida. Fui con la esperanza de tener a mi amado y a mi hija finalmente conmigo y me encontré con una escena terrible.

Nunca había visto a Anna así, tan rota y vulnerable. Ella siempre se había mostrado conmigo como una persona que continuaba su vida con una sonrisa a pesar de sus tragedias, pero ahora veo que todo aquello era una máscara que cubría su inmenso malestar.

—Rick me quiso ayudar a encontrarme con Víctor, a traerlo a Tyrdem, y realmente creí que viviríamos los tres, con Hayley, como una familia feliz. Tenía esperanzas y sueños. De hecho, por eso fui a hablar con Evanthe, porque necesitaba que me devuelvan a mi hija. Odié arruinar tu mundo, pero necesitaba volver a unir el mío.

Adrien carraspea, y creo que aquello es un intento de no llorar, de no quebrarse delante de nosotros.

—Si bien detesté lo que hiciste, nunca te culpé por ello. Evanthe jamás me dio la oportunidad de explicarle por qué había avalado lo que nuestro padre hizo con Hayley, pero sé que su desprecio hacia mí era de otro tinte. Ella me odiaba por tener más información y por romper su burbuja de felicidad —responde Adrien.

—¿Qué quieres decir con eso? —pregunto.

—Su familia había servido al ejército en Tyrdem por años, y ella quería seguir sus pasos. Estaba convencida de ello. Yo era importante, y se enamoró de mí por eso. Ella quería ser parte de la historia, y luego entendió que esta era puro engaño. Toda la fantasía que tenía armada en su cabeza se aniquiló en cuanto fue Anna a contarle todo, y ahí se dio cuenta de que se había equivocado conmigo.

—¿Dices que nunca te amó? —le cuestiona Anna.

—No de una manera romántica. Ella me apreciaba en su momento y disfrutaba pasar tiempo conmigo. De hecho, nos volvimos buenos amigos en nuestra iniciación al ejército, pero siempre estuvo enamorada de alguien más.

—Craig —digo en voz alta.

Él sonríe de manera melancólica.

—Todos lo saben así que supongo que era bastante obvio. Meyer era un don nadie en su momento, pero fue mejorando hasta llegar a tener un lugar en el ejército. Su objetivo siempre fue destacarse para ella. En un principio lo hacía para estar a su lado, pero luego fue para demostrarle lo que se había perdido por elegirme a mí. Con los años ambos pudieron tener su historia juntos.

—¿Y lo aceptaste sin más? —pregunto indignado, aunque no puedo creer que me moleste que lo usarán a él.

—Solo quería que ella esté bien, que sea feliz. Sabía que nuestra familia no tenía mucho de eso, que eventualmente podía llegar nuestro fin, y ella estaba al tanto. A veces debes dejar ir a quienes amas, Theo.

Pienso en ello, en Hayley y en el hecho de que está con otro… que va a casarse, y nuevamente siento dudas y miedos acerca de lo nuestro.

—Nada me dolió más que hablar con ella acerca del hecho de que iba a sacrificarse por mi culpa, pero también por la suya sin saberlo. Ella quería una vida y luego se dio cuenta de que eligió mal. Ese día, el de las bombas, fue el día más terrible de mi vida. La Alianza iba a demostrar su fuerza, a asustar a todos, a generar más odio entre ambos grupos que se preguntarían quien era el culpable de tal masacre y, a la par, me darían una lección haciéndome perder a mi mujer.

—Hay algo que no entiendo… sé que lo habían organizado, pero ¿cómo es que lo sabías de antemano?

—Heard me había preparado para ello. Él y yo mantuvimos nuestra amistad a pesar de la distancia. Además, siempre sintió cosas por Anna, y nos consideraba parte de su familia. Jamás tocaría a mis hijos, por lo que convenció a Amber Ciel de que el mejor objetivo era Evanthe.

—Aun no puedo creer que ella se haya vuelto tan cínica —dice Anna—. Nunca fue buena, pero esto es demasiado.

—Hace lo que puede, Anna.

—Ya… ella quería estar contigo, y se acercaba a mi para intentar cautivarte. Víctor siempre me advirtió de su persona y de los Espasa, y tenía razón.

Adrien mira hacia un lateral y, luego de una larga exhalación, responde.

—Con relación a Víctor y aprovechando que estamos hablando de esto… necesito decirles algo, y solo lo haré porque temo que algo me suceda y que esto quede por siempre enterrado y pueda traer a futuro algún mal en Hayley.

—¿En Hayley? —pregunto con molestia.

—Sí. Antes de traerla a Tyrdem ocultaron de su mente ciertos recuerdos de su tiempo en Infundio y, cuando ocurrió todo lo relacionado con Víctor y Zachary, tuve que recurrir a tus padres, Theo, para que eliminaran aquel suceso también.

—¿Temes que, por ser algo tan traumático, aquello surja en su mente? ¿Qué ella debería saberlo? —cuestiona Anna.

—Está al tanto, se lo comenté antes de que viaje a Infundio. No quería que fuera a aquel lugar en la oscuridad. Entendía que le iría mejor sabiendo ciertas cosas, pero no pude confesarle todo.

—¿Qué más debe saber, Adrien? —lo interrogo y, por su expresión, comprendo que no es algo bueno.

Él suspira y mira al techo, su nuez de Adán sube y baja, demostrando su preocupación.

—Hayley estaba sumamente entrenada y Zachary era una amenaza —responde escuetamente, pero enseguida comprendo a qué se refiere.

—¿Ella…? —pregunta Anna, pero se detiene.

—Víctor llegó a verla. Los presenté y se adoraron de manera inmediata. Si bien Hayley desconfió un poco al inicio, al ver que estaba todo bien se relajó y se permitió conocerlo. Cuando Zachary lo asesinó yo me quedé petrificado. En ese momento entendí que todo estaba mal y que nuestro padre se había transformado en todo lo que odiaba de Scientia, pero no pude reaccionar, estaba helado, por eso Hayley intercedió.

Anna se toma la boca y se echa al suelo.

—Era una niña, pero la habían educado para ser un soldado. Tomó mi arma y lo acabó sin siquiera dudarlo.

—Mi Hayley —chilla Anna con una angustia que me atraviesa.

Mi corazón late fuerte y la imagen de la joven de ojos verdes destrozada por quitarle la vida a Julia en la Arena ronda por mi mente.

—Sé que ella merece saberlo… —comienza a decir, pero es interrumpido

—No —dice Anna—. Saber que mató a su propio abuelo, que era tan joven cuando realizó un acto tan terrible, no creo que la ayude en nada.

—Anna, ella es más fuerte de lo que tú crees —responde Adrien.

—Lo sé, y estoy segura de que podrá vivir con esto, pero no le hará bien. Tener que vivir con algo así es terrible.

—¿Y qué pasa si empieza a recordarlo? ¿Si tiene imágenes de ese momento en su cabeza?

—Todavía no sabemos el estado mental de Hayley en este momento, ni cómo está sobrellevando todo lo que ha tenido que vivir en Infundio. Sabemos cuál fue el destino de Matt y lo doloroso que eso fue para ella —les digo a ambos—. Creo que ocultar información no es lo ideal, y eso es algo que Hayley me enseñó, pero la forma de comunicárselo o el momento no lo sabremos hasta no verla.

—¿Crees que saber esto le hará algún bien? —pregunta Anna ofendida.

—No saberlo es la cuestión. No estamos al tanto de si no ha visto algo así en sus sueños. Anna tú sabes bien que lo que le hicieron tiene sus efectos aún hoy en día. ¿Realmente crees que engañarla podría beneficiarla? —respondo aún más enojado con ella—. Tu elegiste mentirle e hiciste que yo la engañara también, y pensé que habías aprendido de tu error.

Antes de que diga algo más comienzo a caminar de vuelta al campamento, con la intención de no escucharla más. Sé que quiere protegerla, pero creo que se equivoca al pensar que ocultarle las cosas es una forma de aliviar el dolor.

Mentir es simplemente dar un placebo sabiendo que, eventualmente, los síntomas de la verdad siempre afloran.

CAPÍTULO CUARENTA Y NUEVE

Seguimos avanzando por los túneles abandonados que alguna vez transitó Rick solitariamente. No puedo creer que él fuera capaz de hacer esto por tantos años y comprendo más por ello su personalidad, por momentos apagada y en ciertas situaciones por demás efusiva.

No he vuelto a hablar con Anna ya que de copiloto se encuentra Kate que es mucho mejor con los mapas que cualquier otra persona que yo conozca. Ya dejamos atrás el techo vidriado y hemos vuelto a descender a las profundidades y a la oscuridad, algo que no les gustó a muchos.

No sé cuánto tiempo podré mantener la cordura de todos, y eso me asusta.

—Pon las balizas, quiero bajar a comprobar algo —me dice Kate abriendo la puerta sin esperar a que me detenga.

Hago lo que me dice, pero antes de que me frene completamente y, aprovechando que disminuyo la velocidad, se tira hacia afuera.

—¡Maldita sea, Kate!

Me bajo atrás de ella en cuanto puedo y la sigo unos pasos de manera veloz hasta que, entre las vías, pasa corriendo una rata blanca.

Un escalofrío recorre mi cuerpo, lo cual es extremadamente contradictorio teniendo en cuenta que estoy sudando como si me encontrara en medio de un desierto, y no puedo moverme de mi lugar, quedándome completamente rígido ante el diminuto animal que ha decidido detenerse para observar el espectáculo que le ofrezco.

Mi boca está cerrada, mi respiración detenida, y mi corazón bombea sangre más rápido de lo normal.

¡Creí que lo había superado! Cuando estuve con Hayley en las alcantarillas me asusté, pero eso fue todo. Ahora es como si mis sentidos se hubieran agudizado y mis reacciones también.

—¿Theo? —me pregunta Kate acercándose a mí y, al hacerlo, hace que la rata retome su camino y desaparezca.

Exhalo violentamente y el aire vuelve a mis pulmones.

—¿Estás bien?

—Lo estoy —digo presionando los ojos con fuerza—. Por favor, dime algo que me ayude a distraerme.

Ella abre los ojos bien grandes y presiona sus labios, pasmada por mi petición.

—Luc es mil veces mejor que tú en la cama —suelta y no puedo evitar ladear la cabeza ante ello.

Ambos nos miramos fijamente por unos segundos y, luego, estallamos a carcajadas.

—Eso no es cierto —le digo cuando ha cesado un poco el jolgorio y siento como duele mi estomago por ello.

—Puede que sí, puede que no, pero funcionó para entretenerte.

—¿En serio vas a dejarme con la duda?

—No hablo de esas cosas, y nunca lo haré. Además, no hay que comparar. Cada uno tiene sus puntos fuertes.

Sonrío.

—Si soy honesto, por momentos es un poquito extraño que estés con mi mejor amigo.

—¿Te molesta?

—No, ya lo sabes, pero cuando dices cosas así me pongo a pensar en nosotros y el que ahora estés con Luc lo vuelve todo un poco raro. En especial teniendo en cuenta tu odio por las personas del ejército y por los Klein, aunque esto ya lo hablamos y te incentivé a dejar aquello de lado. Me alegra que lo hicieras, Kate.

—Maduré bastante con todo lo que pasó, y entendí que todos tenemos matices y que nadie es perfecto, Theo. Adrien no es el hombre frívolo y malicioso que yo creía, y su hijo se ha confundido bastante, pero ¿quién no lo haría en su posición?

—A mí me costó mucho tiempo aceptar que no todo en la vida es de una forma u otra, y creo que el motivo por el que no lo quería reconocer es porque eso angustia. Hace que la definición de las cosas se vuelva borrosa y que estemos rodeados de incertidumbre y, para un maniático del control y de frenar los impulsos, eso es algo complicado.

Ella sonríe ante mi comentario.

—Ya estamos algo grandes y todas nuestras conversaciones se ponen reflexivas. ¿Te diste cuenta?

—¿No crees que ello se deba un poquito a los túneles y a que nos dirigimos a un lugar que nos quiere lejos? —bromeo.

—No, para nada. Sigo pensando que es porque nos estamos poniendo más viejos —responde irónicamente.

La empujo un poco y ella me devuelve el gesto.

—¿Estás nervioso por volver a verla? —me pregunta dejando de lado todo el humor.

—Va a casarse —me limito a responder como si eso englobara todo.

—Con el hijo de una mujer poderosa de la Alianza. ¿No crees que pueda deberse a eso más que a que está enamorada?

—Lo pensé, pero Hayley no es esa clase de persona.

—Quizás no lo era, pero ha pasado mucho tiempo, Theo.

Suspiro.

—Eso también me preocupa bastante.

—¿El tiempo?

—Lo que puede haber cambiado debido a él. Unos años son para nosotros una eternidad debido a todo lo que hemos vivido, y me aterra pensar en las consecuencias que ello puede tener para lo nuestro.

—Eres difícil de olvidar, Theo Black. Hayley sería tonta si lo ha hecho y, a ver, no es mi persona favorita en todo el mundo, pero sé muy bien que esa chica es bastante lista.

—Ah, ¿sí? —digo burlonamente.

—Jamás se lo digas o me encargaré de enterrarte donde nadie te encuentre.

Sonrío.

—Además, he visto al chico con el que se supone que está y, la verdad, es que no te llega ni a los talones.

—De eso no estoy tan seguro.

—¿Porqué?

—Parece ser una buena persona y creo que tenía intenciones de hacer bien las cosas hasta que se dio cuenta de nuestra conexión con Infundio y con Hayley.

—¿A qué te refieres?

—Vio el anillo y eso cambió el tono de la conversación que teníamos. Mas allá de que seguramente sintió celos o rabia por Hayley, sabe que hay traidores en sus filas, que hay cosas que suceden bajo sus narices y que su prometida está en el medio de todo.

—¿Y no te preocupa eso? ¿No crees que pueda querer lastimarla?

—No —respondo negando con la cabeza y enfatizando mi respuesta—. Vi a un hombre dolido por enterarse de que su final feliz podría estar comprometido, y no creo que llegue al punto de querer arruinarlo todo solo para quedarse aún más solo.

—Lo dices muy confiado.

—Quizás eso sea porque me vi reflejado en él.

—Ay, Theo. Está chica se te clavó muy profundo.

—Supongo que sí.

Una pisada detrás de mí se escucha y me obliga a componerme rápidamente, mientras que Kate se muerde el labio a sabiendas de quien está acercándose.

—¿Qué sucede, Jacqueline? —pregunta Kate intentando disimular su sonrisa.

—¿Ya estamos cerca? —pregunta la mujer con rostro afligido.

—Estamos justo viendo eso. Vuelve con los demás, prometo que todo está bien —responde Kate y sé que está siendo irónica.

Jacqueline obedece y, con pasos aletargados, se regresa hacia las camionetas.

—Bien, vamos a cumplir con lo que acabas de decir. ¿Por qué bajaste de la camioneta como si tu vida dependiera de eso? —pregunto recordando lo salvaje que fue.

—Ahí está el símbolo de los tres triángulos entrelazados —dice señalándome hacia una pared—. Rick lo marcó en el mapa, dijo que eso significaba que nos encontrábamos lo suficientemente cerca de Infundio—me dice con una expresión algo desanimada.

—¿Eso no es algo bueno? —pregunto sin entender.

—Lo es, pero, Theo… —me dice Kate señalando hacia delante y con un tono bastante particular —, creo que tenemos un problema.

CAPÍTULO CINCUENTA

El camino, o lo que queda de él, se encuentra obstruido por escombros debido a lo que parece haber sido un derrumbe y, si bien no es nada que no se pueda solucionar, ha generado cierto pánico entre los nuestros que desde un primer momento temían que algo como esto pudiera suceder.

A veces no es necesario ser claustrofóbico para sentirse encerrado, ni tampoco aquello siempre se debe a un hecho real, pero, en este caso, la situación demanda sentir cierta angustia y ansiedad por la cercanía con la muerte que presenta.

Dirijo rápidamente a un equipo de diez personas a remover lentamente algunas piedras para abrirnos camino y le pido al resto que aprovechen el tiempo para descansar, alimentarse y distraerse, lo cual no es algo sencillo.

—Creo que esto puede ser bueno —les digo a Adrien, Kate y Anna que me miran con sorpresa y algo de disgusto por mi comentario.

—¿Qué el camino esté obstruido? —pregunta Kate arqueando una ceja.

—Estamos cerca, por lo que no nos conviene hacer demasiado ruido y, por ende, ya no deberíamos usar las camionetas. Las rocas nos van a permitir ocultarlas detrás en caso de que, por algún motivo, debamos escapar rápidamente. Además, dado ese hipotético caso, podemos habilitar un pequeño camino para poder pasar únicamente a pie y, si alguien nos sigue, solo podrá hacerlo de esa forma, estando todos nosotros detrás de esta muralla de piedras preparados para atacar —les explico.

Adrien asiente con la cabeza y esboza una leve y prácticamente inexistente sonrisa.

—Repito, tienes madera para esto —me dice sin más.

—¿Entonces? ¿Dejamos las camionetas y avanzamos sin ellas en cuanto se habilite un camino? —pregunta Anna con tono molesto.

¿Qué le sucede?

—Sí, por el momento ese sería el plan. Vamos a acampar, preparar todo el armamento y estar listos para lo que sea que se encuentre al final del túnel —finalizo y Anna y su hermano se alejan.

—Está celosa —plantea Kate en cuanto estamos solos.

—¿Anna? ¿De qué?

—De tu vínculo con Adrien. Ella no estaba al tanto de que lo admirabas, de que entraste al ejército básicamente por él, y ahora ve que lo estás perdonando y eso le molesta.

—No lo estoy perdonando. Klein es útil y por eso lo tengo cerca.

—Theo, tú y yo sabemos que lo quieres y que, de alguna manera, lo comprendes.

Niego, él destruyó la vida de muchos y separó a Hayley de mi lado… para salvarla quizás, pero no importa.

—Aun así, Anna y él hablaron y pensé que estaba mejor la relación entre ambos —indico con firmeza.

—El resentimiento es difícil de superar, y Anna tiene mucho de eso en su sistema —responde Kate y noto en su rostro cierta tristeza.

—¿Qué ocurre?

—Empatizo con ella, con su historia. Me hubiera gustado tener a mi madre conmigo más tiempo, que William estuviera con nosotros y nuestra familia no se fragmentara. Pienso en Aure, en como Camila la cuida y en lo que sentiría si tuviera un hijo y lo alejaran de mi lado. No sé cómo se puede superar algo así por más que te expliquen los motivos para ello, por más que la persona culpable de tu sufrimiento sienta remordimiento. La crueldad de sus acciones, aunque tuvieran una justificación, elimina toda posibilidad de sanación.

—Te entiendo, pero vivir pensando en lo que podría haber sido no te dejará jamás disfrutar de lo que es. Anna puede recuperar el tiempo perdido con Hayley… muchos no tienen esa posibilidad. Si no la aprovecha por rencor, entonces ella misma será la responsable de aquello.

—La teoría siempre es más fácil, pero las emociones a veces nos afectan el juicio, Theo. A su vez, ten en cuenta que hablas de algo que ni tu prácticas. ¿Acaso le has permitido a Anna volver a acercarse a ti como antes? Ustedes eran muy unidos y estoy segura de que eso también la está carcomiendo ahora mismo.

—Lo sé, y hemos hablado bastante. No es lo mismo que antes, pero estamos bien —le digo y suspiro—. Ya no me siento tan enojado en su presencia, ni traicionado por sus mentiras, pero no sé si siento la confianza suficiente para volver a ser como era con ella. De todas maneras, quizás luego hable con Anna al respecto. Necesito que sepa que es importante para mí en caso de que algo suceda.

—En estos tiempos que vivimos muchas veces no tenemos segundas oportunidades para expresar lo que sentimos —afirma Kate—. Por suerte, lo entendí y fui tras lo que me sucedía. No dejes que nada te impida hacer lo mismo.

Kate posa una mano sobre mi hombro y luego camina hacia los demás que ya se encuentran preparando todo para asentarnos aquí hasta que podamos avanzar.

Intento acercarme a ella, a los nuestros, pero una sensación en mi estomago me obliga a detenerme. ¿Acaso son nervios? ¿Miedo? Estoy tan cerca del objetivo que mi cuerpo me lo hace notar de la peor manera.

Todo lo que he hecho ha sido para llegar a esto y creo que, por dentro, saber que puede que ello haya sido en vano me está aniquilando.

Ya hemos realizado dos recambios de baterías en las camionetas, pero estas ya se están quedando sin energía y no tenemos demasiados repuestos, por lo que no todos podríamos realizar el camino de regreso, aunque así lo quisiéramos. Por otra parte, el alimento está comenzando a escasear a pesar de que nos llevamos muchísima comida y agua para el viaje, algo que me preocupa ya que no era demasiado lo que dejábamos para los demás en Trydem. ¿Qué estará pasando allí? ¿Habrán logrado derribar la torre de comunicación?

—Ya no la aguanto —me dice Jeremías, uno de los más jóvenes, acercándose a mí mientras intento disfrutar de mi sopa fría en soledad.

Tomo una larga bocanada de aire y cuento hasta veinte mentalmente. ¿Acaso nadie aquí tiene autocontrol?

—¿Qué sucede?

—Jacqueline no para de llorar y nos está poniendo a todos de mal humor. ¿Cómo es que accedieron a que ella venga?

—Demostró un muy buen desempeño en cuanto a supervivencia, combate y otras habilidades útiles para este viaje. Debes entender que, hasta no estar en la situación, no sabes cómo reaccionarás.

—El ejército tenía razón entonces en prepararnos para lo que sea necesario —responde él y hace que me levante velozmente y lo tome del brazo para dárselo vuelta hacia atrás.

Jeremías chilla de dolor, pero no creo que este se compare con el que siento yo por mi accionar ya que aún quedan en mí hombro secuelas de aquel disparo que recibí por parte de Adrien.

Suelto al joven y lo observo mientras se sujeta donde le duele.

—¿Cuánto tiempo estuviste en el ejército? —pregunto, aunque ya sé la respuesta.

—Tres años —responde él titubeando.

—¿Y realmente crees que el que te enseñaran a matar a quien sea y a toda costa está bien? ¿No piensas que eso también nos llevó a esto?

—Lo siento —plantea con lágrimas en los ojos.

—¡Responde! —le grito—. ¿Acaso estás a favor del ejército?

—¡No! —responde llorando como un niño pequeño —¡No!

—Theo —me dice alguien y siento una mano en mi espalda.

Su tacto sobre mí, su contención, su forma de calmarme, la conozco muy bien.

Anna.

—Ya déjalo, creo que entendió el punto.

Asiento y observo como ayudan a Jeremías a pararse y lo llevan lejos de mi alcance.

—No quería lastimarlo —explico aun sin mirarla.

—Lo sé, Theo.

—Tampoco quiero seguir enojado contigo —agrego y escucho su respiración enmudecer.

Me volteo y percibo sus ojos cristalinos que se fuerzan en demasía por no expresar los sentimientos que la atraviesan.

—Anna, no hubiera podido sobrevivir sin ti.

—Claro que sí, Theo.

—No. Estuviste ahí, conmigo, en mis momentos más oscuros y nunca debí juzgar tus secretos, como tu jamás me sentenciaste por los míos. No quiero volver a estar entre medio de Hayley y de ti, y quiero que eso quede claro, pero quiero volver a tenerte en mi vida, te necesito en ella.

Anna se aproxima hacia mí y me abraza con firmeza. Sus manos me envuelven y las mías copian su accionar sin meditarlo. Ambos rompemos en llanto, dejando salir todo aquello que nos había distanciado.

Por fin el camino se ha liberado lo suficiente como para que podamos avanzar a pie. Sin embargo, todos se encuentran durmiendo en este momento por lo que les indico a quienes han trabajado arduamente para que salgamos de aquí que se vayan a descansar.

En el túnel el silencio nos arrulla y nos recuerda lo diminutos que somos, dado que un pequeño estornudo o un balbuceo de alguien que habla dormido hace que todo retumbe.

Recorro el lugar, verificando que todos se encuentren bien, cuando el sonido de unas pisadas me alerta y me obliga a desviar la vista hacia el sendero que se ha descubierto.

La figura de una mujer intentando huir me hace dirigirme hacia ella de manera veloz.

¿Qué está haciendo? ¡Va a arruinarlo todo!

—¡Espera! —le grito implorando que se detenga.

Ella me ve y acelera el paso, prácticamente trotando lejos de mí.

—¡Jacqueline! —insisto.

El sonido de sus pies erráticos sobre el cemento se percibe casi tanto como mi voz que aclama que pare, poniéndonos en una situación vulnerable que me aterra.

—Jacqueline ¡detente! —indico una vez más y luego la pierdo de vista en cuanto dobla en una bifurcación.

—Finalmente. Ya no aguantaba más ahí dentro —escucho decir a la mujer y creo que ya debe haber encontrado la salida cuando, de repente, percibo a varias personas delante de mí.

—No, no puede ser —escucho decir a una joven que tiene cierta similitud con Jenn, mi hermana.

¿Acaso es ella? Ha pasado tanto tiempo… lejos quedó la niña de la que me despedí para unirme al ejército, ahora es… una mujer.

La miro correr hacía mí y siento como su cuerpo choca con el mío.

¿Jennifer? ¿Jenny? ¿Realmente eres tú? —pienso y siento como mi corazón explota de felicidad al saber que Adrien no mintió, que logró sobrevivir todo este tiempo aquí.

Acaricio su cabello para comprobar que esto no es una ilusión y no puedo evitar levantar la mirada para atender a lo que nos rodea cuando mis ojos se encuentran con los de ella…

Hayley.

Luce cambiada, madura, diferente e increíblemente hermosa.

Verde y gris se mezclan como antes y siento que mi cuerpo tiembla de ansias al entender que finalmente la he encontrado, que está aquí, delante de mí, observándome como si fuera un fantasma, un espejismo, una visión. Hayley, he venido por ti, y en lo único que pienso en este momento es en estar contigo, besarte, y jamás volver a separarnos.

Sus labios se mueven débilmente, pero entiendo a la perfección lo que dicen: *mi nombre.*

Sonrío como puedo, aun sin poder calmar mis nervios, y aparto delicadamente a Jenn que me mira con ojos llorosos.

—Ve con ella —me dice, como si supiera lo que hay entre nosotros, haciéndome sentir nuevamente esperanza, haciendo que mi corazón explote de alegría.

Me aproximo a Hayley lentamente, no pudiendo controlar el impulso de mis piernas que cobran vida propia. Ella respira agitadamente, su pecho sube y baja de manera rítmica y el ver aquello me genera un éxtasis que no puedo disimular.

Estoy a unos pasos de su persona cuando percibo que se tambalea. Dirijo mi mano a su rostro, pero, antes de poder poner un solo dedo sobre su mejilla, ella se desvanece encima de mí.

¡Hayley!

FIN DEL LIBRO III

Tyrdem

El bosque

NUEVA
BASE AÉREA

El Valle
ABANDONADO

ZONA

ZONA DE
RESGUARDO

Los campos
CAMPOS DE
REEDUCACIÓN Y TRABAJO

ASENTAMIENTO
REBELDE

Las
ruinas
ASENTAMIENTO REB

TORRE DE
COMUNICACIÓN

as montañas
ASE DE LA ALIANZA

po
ebas
SGUARDO

dad Capital
DONADA

ontera

Lago
Anna

ASENTAMIENTO
REBELDE

Tyrdem
Túneles
Torre de comunicación
El bosque
Las montañas
Base de la Alianza
Nueva base aérea
El Valle
Abandonado
Campo de Pruebas
Zona de resguardo
Zona de resguardo
Los campos
Campos de reeducación y trabajo
La Ciudad Capital
Abandonada
La Frontera
Asentamiento rebelde
Las ruinas
Asentamiento rebelde
Lago de Anna
Asentamiento rebelde

TE INVITO A ESCUCHAR ESTA PLAYLIST AL LEER LA HISTORIA

INGRESANDO EN SPOTIFY

EN LA OPCIÓN BUSCAR, SELECCIONANDO LA CÁMARA Y ESCANEANDO EL CÓDIGO

O CON EL SIGUIENTE QR:

SagaInfundio

"EL PUNTO FINAL, LEJOS DE SER ESO, SE
TRANSFORMA EN UN INFINITO."

ÍNDICE

www.ingramcontent.com/pod-product-compliance
Lightning Source LLC
LaVergne TN
LVHW050531160826
845677LV00011B/1996